Little Cuckoo`s Nest – Tractat aus seiner Anstalt

Little Cuckoo`s Nest

Tractat aus einer Anstalt

Roman

Christian Alois Kolbenschlag

Verlag: BoD · Books on Demand GmbH,
In de Tarpen 42, 22848 Norderstedt, bod@bod.de
Druck: Libri Plureos GmbH, Friedensallee 273,
22763 Hamburg
ISBN: 978-3-7693-5467-6

…allen Menschen,
die nicht wissen
was sie wollen und sollen,
weil da nur ist, was sie sollen
und nichts,
was sie wollen…

C. A. Kolbenschlag

Warnung!

Dieser Text ist alles andere als leicht zu verdauen, denn er wurde von einem Verrückten geschrieben. Von einem Menschen, der sich verrückt gemacht hat und der verrückt gemacht wurde und letzten Endes in der Irrenanstalt gelandet ist, wenn auch nur für kurze Zeit. Es wird Blut, Schweiß und Tränen kosten, ihn zu lesen. Und man wird es nicht ohne Hilfe können. Ein Register hierzu gibt es nicht, man wird Doktor Google um Hilfe und Rat bitten müssen. Das ist nicht weiter schlimm, weder verwerflich noch beschämend. Auch ich habe Dr. Google gebraucht, um diesen Text zu schreiben, da ich einfach vieles im Leben nicht wusste und auch immer noch nicht weiß. Aber ich schäme mich nicht dafür.

Im Kern behandelt der Text zwei Jahre an einer Universitätsklinik im Zeitraum um die Jahre nach 2005, nur um die zeitgeschichtlichen Zusammenhänge und die dargestellten Charaktere und die historischen Persönlichkeiten, die genannt werden, besser zu verstehen.

Christian Alois Kolbenschlag, geb. 1969, Dr. med., Arzt, Künstler, Gesellschaftskritiker und vor allem Mensch, schreibt über die Tiefgründe und Abgründe des Menschseins und den Sinn allen Seins an sich.

Inhaltsverzeichnis

Prolog aus der Vorhölle

Little Cuckoo`s Nest

„Vintery, mintery, cutery, corn,
apple seed an apple thorn,
wire, briar, limber lock,
three geese in a flock.
One flew east
and one flew west
and one flew over Cuckoo`s nest…"

- Angst?
- Angst?

- Keine Angst…!

Selbst die Psychiatrie
ist hier irgendwie…
Mainstream -
es gibt noch nicht einmal
Jim Beam.

No electric shocks,
no futurepresentpast
that rocks,
neither *Lobotomy*
nor *Onanie* -
nothing at its best,
overflying *Little Cuckoo`s Nest*!

…noch nicht mal der
Tabasco schmeckt hier
scharf…

…tja, gebastelt wird hier gerne und oft, da wo ich mich jetzt aufhalte, frei nach der alten Dawos-Regel, da, wo gebastelt wird, wird gerne gebastelt. Und ich, ich habe meinen Spaß daran, ganz ehrlich. Ich schneide und füge zusammen, so, wie einst. Ich schneide das große Kuckucks-Nest (…nebenbei, *grandios* gespielt von *Jack Nicholson*…) aus und klebe es mit Versatzstücken aus mehreren Zeiten und Anstalten und Tierställen zu einem kleinen Kuckucksnest wieder zusammen. Das Schneiden fällt mir nicht schwer, sollte es doch einmal mein Lebensinhalt für alle Zeiten, die immer wieder auf eine zurückfallen, wie wir noch sehen werden, sein. Mit den *Händen schneiden* war und sollte der gedankliche, sprachliche und inhaltliche Inhalt meines Lebens sein. Davon ist leider nicht viel mehr übriggeblieben als diese Sicherheitspapierschere und ein *Pritt*-Stift hier. Also schneide und klebe ich mein *Little Cuckoo`s Nest*, wie ich es nenne, zusammen, denn was ist ein kleines Kuckucksnest anderes als eine Anstalt, ob mit oder ohne Ausgänge…

Warum schreibe ich das?

Warum schreibe ich das. Warum? Ich tue es, aber ich weiß es nicht, warum. Vielleicht, um die Wahrheit zu sagen (...*die Wahrheit, die Wahrheit und nichts als die Wahrheit*)? Was ist Wahrheit (*Johannes 18, 33-40*)? Bin ich der Weg und die Wahrheit (*Johannes 14,6*)? Gibt es eine einzige Wahrheit, die ganze Wahrheit? Oder gibt es so viele Wahrheiten wie Sand am Meer und Sterne am Himmel? *Verum index sui et falsi.* Vielleicht lüge ich ja auch wie gedruckt.

Über das Warum (ich das schreibe) lässt sich somit nur spekulieren. Es könnte in diesem Fall so aussehen:

- Ich möchte eine Wahrheit erzählen.
- Ich bin geltungssüchtig.
- Ich habe sonst nichts Besseres zu tun. Ich kann nicht ständig deprimiert herumliegen und nichts tuend an die Decke schauen, wie sich drei Halbgeraden in einem Punkt, der Ecke an der Decke, treffen. Oder: Ich kann nicht ständig Kaffee und Bier trinken, bis nichts mehr geht. Ich kann nicht ständig essen, bis ich platze. Scheißen gehen kann man auch nicht den ganzen Tag. Das Rauchen habe ich seit längerem schon aufgegeben. Oder: Ich kann nicht ständig zwischen tausendmal abertausend, größtenteils mit Werbung ausgefüllten, TV-Kanälen hin- und herzappen. Oder: Ich kann nicht ständig auf allen seichten und stürmischen Wellen im Internet surfen. Oder: Ich kann nicht ständig Schönberg, Wagner, Stockhausen und Charlie Parker, Trane, Miles und, und, und, und schon gar nicht den Scheiß, der sowieso den ganzen Tag im Radio läuft, hören. Oder: Ich kann nicht ständig Nietzsche, Schopenhauer, T. Bernhard und Houellebecq oder den Dalai Lama oder wasweißichwas-dennoch und v. a. Comics lesen. Oder und v. a.: Ich kann nicht aus mir herausgehen und ausgehen.

Also (und auch wenn ich wie gedruckt lügen sollte) schreibe ich. Ein Stückchen Wahrheit.

Worüber schreibe ich? Worüber kann ich denn schreiben?

- Über die Zeit oder die Zeitlosigkeit?

- Über den Sinn oder die Sinnlosigkeit?

Man kann über den Sinn nachdenken. Man muss es nicht. Man kann auch nicht über den Sinn nachdenken. Wie dem auch sei. Hat das Ganze denn überhaupt einen Sinn? Muss es denn einen Sinn haben? Nein. Ja. Man kann sich ja einen Sinn schaffen. Wichtig werden. Für andere reden, denken, handeln. Oder unwichtig bleiben. Nicht für andere reden, denken, handeln. Heißt es, es heißt der Sinn habe ein Ziel? Der Weg ist das Ziel? Welcher Weg? Der Mittelweg? Der Umweg? Der Hinweg? Der Rückweg? Der Hin- und Rückweg? Der Ausweg? Einweg? Mehrweg? Der Weg, den alle gehen? Der Weg, den keiner gehen mag? BeWEGt? UnbeWEGt?

Wo ist der Sinn auf dem Weg zum Ziel?

Eines frisst das andere. Einer frisst den anderen. Wo ist der Sinn, dass einer den anderen frisst?

Wir empören uns darüber, dass einer den anderen frisst. Wo ist der Sinn, dass wir uns darüber aufregen, dass einer den anderen frisst?

Wir fressen das andere, obwohl wir uns darüber aufregen, dass einer den anderen frisst. Wo ist der Sinn, dass wir das andere fressen, obwohl wir uns darüber empören, dass einer den anderen frisst?

Man kann über den Sinn nachdenken. Man muss es nicht.

Also schreibe ich eine Geschichte, von der ich nicht weiß, ob es Sinn macht, oder ob es sinnlos ist, sie zu schreiben. Ob es die Wahrheit ist oder ob ich lüge wie gedruckt. Vielleicht ist das ja auch, und ganz bestimmt ist das, egal.

Einen Moment, bitte!

Schon wieder sitze ich da, seit Stunden, und habe nichts als ein paar Zeilen, ein paar Fragmente von diesen Myriaden an Ideen, die irgendwo in mir und über mir kreisen, auf Papier gebracht. Du fragst Dich erneut: Was soll das, was bringt das, warum? Seit Stunden, schon fast den ganzen Tag, und das Papier, auf dem aus zusammengewürfelten und zusammengesetzten Wörtern Zusammenhänge, Szenen, ja, Leben entstehen sollte, ist noch fast vollständig leer. Andererseits, der Komponist Anton Webern hat für seine besten Stücke, die aus nur wenigen Noten bestehen und selten länger als Sekunden dauern, Wochen und Monate gebraucht, bis sie notiert waren. Vielleicht ist das ja ein Trost? Nun ja, ein schwacher. Weberns Musik, seine Kompositionen, und wenn sie gewissermaßen nur einen Moment andauern, sind hochkonzentrierte Destillate, die in ihrer Intensität Inhalte wiedergeben können, wofür andere, wie Wagner und Mahler, Stunden benötigen, um sie zu beschreiben. Überhaupt ist es der Moment, der Augenblick, der die Intensität der Inhalte des Lebens widerspiegelt. Es ist der Moment des Sekundenschlafs, der das Fahrzeug über die Leitplanke oder auf das Vorderfahrzeug schmettern lässt, der Moment der Unaufmerksamkeit, des Fehlgriffes, der eine Operation scheitern lässt, der Moment des Aufprallens der Atombombe, der das gesamte Leben verkrüppeln, mutieren, vernichten lässt, der Moment des Ausbruches des inneren Vulkanes, der den Schweiß der Angst oder des Glücks aus jeder Pore der Haut hervorschießen lässt. Der Moment, der Augenblick, der ein ganzes Leben lang nachschwingen kann, auch wenn er schon vorbei ist.
Also konzentriere ich mich auf den Moment.

verrückt

Seit kurzem weiß ich, nein, seit kurzem bin ich mir ganz sicher, dass ich verrückt bin, obwohl ich das seit langem vermute und schon immer geahnt habe. Ich bin verrückt. Ich bin nicht im Dritten Reich geboren, und, obwohl ich gelegentlich dichte, habe ich keine Hasenscharte. Ich bin auch nicht vor dem Dritten Reich geboren, bin nicht Insasse einer Heil- und Pflegeanstalt und trommle auch nicht auf einer rot-weiß gemusterten Blechtrommel herum. Ich bin auch nicht (mehr oder weniger) lange vor dem Dritten Reich geboren und habe auch nicht das Dritte Reich gedanklich beeinflusst (worüber man streiten kann) und bin auch nicht in geistiger Umnachtung gestorben (worüber man nicht streiten kann). Mein Reich trägt keine Ziffer und kommt auch nicht seit zweitausend Jahren.

```
verrückt
 errücktv
  rrücktve
  rücktver
   ücktverr
    cktverrü
     ktverrüc
      tverrück
       verrückt          k
        tverrück  tverrüc⊙⊙ck
       ktverrüc    tverrü⊙⊙⊙ück
        cktverrü    tverr⊙⊙⊙⊙⊙rück
        ücktverr     tver⊙⊙⊙⊙⊙⊙⊙rrück
        rücktver      tve⊙⊙⊙⊙⊙⊙⊙⊙⊙errück
        rrücktve       tv⊙⊙⊙⊙⊙⊙⊙⊙⊙⊙⊙⊙verrück
       errücktv         t⊙⊙⊙⊙⊙⊙⊙⊙⊙⊙⊙⊙⊙⊙⊙⊙⊙verrückt
      verrückt
```

Nein, ich bin ein ganz gewöhnlicher Mensch der Gegenwart. Geboren bin ich zu einer Zeit, als die Menschheit zum ersten Mal in ihrer Geschichte damit erfolgreich war, sich selbst auf den Mond zu schießen. Scheiße, seither lebe ich als ganz gewöhnlicher Mensch auf dieser Erde. Eigentlich bin ich gar nicht verrückt. Ich bin ein ganz normaler, erwachsener, männlicher Bürger einer ganz normalen bürokratischen Gesellschaft, wie wir sie uns alle wünschen. Ein Mensch, den sich jede Schwiegermutter als Schwiegersohn wünscht. In einer Großstadt wie Berlin, Paris, London oder New York oder welcher Großstadt auch immer, dort, im Gewühl der Fußgängerzone zur Haupteinkaufszeit würde ich mit Sicherheit nicht auffallen. Ich bin also ganz normal. Ich gehe wie alle gewöhnlichen Bürger einer bürokratischen Gesellschaft morgens zur Arbeit und komme meistens abends und meistens auch nüchtern nach Hause. Ich habe auch einen ganz gewöhnlichen Beruf. Dennoch ist mein Beruf der angesehenste. Der angesehenste Beruf bei denen, die etwas zu sagen haben und auch bei denen, die nichts zu sagen haben. Nein, umgekehrt, bei denen, die nichts zu sagen haben ist es der Angesehenste, und da die, die nichts zu sagen haben, in der weitaus deutlichen Überzahl sind, ist es zwangsläufig auch bei denen, die etwas zu sagen haben und auch meinen, deshalb viel sagen zu dürfen, der angesehenste. Das wird in sämtlichen Umfragen immer wieder bestätigt und in sämtlichen Printmedien auch immer wieder gerne veröffentlicht, sowohl in der Zeitung, wenn man sie denn so nennen kann, die mit dicken Überschriften in dicken Lettern und täglich ein Paar dicken Titten oder ein paar dicken Titten, dafür aber mit wenig Inhalt, die Meinung derer mit dem schmalen Geldbeutel, die Schwierigkeiten beim Nachdenken über das Gelesene oder beim Lesen haben, bildet, als auch in dem Magazin, das man mit Sicherheit so nennen kann, das mit kleineren Lettern, mit mehr Inhalt und mit noch schärferen Zungen diejenigen mit den etwas und den dickeren Geldbeuteln und dem Hang zum Nachdenken über das Lesen infotaint. Von der Illustrierten, in der sie einst in der Werbung *Fakten! Fakten! Fakten!* kackten ganz zu schweigen. Diesen Beruf mache ich. Auch ich habe einmal zu denen gehört, für die dieser Beruf als angesehenster aller Berufe galt. Auf die Knie! Auf die Knie bin ich gegangen, wenn mir ein solch Berufener entgegenkam oder ich einem solchen gegenüberstand (wie Bruckner vor Wagner, nicht umgekehrt). Sie galten mir als Übermenschen. Vor denjenigen, die in der Ausbildung waren, diese Berufung zu erwerben, bin ich vor Ehrfurcht regelrecht erstarrt. Die Famuli auf dem Wege zur Göttlichkeit. Ich wollte dazugehören. Ich habe lange darauf gewartet. Lange gewartet, anfangen zu dürfen. Anfangen zu dürfen, dazuzugehören und zu werden. Angesehen zu werden.

Nun mache ich den Beruf seit vielen Jahren. Viele mehr magere als fette Jahre. Wenn ich etwas über diesen Beruf gelernt und über den Sinn dieses Berufes erfahren habe in den letzten Jahren, dann das, was ich einmal in einer Rezension über den Roman *Korrektur* von Thomas Bernhard gelesen habe, dass dem Leser in diesem Roman die komplette Umstülpung seines Bewusstseins zugemutet wird. Diese mehr oder weniger komplette Umstülpung meines Bewusstseins habe ich in den letzten Jahren durch meinen Beruf, der einmal eine Berufung gewesen war, erfahren. Also doch verrückt. Verrückt durch Berufung. Aber ein Hauch Blauäugigkeit, und selbst wenn es nur ein Funke ist, wohnt wohl jedem Menschen inne; sonst würde keiner am nächsten Morgen mehr aufstehen wollen.

Am Riemen reißen

Du darfst jetzt nicht aufgeben. Nicht jetzt. Auch wenn Du selbst und das, was Du im Moment für Dich selbst empfindest, der Auslöschung näher ist als dem Sein. Du musst, weil Du gar keine andere Wahl hast. Du musst erzählen, Du musst es notieren, es aufschreiben, die Bilder und Szenen wieder aufrufen, neu auferstehen lassen, ihnen Leben einhauchen und die Handlung weiterentwickeln lassen. Gib nicht auf! (Gib bloß nicht auf, das klingt irgendwie schon wieder schwächer und schwächer...). Komm, Du musst es verkünden, auch wenn Du meinst, dass es keinen interessiert (...wer weiß das schon...?). Es ist so viel, so viel, was gewesen war, was immer noch ist und was weiterhin sein wird. Und das alles soll nicht gewesen sein, nicht sein, nicht mehr sein? Nur, weil Du es nicht festhalten willst, das erlebte Leben nicht weiterleben lassen willst? Weil Du Dich lieber in Dich selbst einsperren willst, das Licht auslöschen und die Decke über den Kopf ziehen und in dieser Stellung verharren bis zum Ende? Dich selbst beweinen und bemitleiden? Weil Du verletzt bist? Wer außer Dir soll es denn mitteilen? Wer hat es denn sonst noch erlebt, es empfunden, sich gepeinigt und gequält, dass er nachts nicht schlafen konnte und tags nicht mehr fröhlich sein? Wer sonst außer Dir hat denn, anstatt am Schreibtisch auf den Bildschirm zu schauen, ins Nichts aus dem Fenster geschaut und über das Nichts nachgedacht, weil nichts mehr da war, über das man hätte nachdenken können?

Du willst vergessen. Vergessen was ist und war. Aber wenn wir alles vergessen, was ist und was war, gibt es nichts, an das wir uns erinnern können. Dann ist nicht, dann war nicht, dann ist nie etwas gewesen. Dann sind wir nicht. Also reiße Dich am Riemen und quäle Dich weiter. Wie jeden Abend, jede Nacht und schreibe, was Dich heute, gestern, was Dich die ganze lange Zeit gequält hat. Irgendwann hörst Du damit auf und machst etwas anderes. Etwas ganz anderes. Irgendwann hörst Du auch damit auf.

Erster Arbeitstag in dieser Institution

Nun denn, also los...

Ich kann mich noch sehr gut an meinen ersten Arbeitstag in dieser Institution, die vielmehr eine Anstalt war, erinnern. Das war am 03.01. eines neuen Jahres, wenige Jahre nach der Jahrtausendwende. Der Verwaltungsapparat der Anstalt hatte den Vertragsbeginn zum 03.01. datiert, da der 01.01. in diesem, unserem Lande immer noch als Feiertag gewertet wird und der Folgetag, der 02.01. also, ein Sonntag war. Dieser Sachverhalt sollte mir zu einem späteren Zeitpunkt dieses Jahres noch Ärger bereiten. Da ich im ersten Monat des Jahres wegen des späteren Arbeitsbeginns zum 03.01. nicht die volle Zahl an Arbeitstagen erbracht hatte, wollten mir die Apparatschiks des Verwaltungsapparates zwei Urlaubstage streichen. Mit der Faust auf den Tisch und der Leidenschaft im Arsch wurde ich zwar nicht Weltmeister, gewann aber meine zwei Urlaubstage zurück. Wie dem auch sei.

Da mir vorab nicht mitgeteilt worden war, wann und wo ich an meinem ersten Tag zu erscheinen hatte, begab ich mich einfach sehr früh auf eine der vielen Stationen, die ich noch vom Rundgang durch das Haus von meinem Vorstellungsgespräch kannte. Leider war das die falsche Station. Nachdem ich mein Berufsrängchen und meine Identität bekannt gegeben hatte und somit die Überzeugung widerlegen konnte, ich sei einer der neuen PJ-Studenten, wurde ich mit den nötigen Instruktionen der Dienst habenden Stationsschwester auf die Weiterreise geschickt. Danach konnte ich mich nicht mehr irren. Ich erinnerte mich wieder. Da war sie also, meine neue Station, mein zukünftiger Arbeitsraum. Auch hier empfing man mich nach Nennung meines Namens als neuen *PJ-ler*. Ansonsten löste mein Erscheinen auf dieser Anstaltsstation nach Feststellung meiner Position bei dem zu diesem Zeitpunkt vorhandenen Stationspersonal so viel Interesse und Begeisterung aus wie der Auftrag, eine eingetrocknete Kackpfanne zu säubern. Begrüßt wurde ich mit dem Ausspruch *Ei!*, was in diesem Landesteil so viel heißt wie *Ei!* und so viel heißen kann wie *Ei!*.

Wenn man Wikipedia Glauben schenken darf, bezeichnet der Begriff *Konnotation* (v. lat.: con *mit* und notatio *Anmerkung*) die Nebenbedeutung eines Wortes. Genauer bezeichnet er in der Wortsemantik die zusätzliche gedankliche Struktur, die die Hauptbedeutung (*Denotation*) eines Wortes begleitet und die stilistischen, emotionalen, affektiven Wortbedeutungs-Komponenten enthält - also das, was bei der Verwendung eines Begriffes bewusst oder unbewusst noch mitschwingt. Bedeuten konnte dieser Ausspruch *Ei!* somit fast alles. In meinem Fall habe ich im Verlauf der Zeit und Erweiterung meiner Erfahrung damit dem Begriff *Ei!* die Denotation *Ich hab` kein Bock!* verpasst.

Der erste *Academic*, den ich an diesem Tag nach einer Stunde des Herumsitzens und Wartens auf dieser Station antraf, war Abdel. Er war an diesem Tag auch, außer mir, der einzige *Academic* auf Station, da kurz nach Silvester noch die Dienstbefreiung zum Jahreswechsel galt und ein Teil der Belegschaft, und in diesem Fall der Rest der akademischen Belegschaft dieser Anstaltsstation, noch im wohlverdienten Urlaub verweilte. Abdel war sehr nett und freundlich und teilte mir mit, dass er Bereitschaftsdienst gehabt habe und, nach der in fünf Minuten stattfindenden großen Übergabe, gedenke, gleich die Station und die Institution für heute zu verlassen und sein dienstfrei anzutreten. Abdel war schon relativ alt, wie ich später erfahren habe, zehn Jahre älter als ich. Er war Araber, Algerier oder Ägypter, aber schon viele Jahre in diesem unserem Land und er verstand und sprach diese unsere Sprache einigermaßen gut. Nachdem er zunächst eine gewisse aber mir nicht bekannte Zeit als wissenschaftlicher Mitarbeiter in einer akademischen experimental-chirurgischen Einrichtung in einer Stadt im Norden gearbeitet hatte, war er, so glaube ich, etwa zwei bis drei Jahre zuvor ins schönste Bundesland der Welt gekommen, um hier in der experimentalchirurgischen Einrichtung dieser Anstalt, dem so genannten Tierstall, als wissenschaftlicher Mitarbeiter im Auftrag zu experimentieren. Abdel war ein ruhiger, stiller, höflicher, zurückhaltender Mensch, kein Mensch, von dem man glauben könnte, dass er Rädchen im Uhrwerk von Flugzeugen, die Hochhäuser zum

Einstürzen bringen, neu erfinden könnte. Er war aber funktionstüchtig und somit funktionierend. In seiner Zeit und im Zusammenhang mit seiner Arbeit im Tierstall und sonstigen experimentalchirurgischen Anstalten hatte er es, wenn man *PubMed* glauben darf, (immerhin) (?) zu drei wissenschaftlichen Veröffentlichungen, so genannten *Papers* gebracht: Eine Arbeit als Erstautor in der Fachzeitschrift *Hepatology*, eine weitere als Zweitautor in *Nucl Med Biol.* und zuletzt ein Paper in *Lab Invest*, wo er aber nur als *unter ferner liefen* genannt wurde. Dieser funktionstüchtige und funktionierende Maschinenmensch war dann irgendwann in die Klinik zum Stationsdienst befördert worden. Über seine operativen Fähigkeiten habe ich nie etwas erfahren. Im Stationsdienst war Abdel aber nicht fähig, irgendeine Entscheidung jemals selbst zu treffen. Zumindest habe ich das in der Zeit, in der ich mit ihm als Kollege auf Station gearbeitet habe, nie erlebt. Obwohl er (angeblich), sowohl in der algerischen oder ägyptischen als auch in unserer Berufsordnung, Facharzt für Chirurgie gewesen sein soll, hatte Abdel nie Facharztbereitschaftsdienste geleistet, sondern immer nur nachgeordnete, so genannte zweite Dienste und nie Wochenendstationsvisiten verrichtet. Abdel fiel in seiner täglichen Arbeit auf Station dadurch auf, dass er stundenlang seitenlange Arztbriefe verfasste, die sich, überraschend redundant, durch immense Details wie die täglichen Kaliumwerte oder die stündlichen Sekretionsmengen in den Redonflaschen oder usw. auszeichneten. Über seine sonstigen Fähigkeiten als Arzt kann ich wenig bis nichts sagen. Braunülen legen? Verbandswechsel? Ärztliche Anordnungen? Ich habe das nie gesehen, nie miterlebt. War Abdel innovativ? Er war funktionstüchtig, funktionierend. Ein typischer nicht reflektierender Auftragsarbeiter und somit für die Anstalt optimal geeignet. Trotzdem wurde sein Arbeitsvertrag, nachdem ich etwa drei Monate mit ihm zusammengearbeitet hatte, nicht mehr verlängert. Anscheinend waren es zu wenige Papers.

Die Frühbesprechung begann um Acht. Pünktlich um Acht. Alle waren da. Nicht alle. Die bereits erwähnten Dienstbefreiten (und somit, außer Abdel und mir, alle *Academics* meiner Station) fehlten noch. Auch der Alte war pünktlich. Er war noch nicht, aber er wirkte alt. Alt im Sinne altes System, alter Führungsstil. So etwas wirkt sich auf das Äußere aus. Entsprechend sah die Sitzverteilung im viel zu kleinen Besprechungsraum aus (… so viel gesundes Weiß auf engem Raum, da wäre jeder noch so ergiebige Waschmittelwerbespot der siebziger Jahre vor Neid ergraut…): An der Stirnseite des Tisches der Alte, links daneben sein Stellvertreter, *der Leitende,* dann an den Längsseiten nach Rangordnung chefnah die Oberen, anschließend nach Dienstjahren und Auszeichnung die Fach- und Assistenzärsche, auf den Sperrsitzen die Berufsanfänger und auf den Stehplätzen an die Wand gelehnt die unterärschigen PJ-Studenten. Spontan und genial fiel mir eine Karikatur ein, die sich im Verlauf der Zeit immer mehr verdichtete und bestätigte. Schließlich habe ich sie gezeichnet:

Wie die Hackordnung…

21

... so die Kackordnung

Was gab`s im Dienst? wollte (wie sich später herausstellte, jeden Morgen) der Alte (es sei denn, er war nicht da, dann wollte der Leitende, sein Stellvertreter) es wissen. Der Dienst gehabt habende erste Dienst legte los und berichtete. Da ich von diesem Überbau an kompetenter weißer Machtfülle so sehr beeindruckt war, hörte ich gar nicht richtig zu. Erst 2 Wochen später konnte ich die Sendung empfangen, 2x2 Wochen später einen Sinn herausfiltern und 3x2² Wochen später daraus den Unsinn destillieren. Zum Ende der Frühbesprechung wurde ich, nach einer jungen Kollegin, einer Berufsanfängerin (*Ladies First*), und nach einem Facharztkollegen aus der Schweiz mit bereits erworbenen wissenschaftlichen Meriten (*Ehre, wem Ehre gebührt*), als dritter Neuer im Bunde vorgestellt. Kurzer, anerkennender, akademischer Applaus (für wen auch immer). *Sonst noch was? Gut. Legen wir los.* Bumms. Fertig. Mit Abdel zurück auf Station und dort, die Zeit totschlagend, den Tag mit *Ei!* und emotional eingetrockneten Kackpfannen, in Erwartung des Feierabends, allein auf Station verbracht. Erwartung. Warten, auf das, was kommt.

So wartete ich, gemeinsam mit Abdel, die Zeit totschlagend und mit dem starken Willen, mich an das *Ei!* zu gewöhnen, den nächsten und auch noch den übernächsten Tag. Dann hatte die

Zeit der Dienstbefreiung ein Ende und ich traf sie zum ersten Mal, nein, nicht zum ersten Mal, denn beim Vorstellungsgespräch hatte ich schon einmal das Vergnügen gehabt, nun aber zum ersten Mal als meine direkte Vorgesetzte. Dr. Z. war eine der Oberen, sie war, wie sich später herausstellte, *die* Obere, die *Chefin*. Dr. Z. hatte sich, fachlich und sachlich kompetent, rechtzeitig von der transplantationschirurgischen Welt des Alten abgesetzt und sich, fast ausschließlich, der Gefäßchirurgie zugewandt, die sie, das muss man anerkennen, hervorragend vertrat. Da sie diesen Zweig der Chirurgie in der gesamten Anstalt mittlerweile auch fast allein vertrat, hatte sie sich gewissermaßen einen eigenen Staat im Staate des Alten aufgebaut. Im Prinzip war sie ein netter Mensch, höflich, stets bemüht, mit Blick für die Patienten und ihre Mitarbeiter. Sie war nicht falsch und auch nicht hypertroph, wie so viele andere Wichtige in der Anstalt, sondern stand zu dem, was sie sagte und tat, so wie sie hinter ihren Assistenten stand. Man durfte ihr nur nicht widersprechen und schon gar nicht, sich mit ihr anlegen. Das durfte keiner, bis auf den Alten vielleicht, aber, so glaube ich, noch nicht einmal der durfte das. Wenn man nicht das tat, was sie wollte und, vor allem, wenn man das, was man tat nicht so tat, wie sie es wollte, konnte man von einem auf den anderen Augenblick die Verwandlung des Dr. Jekyll in Mr. Hyde hautnah miterleben. In diesen Momenten, in denen man in ihrem Beisein nicht das rechte tat, erinnerte sie an die Kleopatra aus *Asterix & Kleopatra*, weswegen ich sie, nachdem ich irgendwann diesen Bezug hergestellt hatte, insgeheim nur noch *Kleopatra* nannte. Ansonsten hatte sie mit Kleopatra, wenn man z.B. an Elisabeth Taylor als *Cleopatra* denkt, nicht viel gemeinsam. Ihr Outfit, Brille und Hairstyle, erinnerten mehr an eine Zeit, als das *Fender-Rhodes Piano* und das *Wah-Wah Pedal* aus den Boxen dröhnten. Phänomenal, *homo homine lupus*, aus dem Affekt heraus, und dabei den Sound der *Straßen von San Francisco* hören. Aber, wie bereits gesagt, ohne diese Wutausbrüche war sie ein netter Mensch.

So kam und ging die Zeit. *Von nichts gibt es so viel wie von der Zeit, denn es kommt immer mehr Zeit*, sagt ein afrikanisches Sprichwort.

Nun, das ist mitnichten nur in Afrika so. Denn, so regelmäßig wie die Frage *Was gab`s im Dienst* des Alten kam, ging die Zeit und *Ei!* blieb bestehen. Dieses *Ei!* lässt sich am besten mit *Asterix auf Korsika* beschreiben: *Nur nicht hetzen, Kinder! Wie ihr hört, haben wir Jahre zur Verfügung, um die Arbeit zu machen. Und am Tag darf gar nichts gearbeitet werden! – Ich habe einen Vetter, der auch so einen Job hat. Bei der Verwaltung an der...* Mit der Zeit gingen und kamen auch die Ärsche von Menschen, und mit ihnen ging auch Abdel und kam, wahrscheinlich wegen der nicht vorliegenden, oder nicht in ausreichender Zahl vorliegenden *Papers* oder was-weißich, nicht mehr und dafür kamen andere Ärsche und Unter-ärsche.

Im Prinzip änderte sich wenig. Die meisten Unterärsche, die *PJ-ler*, ambitionierte oder weniger ambitionierte, künftige Standes-vertreter mit meistens überragenden Abiturzeugnissen und in der Regel unterragender Allgemeinbildung, entsprachen entwe-der dem Typus, der sich bei *Deutschland sucht den Superstar* hätte bewerben können oder dem Typus der sich bei *Deutschland sucht den Superstar* nicht hätte bewerben können, alle zusammen ent-sprachen dem Typus, der sich bei *Deutschland sucht den Superstar* nicht hätte bewerben sollen, wobei einige davon, wenn man auf ihre Arbeit zurück- und auf ihre Hybris als künftige Standesver-treter vorausblickt, sich besser bei *Deutschland sucht den Superstar* beworben hätten. Die Ärsche, wie ich, ehemalige Unterärsche, waren durch das Arbeitsleben, durch die Arbeit und, somit, vom

Leben, gezeichnet, und retrospektiv, im Prinzip, nur noch traurig darüber, dass es *Deutschland sucht den Superstar* zu ihrer Zeit als Unterärsche noch nicht gegeben hat, und sie sich, somit, nicht bei *Deutschland sucht den Superstar* hätten beworben haben können. Ob mit der Entwicklung vom Unterarsch zum Arsch, und was da noch so an Ärschen folgt, sich auch die Allgemeinbildung weiterentwickelt, sei dahingestellt. Die Allgemeinbildung, eines Menschen, lässt sich, mathematisch, durch eine, durch die Funktion $y = 1/x$ beschriebene, Hyperbel, abbilden, wobei man *tiefes Wissen* auf die Ordinate und *breites Wissen* auf die Abszisse aufträgt, wollte uns, und insbesondere mir, ein Professor der Physiologie, in der langen Ausbildung zum Unterarsch- in Vorbereitung auf das Arsch-Sein, einmal erklären. In welche Achse des Koordinatensystems nun die Anstalt die Entwicklung des einzelnen und die Gesamtentwicklung vorantrieb, lässt sich am besten aleatorisch klären: Man nehme einen Würfel, bestimme die geraden Ziffern für die *Abszisse* und die ungeraden für die *Ordinate* (oder umgekehrt, ganz, wie man möchte), oder noch einfacher, man nehme eine Münze und (auch hier wieder in umgekehrter Anordnung möglich) bestimme *Kopf* für die Abszisse und *Zahl* für die Ordinate und versuche einfach einmal sein Glück. Das Ergebnis, ob verblüffend oder nicht, ist es in jedem Fall. Und, wenn man mit dem Ergebnis nicht zufrieden ist, kann man es ja noch mal versuchen. Und noch mal, und noch mal, und immer wieder. Und auch gegen *Ei!* war kaum ein Kraut gewachsen. Das Einzige, was gegen *Ei!* half, die Maschine, und dann mindestens drei Gänge überspringend, im fünften Gang laufen zu lassen, war ein, von Zeit zu Zeit vorkommendes, Donnerwetter von Kleopatra. Dieses Donnerwetter, wenn es denn kam, kam so plötzlich und konnte überall so plötzlich aus dem Nichts wie *The Father and the Son and the Holy Ghost* (*John Coltrane: Meditations* (*Impuls! IMP 11992 / 051 199-2*)) kommen und jeden treffen. Am häufigsten, nach der Lokalisation, kam es, wie sollte es bei Chirurgen auch anders sein, im OP-Saal. Hier traf es Ärsche und Unterärsche und was sonst noch so kreuchte und fleuchte. Hart traf es die Unterärsche, deren Superstar-Träume damit endgültig zerplatzten. Hart traf es die Ärsche, deren Haut es mit der Zeit ausdünnte, oder, umgekehrt, deren Mauer es mit der Zeit verstärkte. Was, in Gottes, oder wessen auch immer, Namen, sollte man mit einem, mit 130 dB (A) (*Lemmy* von *Motörhead* hätte seine wahre Freude gehabt) entgegengeschleuderten *Mensch!* oder *Jetzt halt doch mal!* oder, und vor allem immer wieder *Ich seh` nix!* denn im Grunde anfangen?

a)   *- Schau halt besser hin!*
b)   *- Putz Dir halt mal die Brille!*
c)   *- Fick Dich doch ins Knie!*
d)   *- ?*
e)   *- !*
f)   *- usw.*

Im Grunde, wiederum: Reine Aleatorik! Aber: Wenn Themistokles sagt *Schlage, Doch höre!* dann weiß ich nicht, wie man, wenn man unverhofft einen Schlag in die Fresse bekommt, darauf überhaupt etwas erwidern soll oder kann, oder wie, wenn der Schlag sein Ziel, die Fresse nämlich, verfehlt oder verfehlt hat, der Appell *Schlage, Doch höre!* bei dem, der aus dem Affekt heraus zuschlägt, in die Fresse nämlich, überhaupt etwas bewirken soll. Also,

Schweigen

ist
nicht
zu sagen,

was andere denken.

sind wir ganz einfach still.
Im Grunde war sie, wie bereits erwähnt, ein ganz netter Mensch, fachlich (in der Ausbildung und ihr Fach vertretend) und sachlich (operativ) sehr kompetent.
Genug für den Moment...

26

Tut mir leid.

Tut mir leid. Ich muss passen. Ich kann die Menschen nicht charakterisieren. Ich kann sie auch nicht kategorisieren und katalogisieren. Ich bin dazu einfach nicht in der Lage. Die Menschen sind, wie sie sind. Jeder davon ist ein Gegenstand, mehr als einer davon ein Sachverhalt, Sachverhalt zu Sachverhalt über Sachverhalte über alles sind Tatsachen. Das ist sie, die Welt. Damit man den und die Menschen bezeichnen kann, tragen sie, ein jeder und alle, Namen, damit sie in den Sachverhalten namentlich erwähnt werden können und, einige zumindest, was eine Tatsache ist, sich einen Namen machen können. Aber: Beschreiben, charakterisieren und somit kategorisieren und katalogisieren kann ich die Menschen nicht. Jeder ist, wie er ist. Ich kann sie, die Menschen, lediglich, ebenso wie mich (*Ecce Homo*), nur empfinden. Empfindungen sind durch die Sinne verarbeitete, situationsbedingte Signale an das Selbst, die im Selbst eine Reaktion hervorrufen. Empfinden kann ich Vielerlei: Wut, Hass, Trauer, Freude, Glück, Lust (und noch vieles mehr, was ich wahrscheinlich nicht weiß, was man noch so alles empfinden kann) und auch Nichts. Das ist jedoch selten bis ganz selten. Zumindest bei mir. Ich empfinde da eher die Extreme, obwohl ich viel lieber die Extreme nicht so häufig empfinden würde. Aber: Diese *Na ja, was soll`s, ist halt so*-Mentalität ist einfach nichts für mich. Die ist wie ein nasser Furz, wenn man weiß, dass man die Unterhose danach nicht selbst waschen muss. Für die Seinswerdung zum Chirurgen ist diese Haltung, so meine ich, jedoch überlebensnotwendig, will man die Leiter nicht wegwerfen, bevor man auf ihr hinaufgestiegen ist. Chirurgen sind Ärsche und auch Ärsche sind Menschen, egal ob sie Unter- oder Oberärsche, und was es darüber noch so gibt, sind. Ich habe in meiner Zeit als Jungarsch, als ich, im Prinzip, eine namenlose Nummer war, schon Riesenärsche hautnah miterlebt, die mit Hammer und Schraubenzieher und sogar mit den nach ihnen benannten intramedullären Osteosynthesematerialien um sich warfen, wenn die Situation ihrem Arsch nicht gepasst hat. Diese Kategorie hat das *Faktenmagazin* (wie konnte das nur passieren?) in seinem Katalog der besten Ärsche in diesem unserem Lande doch tatsächlich vergessen. Aber was soll`s. Einige Jungärsche, vor allem solche mit konisch geformtem Kopf, sind mit *Na ja, was soll`s, ist halt so* bei diesem (und auch bei anderen) Riesenarsch (-ärschen) echte Arschlöcher geworden.

Kleopatra, *mir* gegenüber, *meine* Operation *mir* assistierend, schnauft und pumpt schon. Wir sind doch erst seit einer viertel Stunde zugange. Habe ich denn schon wieder alles falsch gemacht? Bin ich schon wieder und immer noch zu langsam? Mein Tremor wird dadurch auch nicht besser. Ich versuche mich auf das *Na ja, was soll`s, ist halt so* zu konzentrieren, aber, wie immer, es gelingt mir nicht. Es ist wie immer

a)   *- Reiß mir halt den Kopf ab!*
b)   *- Ich geh jetzt gleich vom Tisch!*
c)   *- Leck mich doch am Arsch!*
d)   *- ?*
e)   *- !*
f)   *- usw.*

reine Aleatorik. Leider kann ich mich nicht entscheiden und leider lässt es sich beim Operieren nicht würfeln. Die Würfel sind nicht steril. Das weiß vor allem die Alte da neben mir, die schon genauso pumpt und schnauft wie Kleopatra, die doppelt so viele Packyears wie Arbeitsjahre auf dem Buckel hat und das ist eine ganze Menge. Die weiß alles, fast nicht so viel alles wie Kleopatra, aber die weiß, was steril ist und wie die ganzen Instrumente heißen, und das ist alles. Ich habe nichts gegen OP-Schwestern und OP-Pfleger. Doch. Ich kann sie nicht ausstehen. Nicht alle. OP-Leute unterliegen, natürlich, wie alles andere, was auf dieser Erde kreucht und fleucht und auch nicht kreucht und nicht fleucht, der Gauß`schen Normalverteilungskurve. Diejenigen, die im *Intervall* $\mu \pm 2\sigma$ liegen, denken, in der Regel, wenn ein neuer Arsch **ihren** OP zum ersten Mal betritt, *Uaääh!* grüßen nicht, schauen einen nicht an und behandeln einen erwachsenen Menschen wie den letzten Dreck und haben, in der Regel, die Packyears zum Quadrat der Anzahl ihrer Berufsjahre. Das ist auch nicht allzu schwer. Hinter himmel- oder azurblauer oder

giftgrüner Uniform mit, durch Haube und Mundschutz, vermummtem Kopf, wobei nur die mit sterilen Ohrringen behängten Ohrläppchen und durch die Sehschlitze die Augen, von deren Wimpern andauernd die sterile Tusche auf die Oberkante des Mundschutzes bröselt, frei bleiben, können sich Menschen prima verstecken. Und auch außerhalb des Tempels, ohne Vermummungsgebot, auf dem Weg zur Erhöhung der Packyears, muss man nicht grüßen. *Uaääh!* Hochform ist dann angesagt, wenn ein Jungarsch zum allerersten Mal den Tempel betritt. Dann wird die Trumpfkarte Kompetenz & Wissen, *...denn mein ist das Reich, und die Kraft, und die Herrlichkeit...* schon bei der ersten Berührung gezogen. *Gong!* Ring frei zur ersten Runde, denn schon beim Betreten des Waschraumes ist der Jungarsch *unsteril* und erhält, als Depesche, eine Einweisung in Form eines Einlaufes. *Desinfektion* ist eine *Maßnahme, einen Gegenstand in einen Zustand zu versetzen, in dem er nicht mehr infizieren kann* (Definition nach Wallhäußer), in der *hygienischen Händedesinfektion* mit dem *Ziel der Keimminderung der transienten Flora um mindestens 5 log-Stufen und Abtötung bzw. Inaktivierung aller Erreger übertragbarer Krankheiten* und in der *chirurgischen Händedesinfektion* mit dem *Ziel der Reduzierung der residenten Flora um 99,9%. Sterilisation* hingegen ist das *Abtöten bzw. irreversible Inaktivieren aller vermehrungsfähigen Mikroorganismen.* So hatte ich das einmal gelernt. Bei meiner ersten Berührung als Jungarsch mit sterilen Einläufen fragte ich den *unsteril*en Einlauf verpassenden Drachen, ob ich mich denn *desinfizieren* oder *sterilisieren* solle und ob sie, per definitionem, mir einfach mal den Unterschied erklären könne...
Es gibt Dinge im Leben, die lässt man am besten bleiben. *Parzival* sollte sich immer an *Herzeloydes* Rat halten und keine Fragen stellen. Denn sonst folgt, wie in diesem Falle, auf einen Einlauf nicht nur ein Rieseneinlauf, sondern auch ein Riesenaufstand. Nun ja, das ist schon einige Zeit her. Auch heute bin ich immer noch unsteril, wenn ich den Waschraum betrete, bekomme deswegen aber keinen Einlauf mehr. Nichtsdestotrotz sollte man auch heute beim Thema *steril oder unsteril? - Das ist hier die Frage* einem Drachen nicht den *Bhakti-Satz Bakterien können nicht fliegen!* an den Kopf werfen oder versuchen, mit ihr die Arbeit von Cooper

et al. (*Cooper G, Schiller A, Hopkins C: Possible role of capillary action in pathogenesis of experimental catheter-associated dermal tunnel infections J. Clin. Microbiol. 1988; 26 pp. 8-12*) zu diskutieren. Das bringt alles nichts. Schon gar nicht mit Schopenhauer oder Nietzsche anfangen. Wer alles kann und weiß, will selten etwas Neues dazulernen. Dann schon besser den Papst und die Dogmatik der Lehre und des Gelernten ins Spiel bringen. Am besten ist es jedoch, den Schniedel direkt an der Wutz zu packen. Das *Intervall* $\mu \pm 2\sigma$ lockt man am ehesten aus der Reserve, wenn man es fragt, wer denn in *Deutschland den Superstar* gesucht und gewonnen hat. Auf einmal wird es zutraulich und packt aus. Toppen kann man das Ganze noch, wenn man es nach der Lieblingszigarettenmarke fragt. Schade, diejenigen fünf Prozent, die nicht in das *Intervall* $\mu \pm 2\sigma$ fallen (ich habe, obwohl ich mir nicht ganz sicher bin, das *Intervall* $\mu \pm 2\sigma$ *und* nicht das *Intervall* $\mu \pm 3\sigma$ gewählt, ganz einfach, weil ich bestimmt niemanden verletzen will), gehen leider unter. Jammerschade. Aber so ist das nun einmal mit den Tatsachen auf der Welt. Die Natur fragt nicht danach. Der Stärkere setzt sich durch…

Letzter Stich, Säuberung, Desinfektion, steriler Verband. Fertig ist die Operation. Ich bedanke mich bei allen Beteiligten, wie ich das immer tue, was noch nie jemanden interessiert hat, dass ich das tue, da fast alle (Kleopatra, die ja bekanntlich nicht qualmt, weil sie mit ihren rauchenden Colts schon genug zu tun hat, ist schon abgetreten und hat sich schon verdrückt) nur daran denken, schleunigst aus dem Saal zu kommen, um endlich eine quarzen zu können. Ich werfe alles an Kleidung, was nun nicht mehr steril sein muss, ordentlich in den Müll und verlasse den Tempel. In den vergangenen zwei Stunden habe ich so viel Adrenalin verbraucht, damit hätte man ein zum Endspiel einer Weltmeisterschaft vollbesetztes Fußballstadion zum Überkochen bringen können.

Ich mag die Menschen nicht

Ich mag die Menschen nicht besonders. Sie mögen mich ja auch nicht. Die Menschen mag ich nur dann, wenn sie mich auch mögen. Wann mögen mich die Menschen? Wenn sie hilflos sind. Wenn sie krank sind. Wenn sie allein sind. Dann mögen mich die Menschen. Sonst beachten sie mich kaum. *Kannst Du Dir das mal kurz mit anschauen, ich kenn mich da nicht so aus*, fragt die junge Assistentin der anderen Abteilung, die mit den langen schwarzen, auf der Arbeit elegant hochgesteckten, Haaren und den tiefen, allerdings nicht tiefblickenden schwarzen Augen (und dem so augenscheinlich guten Draht zu ihren und vor allem zu den von ihren, nach den Kriterien der Welt zu urteilenden, gut aussehenden Oberärschen) die, im Rudel Gleichgesinnter, so unehrlich zur Schau stellend ihre medizinischen Argumente gestikulierend untermauern konnte, im Dienst in der Notfallambulanz in der Nacht. Sie fragt mich. Zum ersten Mal, da, im Moment, sonst kein anderer da ist, den sie fragen könnte. Sie fragt mich, muss mich fragen, jetzt; bislang hat sie mich nie angesehen, nie meinen Gruß erwidert, wenn ich *guten Morgen, guten Tag* oder *Hallo* gesagt habe. Nun, dass *Grüße* in der Anstalt häufig *Einbahnstraßengrüße* waren, war, im Grunde, keine Besonderheit. Das wurde nach dem Modell von *A. Bandura* vererbt. Im Prinzip war das eine ähnliche Szenerie wie in einem Fußballstadion, wo, bei der Vorstellung der Spieler durch den Stadionsprecher, regelmäßig, durch die Fans der Heimmannschaft lautstark skandierend, den Namen der Spieler der Gastmannschaft das Wort „Arschloch!" angehängt wird. Hier war man jedoch selbst der Stadionsprecher und, bei Nichterwiderung eines Grußes, folgte hier auch durch den Stadionsprecher selbst das *Arschloch!* allerdings nur im Geiste und für den Spieler der Gastmannschaft unhörbar. So habe, zumindest, ich das empfunden. Es gibt jedoch eine andere Stimme in mir, die mir weismachen will (so, wie die Waschmittelindustrie über die Waschmittelwerbung weiß machen will), dass nicht grüßende Eminenzen und Deminenzen unsichere Menschen (?) seien. Na, jetzt reicht es aber. Wenn Menschen (?) sich über Jahre hinweg abgerackert und / oder hochgebockt haben und schließlich mit Traumnoten letzten Endes wortgewaltig und gestenreich den edelsten Beruf, den dieses unser Land zu vergeben hat, repräsentieren, dann lasse ich dieses Argument mit Sicherheit nicht gelten. Wie dem auch sei. Sie hat mich zwar nicht gegrüßt, aber, sie hat mich um etwas gebeten. Ich habe nun zwei Möglichkeiten, zu reagieren:

1. *Verpiss Dich, Du Schlampe!*
2. *Gerne!*

Schwierig? Nun, man nehme einen Würfel, ungerade ist gleich Möglichkeit eins, gerade ist gleich Möglichkeit zwei. Die Durchführung zur Erzielung einer Lösung im Hinblick auf das Ergebnis ist in jedem Falle sowohl trivial als auch höchst kaiserlich: *Schaun mer mal.* Da ich jedoch ein Trottel voller Demut bin, habe ich, wie immer, keine Würfel dabei. Also bleibt mir gar keine andere Wahl, als zu sagen: *Gerne, schaun mer mal!*

Schwulster aller Berufe

Nun, warum habe ich das getan? Warum nur habe ich diesen Beruf gewählt? Das frage ich mich seit Jahren, tagtäglich, eigentlich von Anfang an. Diesen, in der Tat, ohne irgendein Individuum, oder die Mehrzahl davon, in irgendeiner Form sexuell zu diskriminieren, schwulsten aller Berufe. Wenn Du Dir über Ewigkeiten, tagtäglich und immer wieder, immer wieder einen einrammen lassen musst, oder lassen darfst (*that depends on different perspectives*) und Dich dazu zwingen musst, das auch noch geil zu finden oder Du das einfach geil findest (*that also depends on different perspectives*) dann bist Du irgendwann einmal so weit, dass Du selbst einrammen darfst oder vielmehr musst (*that does not depend on different perspectives*) und, ohne Zweifel, Du wirst es, ahhhhh!, das Einrammen, immer wieder von neuem genießen. Es ist zwar Wochenende, Freitagabend, um genauer zu sein, die Tagesschau dürfte, was aber keine Rolle spielt, vorbei sein, es könnte auch Samstag- oder Sonntagnacht sein, das spielt überhaupt keine Rolle, aber die Bude ist voll. Wo waren die denn den ganzen Tag? Ein akutes gesundheitliches Problem scheint nur dann von Relevanz zu sein, wenn man es lange genug mit sich herumgetragen hat. Auch hier bestätigen Ausnahmen die Regel nur selten. *Was ist Ihnen denn passiert? Was haben Sie denn gemacht? Was haben Sie für ein Problem? Weswegen kommen Sie hierher?* Das sind so die Standardfragen, die ich den Menschen, die sich Patienten nennen, stelle, wenn ich einen Raum in der Ambulanz oder der Notaufnahme betrete, in der ein Mensch sitzt, steht oder liegt, der sich Patient nennt. Man muss ja irgendetwas fragen, und W-Fragen sind, so denke ich, prinzipiell mehr denn alle anderen Fragen geeignet, eine sinnvolle Antwort zu bekommen. Im Hinblick auf die Lösung des aktuellen Patientenproblems sind sie im Grunde essenziell. Denkt man. Denn nun passiert erstaunliches. Auch wenn die schon stundenlang draußen auf harten Stühlen oder Bänken gewartet haben (die Bude ist voll, aber Augen im Kopf haben die allerwenigsten höchstentwickelten Vielzeller) ist es ganz häufig so, als würde der Hohlraum zwischen den Arschbacken derjenigen, die mir da gegenübersitzen, -stehen oder -liegen, sich öffnen und mir antworten. Inhalt, Ton und Sinnhaftigkeit der Regelantwort auf meine Standardfrage nachzuschließen bin ich jedenfalls davon überzeugt, dass es so sein muss. Da ist es kein Wunder, dass unser Gesundheitswesen so schlecht ist und auch immer schlechter und schlechter wird, obwohl ständig darüber gestritten und diskutiert wird. Wenn die Konsumenten dieses Systems mit dem Hohlraum zwischen den Arschbacken antworten, muss man, so glaube ich, sich nicht fragen, mit welchem Hohlraum diese Konsumenten denken. Es ist immer das gleiche. Im Prinzip ist es der gleiche Hohlraum, der auf diesen, unseren Straßen und Autobahnen Auto fährt und wählen oder nicht wählen geht und der gleiche Hohlraum, der Gesetze fahren lässt, an die sich der gleiche Hohlraum halten soll und dennoch nicht hält. *Similia similibus curentur* oder *non curentur*. *That belongs to the perspective*. Also tue ich nun das, was ich kann, was mir tagtäglich eingerammt wird. Ich unterwerfe mich der Einsicht der Notwendigkeit zum Hinnehmen der Gegebenheiten. Ich beweise Demut. Amen. Demütig frage ich mich, es lässt mir einfach keine Ruhe, weiterhin: Warum habe ich das getan? Warum habe ich Chirurg werden wollen, warum habe ich (zuvor) Arzt werden wollen, warum bin ich schließlich beides (bin ich denn wirklich beides, oder nur eines von beiden oder keines von beiden, bin ich es denn wirklich) geworden? Diese Frage, die Bedeutung und der Sinn dieser Frage ähnelt Fermats Satz. Die Antwort auch. Ich glaube, der Versuch, diese Frage zu klären, einer Lösung nahe zu bringen, bedarf einer grundlegenden und nüchternen Analyse. Warum wird man Chirurg? Nun, zunächst wird man, in diesem, unserem Lande, und, ich denke, auch in allen Ländern, die die Atombombe haben und auch in denen, die sie nicht haben, aber (als Zeichen dafür, dass die Potenz [noch] gut ist) durchaus gerne hätten, Arzt. Daher, antizipierend, die Frage: Warum wird man Arzt? Nun, weil der Vater oder die Mutter (oder Vater und Mutter) Arzt war (oder Ärzte waren). Das ist die einfachste aller möglichen Antworten. Dazu ein Gedankenexperiment. Wenn Sie als Jäger an ein Gehege kommen, in dem sich, auf engstem Raum gedrängt, hunderte von Wildschweinen befinden, ist die

Wahrscheinlichkeit, eines davon zu treffen, wenn sie mit ihrer Büchse draufhalten, größer als keines davon zu treffen. Es sei denn, sie schießen in die Luft oder haben die falsche Büchse dabei oder sie sind ganz schön kurzsichtig (die Wildsäue erkennen Sie aber, was?) oder usw. Woher ich das weiß? Nun, ich habe die Frage *Warum wird man Arzt Google* gestellt und, erstaunlicherweise, obwohl es mich, eigentlich, gar nicht erstaunen *kann*, bin ich auf eine Website gestoßen, wo einer, der zu denen mit den dicksten medizinischen Eiern gehört, die es gegenwärtig in diesem unserem Lande gibt (und der, wie *könnte* es denn auch anders sein, zudem Chirurg ist), mit diesem Thema konfrontiert, auf die genannte Frage eben genau die genannte Antwort gibt. Also, scharf geschossen, auf ein Ziel, das man nicht verfehlen kann, und treffen ist sicherer als das Amen in der Kirche (da sollen schon Leute eingeschlafen sein), nein, das ist so sicher, danach können Sie die Klospülung ziehen. Aber, bestätigen Ausnahmen auch in diesem Falle die Regel, dann nämlich, wenn sie ausbleibt? In der Weltliteratur gibt es ein, existentialistisch geprägtes, Beispiel dafür. In diesem Buch, das zu den zehn besten der Weltliteratur gehört (nein, zu den hundert besten, nein zu den tausend Besten, was sage ich da, es gibt zu viele beste Bücher in der Weltliteratur) wird der Protagonist, in einer verseuchten und perspektivlos scheinenden Welt, auch gefragt, warum er *Arzt geworden* sei, und er antwortet: *Weil mein Vater kein Arzt war!* Nun, die Atonalität des Denkens bringt zwar kurzzeitig erstaunliche Ergebnisse zu Tage, langfristig führt sie aber nicht weiter und bedarf daher eines weiterführenden Konzepts. Daher lasse ich diesen Gedanken jetzt einfach unter mir und ziehe an der Klospülung.

Worüber denken Chirurgen nach?

Es gibt, wenn wir denn nur einmal, nur einmal ehrlich sind, wenige Dinge und Eigenschaften, in denen sich der Mensch vom Tier unterscheidet. Diese sind rasch aufgezählt. Der aufrechte Gang zum Beispiel, der eine überdimensionale Vermehrung der Neurone und deren Verschaltungen im peripheren (wobei ich mir da nicht ganz sicher bin) und, vor allem (wo ich mir ganz sicher bin) im zentralen Nervensystem, gegenüber den sonstigen, mehr oder weniger, weniger entwickelten Arten, voraussetzt. Der Gebrauch von Werkzeug ebenso. Es folgt der Gebrauch und der Einsatz der Sprache, die ein sehr scharfes Werkzeug, das schärfste Werkzeug, das wir, überhaupt, kennen, darstellt und die, natürlich, auf die filigrane Weiterentwicklung und Vervollkommnung der Zunge und des Kehlkopfes zurückzuführen ist. Als Krone und bislang oberste Stufe der Weiterentwicklung der Krone der Schöpfung ist, meiner bescheidenen Meinung nach, das *Denken* anzusehen. Allerdings sind wir, ist die Evolution hier, wenn wir ein zweites Mal ehrlich sind, an einem Wendepunkt angelangt. Ab hier wird die Evolution zur Involution. Denken, und seine folgerichtige Fortführung, das *Nach*denken, die Reflexion unserer Existenz, das *Denken des Denkens, wenn nun der wahrnimmt, der sieht, dass er sieht, und hört, dass er hört, und als Gehender wahrnimmt, dass er geht, und wenn es bei allem anderen ebenso eine Wahrnehmung davon gibt, dass wir tätig sind, so dass wir also wahrnehmen, dass wir wahrnehmen, und denken, dass wir denken: und dass wir wahrnehmen und denken, ist uns ein Zeichen, dass wir sind*, wie schon Aristoteles in seiner *Nikomachischen Ethik* formuliert, haben uns nicht weitergebracht. Mit der Entdeckung des Denkens, spätestens mit der Entdeckung des Nachdenkens aber ging es bergab. Daher, die bescheidene Frage gestellt, *was denkt der Mensch*? Und, dem Trend der Zeit, welcher die Gegenwart und, leider auch die Zukunft abbildet, immer mehr spezialisierend, die unbescheidene Frage gestellt: *Woran denken Chirurgen und worüber denken Chirurgen nach?* Nun, Ersteres wollen wir sofort mit dem Mantel der Verschwiegenheit bedecken, da infantile und nicht jugendfreie Resultate hier eher die Regel als die

Ausnahme darstellen. Bleibt noch die Frage zu klären, *worüber* denn *Chirurgen nachdenken*, wenn sie nachdenken. Diese Frage, in irgendeiner Art und Weise, sinnvoll und valide beantworten zu wollen, ist, primär betrachtet, natürlich sauschwer. Wie alle anderen Mediziner, ja, wie alle anderen Bewohner dieser Kugel, deren Telencephalon unwesentlich größer ist als deren Rhombencephalon, reden Chirurgen untereinander ja nicht untereinander miteinander, sondern untereinander übereinander. Dieser Sachverhalt beantwortet somit natürlich nicht, *worüber* sie nachdenken, sondern was und wie sie *über* andere denken, und dies nur dann, wenn diese anderen, über die sie sagen was sie denken und worüber sie, in der Regel nicht nachgedacht haben, in dem Moment, wo sie sagen, worüber man eigentlich zuvor nachgedacht haben sollte, gerade nicht da sind. Da dieses Denken und Reden, ohne zu denken, in der Regel, nicht den direkten Weg nimmt, sondern indirekt dem, über den man, auch ohne nachzudenken, sagt, was man denkt, vermittelt wird, ist die direkte Rede des hier Erzählten, größtenteils, unangebracht und wird stattdessen über die indirekte Rede mitgeteilt. Trotzdem will, natürlich, nicht nur bei den Chirurgen, sondern bei allen Telencephalonikern im Endstadium der Entwicklung und insbesondere bei jenen, bei denen das Areal für die Phallussymbolik den größten Anteil ihres Telencephalons einnimmt, jeder wissen, was der oder die anderen über ihn denken, ohne es zu sagen. So sind, im Laufe der Menschheitsgeschichte, fast überall die ausgefeiltesten Spitzel- und Geheimdienste mit, mehr oder weniger, ausgeprägtem Denunziantentum entstanden, die sich vor allem in totalitären Systemen, in denen die Mächtigen ihre Macht (deren sie, da sie nicht wissen, wie und was man über sie denkt, sich nicht im Geringsten sicher sind) mit aller Macht behalten wollen, bis zur Perfektion entwickelt haben. Auch in dieser Weiterentwicklung unterscheidet sich der Mensch vom Tier und die Chirurgen nicht von der restlichen Menschheit. Weites Abschweifen entbindet jedoch nicht von der Beantwortung der Frage, *worüber Chirurgen denn nachdenken*. So schwer die Antwort auf diese Frage auch anmutet, so einfach ist sie doch, wenn man sich, über Jahre hinweg, durch intensivste Beobachtung und intensivstes

Nachdenken mit dieser Species auseinandergesetzt hat: *Chirurgen denken über Chirurgie nach!* Ja, über was denn auch sonst? Über Chirurgie! Morgens und abends, beim Aufstehen und beim Zubettgehen, vom Aufgang der Sonne bis zu deren Untergang und bis spät in die Nacht, sie träumen sogar davon und verschenken ihren Urlaub deswegen. Die Nuancen und die inhaltlichen Schwerpunkte des chirurgischen Nachdenkens sind natürlich, abhängig davon, wie lange man sich schon in diesem Karma befindet und wie weit man die Erfolgsleiter (die ja kein Pfad der Erleuchtung, sondern der Unterbelichtung ist) emporgestiegen ist, unterschiedlich. Die bereits ins Rampenlicht Hinaufgekletterten interessieren sich natürlich für den Erhalt und die Mehrung von Ruhm und Ehre, die ins Rampenlicht Hinaufkletternden interessieren sich für den baldigen Erwerb von Ruhm und Ehre und beide zusammen interessieren sich natürlich brennend für das *ZDF* (= Zahlen, Daten, Fakten). Für den Menschen Patienten, für das einzelne Individuum will sich so recht niemand interessieren, einige wenige Affen Gottes vielleicht, die primär auf die Welt gekommen und da sind, um ihre Sucht, ihr unablässiges Verlangen, zu stillen, gut zu behandeln, um selbst gut behandelt zu werden. Über den einzelnen Menschen kann man keine ZDF-Papers, die statistisch signifikant und wissenschaftlich wertvoll und für die weitere Entwicklung der Menschheit von bahnbrechender Bedeutung sind, schreiben. ZDF bringen eigentlich nur Maschinski-Menschen, die man, am besten, in großer Zahl und mit guten, oder noch besser, hervorragenden Zahlen präpariert und repariert und wiederhergestellt hat. Demonstrationen des Alten über neue ZDF in der Frühbesprechung, wo sich, in aller Regel, werdende und seiende und sich selbst als solche bezeichnende Chirurgen konzentriert zusammenfinden, sind ein häufig rezidivierendes Ereignis. Ich persönlich kann mich jedoch häufig nicht auf dieses ständige chirurgische Nachdenken konzentrieren, es wird, wenn ich ehrlich bin, immer weniger und ich kann, wenn ich denn noch ehrlicher sein soll, immer weniger damit anfangen. Es gibt so viele interessantere und wesentlichere Dinge im Leben, die einen mit Leben erfüllen, die dem Sein einen Lebenssinn, einen göttlichen Funken zukommen lassen, die man intensivst im tiefsten Inneren empfindet und für die es sich lohnt, intensiv darüber nachzudenken. *B`fffff-back!* Es gibt Dinge, die man im Leben erfährt, die man irgendwann irgendwie und unverhofft spüren und erfahren darf, und die einfach unglaublich sind. Hier sitze ich nun und höre nicht zu, was es durch Gottes Stimme über das ZDF zu sagen gibt und sehe nicht zu, obwohl ich, zwanghaft und zwangsläufig, wie in tiefster Trance, aus den Augenwinkeln beobachten muss, wie alle anderen so dasitzen und zuhören müssen, was es über die neuesten ZDF zu berichten gibt. *Kommentare? Anmerkungen?* so salopp vom Alten in die Runde geschleudert mit dem Bewusstsein und aller Bewusstheit, dass es keinen einzigen in der Runde gibt, der sich in direkter Rede zu einem kritischen Kommentar verleiten ließe, aber dieses Signal dringt sowieso nur mittels ultrakürzester Wellen in mein Bewusstsein und schafft es noch nicht einmal auf die unterste Stufe meiner gegenwärtigen Reflexion, da ich in diesem Moment, in dieser gerade vom ZDF gesendeten Frühbesprechung, so unglaublich tief von diesem *B`fffff-back!* gefangen bin, dass sämtliche ausgesendeten Impulse auf keinerlei Resonanz treffen. Ich habe sie, diese CD, heute früh, auf der Fahrt zu dieser verschissenen Arbeit, wieder einmal gehört, so, wie ich jedes Mal, wenn ich zur Arbeit fahre, jeden Tag, ja, jede freie Minute, ja ständig, auch dann, wenn ich zum Hören überhaupt keine Zeit habe und es ganz allein in mir weiterswingt und groovt, irgendeine der vielen, vielen Platten und CDs, die ich besitze, in mich aufsauge. Question and Answer. Heute war es *Question and Answer*, was mich den ganzen lieben langen Tag beschäftigt und beschäftigen wird. Gleich das erste Stück der CD, *Solar*, dieser geniale alte Miles Davis-Klassiker, reißt mich doch jedes Mal von neuem vom Hocker. Es ist eine dieser Sternstunden der Menschheit, nur wenige Sekunden, eigentlich ist es nur ein einziger Takt Musikgeschichte, der mich aus der Grube tiefster Depressionen herausreißen und doch wieder hineinstürzen kann, eigentlich nur eine kleine musikalische Geste, die mich rüttelt und schüttelt, die mir demonstriert und mir signalisiert: *Yeah, that`s life!* Man kann sie, diese Geste, nicht beschreiben, es gibt keine Worte dafür, jedoch, ich muss es trotzdem tun, obwohl ich weiß, dass ich, bei meinem

Versuch, so erbärmlich scheitern werde. Es ist diese so unglaubliche musikalische Interaktion nach dreieinhalb Minuten Spielzeit, nachdem Pat (Metheny) schon soundso viele Chorusse improvisiert hat, er plötzlich, wie aus heiterem Himmel, dieses auf- und absteigende Triolenmotiv spielt, so, als würde es tatsächlich jeden Moment passieren, und Roy Haynes, dieser (pardon!) so geniale alte Sack, der zur Zeit der Aufnahme von *Question and Answer* schon weit über sechzig war, der heute schon über achtzig ist, Roy Haynes, der schon zu Zeiten des Bebop mit Charlie Parker die Bühnen von Minton`s und Monroe`s zum Einstürzen brachte und, auch heute, nachdem schon höhere Türme durch weitaus unglücklichere Umstände zum Einstürzen gebracht wurden, trotz seines Alters, immer noch von Bühne zu Bühne und Session zu Session zieht und als mutmaßlich größter lebender Drummer jeden anderen Schlagzeuger (da Elvin schon tot ist), der nach ihm kam und nach ihm kommt, mit Sicherheit mühelos an die Wand spielt, dieser Opa Haynes wirft in genau diesem Moment dem in tiefster Trance improvisierenden Pat dieses unglaubliche *B`fffff-back!* entgegen, er schlägt dieses *B`ffff!* so unverhofft und so mühelos aus dem Handgelenk auf das Becken und lässt nur eine Sekunde später, die Spannung ist kaum zu ertragen, dieses *-back!* als Rimshot auf die Snaredrum als ultimatives Stopsignal folgen, so als würde er befehlen: *O.K. Pat, ist genug jetzt, komm runter und lass Dave auch mal!* und Pat Metheny hat überhaupt keine andere Wahl, als das Signal aufzunehmen und den Chorus abzuschließen, den er, überragend wie er ist, natürlich als geniales Topvoicing über die selbst zu Grunde gelegten Chords zu Ende bringt um schließlich das Zepter an Dave Holland zu übergeben, der, nicht minder genial, als ehemaliger Schüler von Meister Miles natürlich sofort weiß, was er mit *Solar* anzufangen hat. *B`fffff-back!* Nur eine kurze Szene, aber unvorstellbar genial und unglaublich gespielt, so, dass sich mir schon allein beim Gedanken daran die Haare meiner Unterarme aufrichten und es mir eiskalt den Rücken herunterläuft, ein sagenhafter musikalischer Augenblick, für den alleine es sich schon lohnt, zu leben, den man nicht denken kann, über den, um ihm gerecht zu werden, gar nicht nachgedacht werden, sondern den man nur *empfinden* kann. Ich schaue mich nun, aus tiefster Trance erwachend, um und beobachte, was ich tagtäglich und immer wieder beobachte: *Chirurgen denken über Chirurgie nach*, und dieses Nachdenken wird vom ZDF diktiert. Aber: Ich gönne es ihnen ja. Sie haben ja sonst nichts, worüber sie nachdenken können. Sie haben ja sonst nichts vom Leben.

Die Leitenden

Schon wieder sitze ich seit Stunden hier und quatsche mit den anderen Irren dieser wahren Anstalt (...diesen *Little Cuckoo's Nest*...) über irgendwelchen Quatsch und mache irgendwelchen Quatsch und komme nicht zum Wesentlichen und zu dem, was ich eigentlich will. Mein Problem ist das der ständigen Überforderung. Womit andere ständig unterfordert sind, bin ich ständig überfordert. So ging es mir ständig mit dem Stationsanstaltspersonal, dem *Ei!* wenn ich, am Ende meiner Kräfte und meiner Geduld, endlich von *Ei!* mal forderte, jetzt doch mal in die *Pötte zu kommen!* Und was bekam ich darauf zu hören: *Ei...!* ...wie sollte ich damit nicht überfordert sein...?
Tja, und so habe ich hier mit dem Rauchen, was ich nach langer Zeit vor kurzer Zeit aufgegeben habe, hier, vor kurzer Zeit, wieder angefangen. Und was für ein Zeug ich hier rauche, das ist ja das Einzige, was man hier darf, denn sonst darf man ja, außer Glockenspiel und Entspannung zur Beruhigung, natürlich, durch die ständigen *Tic Tac*-Pillen unterstützt, hier nichts. Ich rauche ständig fetteste Zigarren. Hol's der Geier...! (...*und scheißen wie die Reiher*...!) Wo habe ich das denn schon wieder her? Ach ja, *Kowalski*! Der Chef vom *Wiener Wald* (...wer war das nochmal gewesen...?) wurde einmal vom *Kowalski*-Magazin interviewt und gab diese Aussage zum Besten. An mehr kann ich mich beim besten Willen nicht erinnern. Ich kann mir ja auch nicht jeden Scheiß merken... aber, und: Wo fällt mir dieser Spruch ein? Natürlich, auf dem Scheißhaus! Denn, was man

supergut kann beim oder nach dem Konsum dieser fetten Zigarren: *Scheißen wie ein Reiher!* Ehrlich! Ob ich über diesen Umstand glücklich sein soll oder ob ich darunter leide, weiß ich noch nicht… Schon habe ich wieder mein Thema: Der Leidende, die Leidenden, der Leitende, die Leitenden! Danke!

Der Leitende. Die Leitenden, denn ich habe einige davon erlebt. Drei, wenn ich genau sein soll. Also fange ich damit an und versuche, ohne allzu viele Umschweife, darüber zu berichten.

Credo in unum Deum, Patrem omnipotentem, factorem caeli et terrae, visibilium omnium et invisibilium… sedet ad dexteram Patris. Et iterum venturus est cum Gloria judicare vivos et mortuos, cuius regni non erit finis. (*Wir glauben an den einen Gott, den Vater, den Allmächtigen, der alles geschaffen hat, Himmel und Erde, die sichtbare und die unsichtbare Welt. Er sitzt zur Rechten des Vaters und wird wiederkommen in Herrlichkeit, zu richten die Lebenden und die Toten; seiner Herrschaft wird kein Ende sein.*) Abschweifen? Wieso sollte ich? Diesen Text kennt doch jeder, das *Ordinarium* in der *römisch-katholischen Messe*, das ist doch hinreichend bekannt, in einem Land, das den wahren Stellvertreter, und das seit jener Zeit, von der ich berichte, und den obersten Denker Gottes stellt. Aber irgendwas ist faul an diesem Text… richtig! Der Stellvertreter Gottes, der *Leitende*, saß links neben dem Alten, da bin ich mir ganz sicher. Zumindest in der morgendlichen Frühbesprechung in einem, an den meisten Tagen der Woche, viel zu kleinen Raum mit Ärschen aller Rangabzeichen, *PJ*lern und ähnlichem Gedöns und alles überstrahlendem Weiß. Der Leitende war mit Sicherheit auch ein Leidender, dies dauerte einige Wochen, bis ich das kapierte, aber dann hatte ich es zur Genüge verstanden. Im Grunde war der Leitende, obwohl er der Stellvertreter war, dazu da, das zu machen, wozu der Alte kein Bock mehr hatte. Wie, sich um die Mannschaft zu kümmern und den Laden am Laufen zu halten. Der Leitende, als Stellvertreter, war eigentlich immer der Erste mit Ambitionen auf eine Chefstelle außerhalb der Anstalt in einer anderen Anstalt irgendwelcher Größe und Bedeutung. Somit hatte ein Leitender, als Stellvertreter, sich immer schon bald die Eigenschaften eines Alten angeeignet.

Der erste Leitende, mit dem ich in dieser Klinikanstalt (oder Anstaltsklinik) in Kontakt getreten war, war ein schmaler, drahtiger Bursche, nur wenige Jahre älter als ich, mit klar vorgezeichnetem Weg und klar umrissenen Zielen. Über ihn war ich, im Grunde, erst zur Ehre gekommen, an diese Anstalt kommen und ihr dienen zu dürfen. Wie, das sei, weil ich keinem Menschen etwas Böses will, dahingestellt. Auf jeden Fall war er ein cleverer Kerl, denn er übernahm ganz einfach die schon sehr weit fortgeschrittene Forschungsarbeit eines Vorgängers, der eben in einer anderen Anstalt das Zepter übernommen hatte, machte sie zu seiner eigenen und kam so recht bald zu höchsten wissenschaftlichen Meriten und in die Spitze hinein. Ich fand ihn trotz allem aber durchaus nicht unsympathisch. Nur ein Satz, ein einziger Satz, vielmehr eine Frage, die er an mich stellte, hätte mir schon früh, eigentlich sofort, als er sie stellte, zu denken geben müssen. An einem verschissenen verregneten Spätherbsttag, als ich zum ersten Mal mit bebendem Herzen und schweißigen Händen das Anstaltsgelände und somit das Anstaltsgebäude betrat und mich bei ihm, dem Stellvertreter vorstellte, stellte er mir (...damals mit einem gewissen *Benedictus* als Adlatus, von dem noch die Rede sein wird...) diese alles entscheidende Frage, die noch lange in mir nachhallte, selbst in einer Zeit noch in mir nachhallt, wo ich nicht mehr denke, was ich tue und umgekehrt auch nicht mehr tue was ich denke, diese epochale Frage:

Wo wollen Sie stehen, wenn Sie fünfzig Jahre alt sind...?

Und diese Frage, die gar nicht zu beantworten ist, weil sie gar kein Mensch beantworten kann, beantwortete ich ihm mit einem Satz, eigentlich nur einer kurzen Aussage, einem kategorischen Imperativ, den ich über Tage hinweg auswendig gelernt hatte und den ich in einer anderen, nicht simultan, sondern sequenziell erfolgenden Zeit, noch bitter bereuen sollte. Danach ging alles sehr schnell. Eine Woche später dann gefühlte fünf Minuten mit eben diesem Leitenden, mit dem Alten und mit *Kleopatra* und die *Beer war g´schält*, wie der Erfinder des Halbsatzes *in diesem unserem Lande* einst im Rahmen eines epochalen Ereignisses so treffend formuliert hatte. Das Abenteuer in dieser seltsamen Anstalt begann, wie schon berichtet, an einem 03.01. kurz nach der

Jahrtausendwende. Tja, und dieser Leitende wurde mir mit der Zeit, irgendwie, immer sympathischer, trotz aller Macken, von denen sich kein Chirurgenarsch freisprechen kann. Er war wirklich einer, der den Laden zusammenhielt oder versuchte, ihn zusammenzuhalten, das war seine große Stärke und das respektierten auch alle Ärsche, zumindest alle, die unter ihm standen, und das waren alle, bis auf einen. Er war ein guter Operateur, aber es gab bessere, aber auch viele schlechtere. Nur der Alte machte ihm das Leben schwer und immer schwerer, es entbrannte mit der Zeit ein richtiger Krieg zwischen den beiden und der Leitende litt und erkrankte richtig daran. Zu Beginn verstand ich nichts davon, rein gar nichts. Das war und ist wie bei der Oper *Die Soldaten* von B.A. Zimmermann, die linear zeitlich versetzten (somit sequenziellen) Handlungen, die simultan durch Ein - und Ausblendungen der Geschehnisse auftreten können, lassen sich erst nach mehrmaligem Anschauen und Reflektieren begreifen. Das heißt, irgendwann begriff ich die Handlung und wusste, worum es geht. Der Alte und der Leitende, das war keine harmonische Beziehung, nein, das war ein Rosenkrieg, den nur einer, und es war klar, wer der eine war, gewinnen konnte. Und der arme Leitende, der ein Hund und Bluthund sein konnte und trotzdem eine sympathische Ader hatte, musste irgendwann, zu einer Zeit, in der ich dachte, ich hätte mich in der Anstalt so einigermaßen eingelebt, diese Institution, in der er sein halbes Leben verbracht hatte, vom kleinen Studenten des ersten Semesters bis zum Stellvertreter mit höchsten wissenschaftlichen Auszeichnungen, verlassen. Er ging. Schade, denn ich mochte ihn. Aber der Leitende war, wie gesagt, ein cleverer Bursche. Er hatte, wahrscheinlich u.a. mit Hilfe seiner vielen, durch viele wissenschaftliche Kontakte geknüpften Beziehungen, eine Chefstelle in einer renommierten Klinik weit außerhalb der *Ei*-Region in Aussicht, die er sehr bald übernehmen sollte. Er nahm auch noch einen Kollegen gleichen Ranges (wie ich), der mit einer beneidenswerten Riesenportion *Ei!* (nicht wie ich) gesegnet war, mit. Sehr schade. Mit dem Abgang des Leitenden, begann, in der Tat, das Anstaltsschiff, ganz langsam, aber auch ganz sicher, mit dem Eisberg

Kontakt aufzunehmen, der es, langsam, in irgendeiner Zeit zum Kentern bringen sollte.

Nun, der Platz zur Linken des Alten musste aufgefüllt werden. Und er wurde aufgefüllt. Mit einem Begabten.

Begabt

Selbst.
Der man sich selbst sieht.

Zu erkennen,

was man kann
und
dass man es kann
und
sich selbst auf die Schulter klopfen zu können
weil man es kann.

Nennt man begabt.

Nun, wenn dieser Spruch auf einen zutrifft, dann auf jenen, der als Leitender auf den gegangenen Leitenden folgte. Nun, das Problem oder ein Problem ist immer das der Namensgebung. Wie nennt man die Dinge beim Namen? *Heidegger* hatte damit kein Problem, er nannte sie einfach *Zeug*. Na meinetwegen. Wie aber nennt man die Menschen, die Personen beim Namen, die, die man schützen und die, die man nicht schützen will? Mir kann das, im Grunde genommen, egal sein, denn ich schreibe eine Geschichte, die wahr oder nicht wahr sein kann, Tautologie oder Kontradiktion. Und bei mir kümmert sich ja auch kein Schwein darum, ob das so ist oder nicht so ist, denn ich bin ja ein Verrückter, und denen glaubt man sowieso nichts. Trotzdem muss ich weitermachen, mir bleibt gar keine andere Wahl. Also, wie nenne ich die Personen mit der richtigen Bezeichnung? Nun, bei *Kleopatra* ist das *easy*. Beim *Alten* ist das auch *easy*, ebenso bei *Pierre*

Richard, dem *großen Blonden* (kommt noch, keine Angst…). Hier helfen die Wesenheiten, die Charaktereigenschaften der Genannten weiter, sie sind sozusagen mit ihnen deckungsgleich. Man kann sie auch nach ihren Fähigkeiten, wie den Überragenden (kommt auch noch) und den Göttlichen (kommt auch noch; ihn kann man jedoch nicht nach seinen Fähigkeiten, sondern man muss ihn nach seinen Überfähigkeiten katalogisieren und kategorisieren…) beurteilen. Ich nenne also die Personen, die ich als schlecht oder als angenehm empfinde, so wie ich sie einschätze und empfinde. *Mundus vult decipi, ergo decipiatur,* im Grunde ist das so auf der Welt, bei mir aber nicht immer. Ich komme jetzt also ehrlich mal zur Sache. Und nenne den folgenden Leitenden *den Begabten.* Was macht einen Begabten aus? *Begabung oder Talent bezeichnet eine besondere Leistungsvoraussetzung einer Person in einem bestimmten Gebiet. Meist sind das eine oder mehrere überdurchschnittliche Fähigkeiten,* so liest man das bei Wikipedia. Was konnte also der Begabte, was andere nicht konnten? Operieren. Operieren, dass einem die Tränen kamen. Ohne Wenn und Aber. Alles, was in dieser Anstalt (dieser Unteranstalt der Gesamtanstalt) operiert wurde. Wenn es beim Begabten einmal nicht zu operieren, also inoperabel war, dann war das so, das war eine Hausnummer und Aussage zugleich. Was der Alte dann davon hielt und machte, war seine Sache. Wenn der Alte es dann dennoch tun musste, war das in der Tat seine Sache, das ging ja dann meistens… nicht gut, wenn der Alte auch kein schlechter Operateur war, aber, der Begabte war, nicht öffentlich, aber offensichtlich und zumindest im Bewusstsein, nein, im Unterbewusstsein des Kollektivs, einfach besser. Wenn er etwas nicht operierte, dann zeigte das oft eher seine menschliche Seite, da die Prognose mit Operation dann tatsächlich schlechter war, auch wenn die meisten anderen (zu schnell, zu unreif) Hochgekommenen das in diesen Sphären in der Regel weder verstehen noch einsehen konnten. *Therapeutischer Nihilismus,* so nannte das zumindest der *große Blonde* (…der, mit Verlaub, besser reden konnte, aber: kommt noch…) einmal. Ich habe zumindest diesen Aspekt der menschlichen Seite vom Begabten gelernt und nie mehr vergessen. Aber auf der anderen Seite, der Begabte wollte

46

auch gar nichts anderes als operieren, wenn die Indikation stimmte, nur, sie musste stimmen. Forschung interessierte den Begabten nicht die Bohne, zumindest zeigte sich mir und empfand ich das so, das ließ er lieber andere, Untergeordnete, die diesen Scheiß für ihn machen sollten, für sich machen. Der Begabte war am akademisch wissenschaftlichen Ritterschlag scheinbar gar nicht interessiert, operieren konnte er sowieso besser als die anderen. Er hatte diese, von mir so über die, allen Maßen, bewunderte *Ihr könnt mich allemal*-Einstellung, selbst wenn beim Operieren einmal etwas schief ging, was im Tagesgeschäft dazugehört wie die Butter aufs Brot oder der Sex zum Rock´n`Roll. Das perlte scheinbar alles an ihm ab. Auch *Kleopatra* meinte einmal zu mir: …der (Begabte) hat ein breites Kreuz… Ich war gerne in seinem leitenden Zimmer, wenn ich Dinge erfragen oder besprechen musste. Er hörte gerne zu, das war sehr nett. Aber das Organisieren war nicht sein Ding. Wozu auch? Er konnte ja operieren. Und wie im richtigen Leben, so war das auch hier. Die Guten kommen und kamen immer zu kurz. Und nach kurzer Zeit als Leitender war auch der Begabte weg, auch ohne akademisch wissenschaftlichen Ritterschlag, wozu auch, denn er hatte seine Chefstelle sicher. Und er war ganz zügig weg, so nach dem Motto: *Ich bin dann mal weg…!*

Und wieder war eine Vakanz eingetreten und es war wie im Märchen vom Fischer und seiner Frau. *Manntje, Manntje, Timpe Te, Buttje, Buttje in der See…* und man hatte das Gefühl, das Wasser wurde sichtbar trüber und die Luft und die Stimmung spürbar schlechter. *Kleopatra*, als nächste in der Hierarchie und an Lebensjahren dem Alten am nächsten, wollte nicht, oder der Alte wollte nicht, dass sie wollte oder sollte (…na ja, ein Mensch mit den unmittelbaren und unverhofften, orkanartigen Wutausbrüchen von Kleopatra…). Aber der Alte wollte endlich einen, den er selbst groß gemacht hatte, zu sich emporziehen. Die Wahl fiel dann endlich auf den einen, der am gleichen Tag wie ich in dieser Anstalt begonnen hatte, ein Mann aus dem Land der löchrigen Käse und der Alphörner. Dagegen war nichts einzuwenden, denn er war zu jenem Zeitpunkt ein netter Kerl und hatte in den

Monaten davor, scheinbar, operativ gute Fortschritte gemacht, (mutter-)sprachlich allerdings mehr skandierend und vom Sprachfluss deutlich langsamer als der Rest der Anstalt, aber das tat dem ganzen Projekt keinen Abbruch. Er hatte ein gutes Händchen und ein Ohr für die nach ihm kommenden Ärsche. Außerdem sah er blendend, ja wirklich blendend aus, was natürlich der holden Weiblichkeit, mit der von den Wimpern ins OP-Gebiet bröselnden sterilen Tusche äußerst gut gefiel. Er hätte sicherlich auch in der Werbung ein schönes Gesicht und eine gute Figur abgegeben, aber er hatte dies, zu Beginn seiner Amtszeit, (noch) nicht nötig. Wissenschaftliche Meriten (*Papers,* etc.) hatte er schon verdient, er wartete gewissermaßen auf den o.g. Ritterschlag. Der Alte hievte ihn nun also hoch, dies zu einer Zeit, als ich dann bereits unten, im Tierstall war, machte ihn zum Leitenden und stellte ihm, da noch jung und unerfahren in dieser Position, den großen Blonden, der so gut reden konnte und schon lange mit dem akademischen Ritterschlag versehrt war, als geschäftsführenden Leitenden zur Seite. Dem blendend gut aussehenden Leitenden tat ich auch mein Vorhaben, die Anstalt definitiv zu verlassen, zu einer Zeit, als er noch ganz am Anfang seiner Einarbeitungszeit in die leitende Tätigkeit war, kund, mehr möchte ich, zumindest zu mir, nicht vorgreifen. Nun, um es kurz zu machen: Zu einer Zeit, als es mich, zumindest dort, nicht mehr geben sollte und gab, musste dem raschen Aufstieg des blendend aussehenden Leitenden dann doch irgendwie Tribut gezollt werden. Die Luft wurde zunehmend schlechter und das Wasser trüber. Woher ich das weiß, wenn ich nicht mehr da war und zuschauen konnte? Tja, weitere Chronisten, die noch vor Ort verblieben und verbleiben mussten, berichteten mir vom weiteren Fortschritt der Ereignisse. Der blendende junge Mann bekam bald den alles zu erstrebenden akademisch wissenschaftlichen Ritterschlag und verfiel immer mehr der Strategie, den Marotten (ZDF usw.) und den Charaktereigenschaften des Alten. Er hatte immer weniger und immer seltener ein gutes Wort und ein gutes Händchen für die ihm Nachgeordneten, selbst seine besten Freunde ließ er (…angeblich, zumindest wurde mir das so berichtet) wie eine heiße Kartoffel fallen. Er verließ, so hörte ich, seine Beziehung (…was 1. viele, die diese *Berufung* mehr aussaugt, als aufbaut, mit- und durchmachen…), bumste sich (auch so hörte ich) bei so mancher Wimperntuschenschönheit durch (…s.o. 1.) und wurde, auch so hörte ich weiterhin, dem Alten immer ähnlicher. Nicht lange danach, so hörte ich und las ich, war auch er Chefarsch einer anderen Anstalt geworden…

Fortbildung

Ich bin ein Schwamm. Woher ich das weiß? Nun, ich sauge einfach alles auf! Ein Schwamm mit immensem Saugbedürfnis und immenser Saugkraft. Wie als Mensch, so bin ich auch als Schwamm einzigartig. So einen Schwamm hat die Welt noch nicht gesehen, die fröhliche Wissenschaft bisher noch nicht erfunden und die Werbung, bislang, noch nicht präsentiert. Ich sauge das alles auf. Einfach alles. Und gebe es nur in kleinen, aber gezielten Dosen wieder her. Meine Saugkraft ist unerschöpflich. So auch heute. Die unentbehrlichen Freuden, die zusätzlichen Glücksgefühle, die einem dieser Beruf bietet, sind die Momente, Stunden und Tage, in denen man sein immenses Wissen erneuern und bereichern und somit (fraglich auch) seine Kompetenz erweitern darf. Große Denker, unermüdliche Arbeiter und vollkommene Idealisten unseres Berufstandes, so wie die sich ständig um uns sorgenden und für uns denkenden und uns unseres Denkens erleichternden Fensterredner und Wahlkampfdauerlächler mit dem angeborenen Victory-Fingerzeichen bereichern uns damit, nein, noch mehr, sie erleichtern uns auch noch damit, indem sie das alles für uns vorbereiten, planen und organisieren und uns dafür das Geld regelrecht aus der Tasche ziehen. So sitze ich hier und heute und erneuere hier und heute, mit ungefähr zweihundert weiteren, gesellschaftselitären Affen, die ebenfalls heute und hier in diesem Riesensaal sitzen, meine Kenntnisse im Strahlenschutz. Ja, sorry, auch und gerade als

Chirurg muss ich das auch, mich im Strahlenschutz, in regelmä-
ßigen Intervallen, fortbilden und lassen.

Nun, Strahlen, die kann man ja, ähnlich wie die Gedanken, nicht
sehen, aber, sie sind, auf die Dauer und mit zunehmender Dauer
und mit, auf die Dauer und mit zunehmender Dauer, zunehmender Dosis, gefährlich. Daher muss man sich vor ihnen schützen.
Also sitzen dort, da vorne, auf der Bühne dieses Riesensaales,
eine Handvoll, zum Teil schon ergraute oder haarlose, Herren,
die imposanten Namensschilder mit den noch imposanteren
akademischen Titeln vor sich auf dem Tisch stehend (damit man
auch ja weiß, mit wem man es zu tun hat), daneben jeder sein
eigenes Tischmikrophon und in der anderen Tischecke eine Auswahl an alkoholfreien Markengetränken im Piccolo-Format und
Kaffee ad libitum (ganz so, wie man es von den Dauerfensterred-
nern aus den Medien kennt), so genannte Experten also, die
heute, zum Teil von weit her, gekommen sind, um den unwis-
senden Zweihundert, die namenlos im Auditorium sitzen, zu erzählen und sie schließlich auch zu prüfen, wie man sich denn am
besten vor den Strahlen und dem Denken schützt. Also, rein ins
Vergnügen! Wie alles, was uns in diesem unserem Lande groß
und wichtig erscheint, so sind auch die Kenntnisse im Strahlenschutz unzertrennbar mit Gesetzen verbunden, die von den Dau-
erfensterrednern unter sachlicher und fachlicher Beratung durch
die entsprechenden Experten gemacht wurden. Das Ganze
nennt sich in diesem speziellen Fall, weswegen an diesem Tag
alle hier sind, *Verordnung über den Schutz vor Schäden durch Rönt-
genstrahlen* oder kurz *RöV*, die, wiederum, auf dem *Atomgesetz*
(*AtG*) basiert. Diese *RöV* ist ein höchstelaborierter Text, der aus
acht Abschnitten mit, mehr oder weniger, zahlreichen Unterab-
schnitten aufgebaut ist und beinhaltet achtundvierzig Paragrafen nebst vier Anlagen zu einigen Paragraphen und einem Anhang und in all dem sind, exakt bis in die Peniswurzel detailliert
formuliert, sämtliche Anweisungen und Vorschriften enthalten,
was man zu tun und zu lassen hat. Einige Paragrafen davon
sann`s recht lustig. Nachdem man zum Beispiel im *§13 (1) RöV*
erfahren hat, dass ein *Strahlenschutzverantwortlicher ist, wer einer
Genehmigung nach § 3 oder § 5* RöV *bedarf oder wer eine Anzeige nach*

§ 4 RöV *zu erstatten hat* erfährt man im *§15 (1) RöV,* dass *der Strahlenschutzverantwortliche unter Beachtung des Standes der Technik zum Schutz des Menschen und der Umwelt vor den schädlichen Wirkungen von Röntgenstrahlung durch geeignete Schutzmaßnahmen, insbesondere durch Bereitstellung geeigneter Räume, Schutzvorrichtungen, Geräte und Schutzausrüstungen für Personen, durch geeignete Regelung des Betriebsablaufs und durch Bereitstellung ausreichenden und geeigneten Personals, erforderlichenfalls durch Außerbetriebsetzung, dafür zu sorgen* hat, dass 4. *die Vorschriften des § 16 Abs. 1 Satz 2, Abs. 2 Satz 1 bis 3 und 5, Abs. 3 Satz 1 bis 5 und Abs. 4 Satz 2 und 3, § 17 Abs. 1 Satz 1 bis 3 und 5, Abs. 2 Satz 1 bis 3, Abs. 3 Satz 2 und 3, § 17a Abs. 4 Satz 2 und 3, § 18 Abs. 1 Satz 1, 2 und 4, Abs. 2 und 3 Satz 1, § 19 Abs. 1 Satz 1, Abs. 2, 3 und 6 Satz 1, § 20 Abs. 1, 2 und 5, § 21 Abs. 1 und 2 Satz 1, § 22 Abs. 1 Satz 1 und Abs. 2, § 23 Abs. 1 Satz 1, 4 und 5, Abs. 2 und 3, §§ 24, 25 Abs. 1 Satz 1 und 3, Abs. 2, 3 und 5 Satz 2 und 3, §§ 26, 27 Abs. 1 Satz 1, Abs. 2 und 3, § 28 Abs. 1 bis 3 Satz 1 und 2, Abs. 4 bis 6 und 8, § 28c Abs. 1 Satz 2 und Abs. 2 bis 5, § 28d Abs. 1, 2 Satz 1, Abs. 3 und 4, §§ 28e, 29 Abs. 1 und 2, §§ 30, 31a Abs. 1 Satz 1, Abs. 2, 3 Satz 1 und 2, Abs. 4 Satz 1 und 2 und Abs. 5, § 31b Satz 1, § 31c Satz 1, §§ 32, 34 Abs. 1 Satz 1 und Abs. 2, § 35 Abs. 1 Satz 1, Abs. 2 Satz 1, Abs. 3 und 4 Satz 1, 3 und 5, Abs. 5, 6 und 7 Satz 1, Abs. 9 und 11, § 36 Abs. 1 Satz 1 und 2, § 37 Abs. 1 und 2, § 40 Abs. 1 und 3 und § 42 eingehalten werden.* Herzlichen Glückwunsch! Die sprachliche Klarheit und Vollkommenheit und Erhabenheit, diese rhetorische Orgasmialität dieses Satzes toppt selbst die letzten Seiten von *Ulysses* um Äonen! Nachdem man diesen unglaublichen Satz hat auf sich wirken lassen, kann man nicht mehr anders, will man nichts anderes mehr, nein, man möchte nur noch eines, nämlich *Auspeitscher für* sämtliche *Spitzenpolitiker* und *stumpfe Politiker sein,* die einen Text wie den § 15 (1) Nr. 4 erdacht und erlassen haben. Aber es geht noch weiter. Keine Angst. Die Veranstaltung ist noch lange nicht zu Ende. Gerade hat so ein namhafter Glatzkopf die Bühne da vorne betreten und das Mikrophon an sich gerissen. Er schüttelt nicht die nicht mehr vorhandenen schulterlangen Locken im Takt und fängt auch nicht an, mit durchdringender Rockröhre das Publikum noch mehr aufzuheizen, nein, er beginnt, ganz seriös mit seinem

Vortrag und erzählt den Namenlosen etwas über den Betrieb und die Nutzung von Strahlenquellen. Im Laufe seines Vortrages vernehme ich solche Parolen wie *Geräteeinweisung* für die zu nutzenden Strahlenquellen, ja überhaupt für alle Geräte und Gerätschaften, die dem Medizinproduktegesetz (*MPG*) unterliegen, ohne die die Nutzung eines medizinischen Gerätes nach dem Gesetz nicht erfolgen darf, ja, ohne die ein solches medizinisches Gerät eigentlich noch nicht einmal betrachtet werden darf. Sagenhaft, was dieser erdfremde Marsmensch da vorne erzählt! Ich kann mich an vieles erinnern in meinem Leben, an die meisten Dinge, an die ich mich gerne, aber leider auch an die, an die ich mich nicht gerne zurückerinnere. Aber, ich kann mich, obwohl ich schon seit einigen Jahren in diesem Beruf arbeite und auch schon an einigen Plätzen in diesem Beruf gearbeitet habe und, mutmaßlich, mit zahlreichen Geräten und Gerätschaften, die sowohl der *RöV* als auch dem *MPG* unterliegen, arbeiten musste, beim besten Willen nicht daran erinnern, jemals, an irgendeinem Ort und zu irgendeiner Zeit, für ein solches, der *RöV* und / oder dem *MPG* unterliegenden, Gerät eine sinnvolle Geräteeinweisung erhalten zu haben! Die einzigen Einweisungen, die ich an jedem Ort und zu jeder Zeit als Einweisung für ein jegliches von mir zu bedienendes medizinisches Gerät jemals erhalten habe, klangen wie ein Auftrag des Alten: *Geh und mach mal!*

Nun, ich versuche mich nicht aufzuregen und ganz cool zu bleiben ob des dargebotenen *Nonstop Nonsens*. Aber, ich bemerke die Unruhe im Saal, einer der Namenlosen steht auf, tritt ans Saalmikrophon und bringt, obwohl dieser Namenlose zwanzig Meter von mir entfernt sitzt und ich ihn noch nie zuvor gesehen habe, meine gerade von mir gedachten Erfahrungen zu diesem Thema als seine eigenen Erfahrungen zur Sprache. Der Glatzkopf da vorne, ein *Prof. Dr. Dipl. Dings*, so oder so ähnlich steht es zumindest auf seinem Schild, ist ganz entrüstet über diese Wahrheit, die außerhalb des Gesetzes im Leben vorkommt, so, als höre er das zum ersten Mal. Gelächter im Saal. Der Glatzkopf verweist auf die entsprechenden Gesetzestexte und, in Bezug auf die *RöV* und das *MPG*, die Pflicht der jeweiligen Verantwortlichen, also die obersten Dienstherren einer medizinischen

Arbeitsstätte, die entsprechenden Geräteeinweisungen gewährleisten zu müssen. Eloquent teilt er den erzürnten Namenlosen mit, dass man sich letzten Endes bei einem nicht Erfolgen der Einweisungen an diese wenden müsse. Nun, Glatzkopf, denke ich, aus meiner Erfahrung, die wohl auch die der anderen Namenlosen in diesem Saal sein muss, kann ich da nur sagen, dass für eine Petition auf dieser Ebene wohl nur ein verbaler Arschtritt, diskret und subtil ausgeführt natürlich, wie es in diesen Sphären so üblich und daher besonders schmerzhaft ist, für den Bittsteller in Frage käme. Aber: Keine Zeit, um in Gedanken zu schwelgen. Weiter geht es mit dem Glatzkopf. Weiter geht es im Text. *Nach der letzten Novellierung der RöV müssen nun sechshundert Notfallröntgenuntersuchungen und eintausend Computertomographien als Voraussetzung für die Erlangung der Fachkunde im Strahlenschutz dokumentiert werden,* vernimmt mein Ohr. *Das ergibt bei zehntausend Neuabsolventen für die Fachkunde pro Jahr bei einer dokumentierten Zeile pro Untersuchung, was dreißig Untersuchungen pro DIN-A-4-Blatt ergibt, sechzig DIN-A-4-Blätter pro Absolvent und somit sechshunderttausend DIN-A-4-Blätter für alle Neuabsolventen für die Fachkunde pro Jahr. Dies galt als eine der ersten Maßnahme der damals neuen Bundesregierung zum Abbau der Bürokratie,* vernimmt mein Ohr des Glatzkopfes Stimme und dröhnt mein Kopf. Nun, denke ich, wenn diese Veranstaltung, die, nebenbei gesagt, für die Teilnehmer nicht ganz billig ist, einen Sinn haben sollte, dann müsste man sämtliche Politiker dieser Regierung auf die Bühne bitten, um sie mit reifen Feigen, Tomaten und faulen Eiern zu bewerfen. Andererseits muss aber auch noch etwas anderes hinterfragt werden und die Frage geht, zumindest in meinem dröhnenden Kopf, an den Glatzkopf mit den vielen akademischen Bezeichnungen da vorne, von dem es zu Anfang geheißen hat, er habe die damals neue Bundesregierung in dieser Sache beraten. *Kann man sagen, dass dieser Furz, den Sie gelassen haben, in die Hose gegangen ist?* - Keine Antwort. Nun, ich habe ja auch nicht laut gefragt. Also machen wir weiter und ich schreite voran in meiner Betrachtung des Geschehens. Wenden wir uns dem Unterschied zwischen einem *Stones*-Konzert und einer medizinischen Fortbildung zu. Ich könnte ja jetzt sagen, wenn man die Dimension der

Eintrittspreise betrachtet, so gibt es keinen Unterschied. Bei genauer Beobachtung gibt es jedoch einige (= Unterschiede). Bei einem *Stones*-Konzert hampeln mehrere alte Säcke gleichzeitig auf der Bühne herum. Bei einer Fortbildung hampeln mehrere (zwangsläufig nicht alte, aber, mutmaßlich, erfahrene, was aber, wiederum, nicht zwangsläufig sein muss) Säcke nacheinander auf der Bühne herum. Bei den *Stones* ist die Stimmung vom ersten Takt an auf dem Siedepunkt. Bei der Fortbildung ist die Stimmung vom ersten Ton an auf dem Nullpunkt. Bei den *Stones* steigt die Stimmung mit zunehmender Dauer des Konzerts. Bei der Fortbildung sinkt die Stimmung mit zunehmender Zeitdauer. Hallo! Aufwachen! Angriff ist die beste Verteidigung. Sagt man. Strategisch ist jedoch Rückzug häufiger der beste Angriff. Trotzdem sollte ich jetzt wieder aufwachen und das Bühnengeschehen weiterverfolgen. Ein namhafter Graukopf hat mittlerweile den Glatzkopf auf der Bühne verdrängt und erzählt etwas über deterministische und stochastische Schäden. Habe ich nie so richtig kapiert, den Unterschied, meine ich. Ist aber, eigentlich, wenn ich so recht überlege, gar nicht so schwer. Beim deterministischen Schaden steigt mit der Menge und Länge des Vortrages die Menge an Unsinn, die dabei verzapft wird und ist, in aller Regel, kennzeichnend für einen schlechten Vortrag. Beim stochastischen Schaden trifft der Vortragende, wenn alle, aber wirklich alle Umstände zusammentreffen, mit nur einer Aussage genau ins Schwarze und somit ist die Katastrophe perfekt. Geil! Aber, trotz allem vergeht die Zeit und auch die schönste und langweiligste Fortbildung geht einmal zu Ende. Ich und alle anderen Namenlosen hier im Saal, die einen horrenden Eintrittspreis für diese Veranstaltung bezahlt haben, wollen jetzt endlich geprüft werden und wollen wissen, ob dieser Unfug für die nächsten fünf Jahre genug ist oder ob sie bald, demnächst, für eine Wiederholung der Veranstaltung, wieder einen hohen Preis bezahlen müssen, der, mutmaßlich (so genau weiß das keiner) für irgendwelche Orgien der Regel- und Fallenaufsteller Verwendung findet. Also bringen wir die Sache zu Ende. Das Prüfen, ja, das erfolgt im Zeitalter des Konformismus und der neuen Einfachheit mit Hilfe von *Multiple Choice*. Das Ankreuzen einer richtigen Antwort aus mehreren Möglichkeiten, wobei man gehörig aufs Glatteis geführt werden kann, das kennen wir alle (Lotto, politische Wahlen, etc.). *Multiple Choice* bezeichnet eine pädagogische Maßnahme, wie man erwachsene Menschen wie postpubertierende Erwachsenwerdende quälen und an der Nase herumführen kann. Schaun mer mal, wer oder was alles so *Multiple Choice*-tauglich ist.

Multiple Choice-Fragen sind geeignet:

A) *Menschen, die Kraft des Gesetzes das gesetzliche Alter hierfür erreicht haben, einen Orgasmus zu bereiten.*

B) *Menschen, die beruflich und gesellschaftlich promiske Lebensabschnitte bereits hinter sich gelassen haben, sich ihrer promisken Lebensabschnitte zu erinnern.*

C) *Menschen, die sich bereits in der Phase der Involution befinden, an die Evolution zu erinnern.*

D) *Menschen zu ermutigen, die schon lange daran zweifeln, endlich den Beruf zu wechseln.*

E) *Den Glauben an die Menschheit zu verlieren.*

Also sind jetzt alle Namenlosen, vom letzten Redner auf der Bühne richtig heiß gemacht, so richtig geil auf diese Prüfung. Die Pause zuvor wird noch einmal genutzt, da alle die Hosen gestrichen voll haben, die Scheißhäuser zu frequentieren. Los geht's. Ruhe im Saal! Skripte und Spickzettel weg, wer abschreibt, ist durchgefallen. Es grübelt, schwitzt und kreuzt kollektiv ein repräsentativer Querschnitt der Elite der Gesellschaft in diesem unserem Lande. Aus. Fertig. Vorbei. Die Zeit ist um. Es geht ans Einsammeln der Fragebögen. Name und Nummer drauf? - Nicht, das wäre fatal. Es folgt die Auswertung, es darf gezittert werden. In der Zwischenzeit werden erneut die Scheißhäuser frequentiert, der kollektive Zigarettenbestand nimmt ab und die

Tabakindustrie freut sich über die Abgase der Gesundheitsbewahrer. Also, Herzlichen Glückwunsch! Sie haben gewonnen. Hurra, da freuen sich die Kinderlein! Jeder (fast jeder, ein paar müssen noch mal; Statistik, Sie verstehen...) darf ein mehrfach gestempeltes Zettelchen, als Bescheinigung über die erfolgreiche Teilnahme und als Gegenleistung für den hohen Eintrittspreis, mit tränenglänzenden Äuglein entgegennehmen. Die Party ist aus, alle gehen sie nach Haus. Und ich, ich gehe zurück in das Reich des Alten...

Hörsaal

Es ist schwierig, wieder hineinzukommen in die Zeit, wenn man aus ihr einmal herausgefallen ist. Das ist wie beim Boxkampf. *Gong!* Man sitzt in der Ecke, ist angezählt von den vielen Schlägen, die man auf die Rübe und in die Fresse bekommen hat, alles dröhnt, sämtliche Knochen tun weh, die Muskulatur ist bis zum Zerreißen gespannt. Luft, Luft wird zugefächelt, mit isotonischer Flüssigkeit wird man, noch und nöcher, übergossen, da kniet einer vor einem und redet, redet pausenlos, dies und das und hier und dort und in dem Moment und in diesem Moment nicht und ... und eigentlich will man gar nicht mehr und kann man auch nicht mehr und ist trotzdem nur darauf konzentriert, locker zu bleiben, Ruhe zu bewahren, sich zu konzentrieren, sich zu sammeln. Also versuche ich, wieder hineinzugelangen in die Zeit. Also versuche ich, mich zu konzentrieren, mich zu sammeln und mich zu erinnern. Ich sehe, in meiner Erinnerung, die Anstalt als Ganzes, in ihr die Unteranstalten, die Veranstaltungen, die darin veranstaltet werden. Ich sehe aber auch die Ungestalten, die in dieser Anstalt ihr Dasein berechtigen. Die Gestalten, die dort verunstaltet werden. Man sieht sie nicht, die Ungestalten, weil keine Ungestaltheit vorliegt. Sie scheinen alle ganz normal zu sein. Man kann sie nur empfinden, indem man sie immer wieder und immer wieder beobachtet, durchleuchtet, verinnerlicht, hinterfragt. Sie sitzen alle da, alle für die gleiche Sache, so scheint es, aber sie sind nicht gleich. Ein jeder von ihnen hat die Freiheit, wie ein erwachsener Mensch zu sein. Viele von denen, die dasitzen, würden die Sache, wofür sie hier sitzen, gerne mit dem Herzen und mit Liebe tun, wenn sie denn wüssten, wie, weil sie nicht mehr wissen, wie, weil sie es verlernt haben, wie, wenn sie es denn überhaupt gelernt haben sollten, wie. Denn sie wissen nicht (mehr), was sie tun. Sie funktionieren einfach nur noch. Sie tun, was man ihnen befiehlt. Und halten das, mit gewissen, aber unausgesprochenen, weil unwesentlichen, so denken sie, Ausnahmen, für normal. Menschen, die selbst von der Tittenzeitschrift mit den großen Buchstaben und mit dem geringen Vokabular und der hohen Auflage zur Elite der Gesellschaft gerechnet werden, weil sie, in der Regel, einen akademischen Titel besitzen, der mehr pseudo ist als alles andere auf der Welt. Nun, die Tittenzeitschrift, die allerdings jeder für ein paar Cent kaufen darf, differenziert kaum, höchstens zwischen Titte und knackig und Nichttitte. Das färbt ab. So denkt man, wenn man hier sitzt und sich umschaut. Auf der anderen Seite differenziert das immanente System sehr wohl zwischen denen, die hier sitzen. Jeder von denen, die hier sitzen, hat das Alter, Bundestagsabgeordneter oder Bundeskanzler (wenn auch noch nicht jeder das Alter hat, Bundespräsident) zu werden. Theoretisch ja. Aber: Alles auf dieser Welt, was vernünftig sein und trotzdem funktionieren soll, was per se ja schon eine Kontradiktion darstellt, ist lediglich ein Theorem. Eine strengere Hierarchie als die unter denen, die hier sitzen, ist kaum vorstellbar. Das ist gar nicht so weit entfernt von der Tyrannis oder dem dritten Reich oder dem Kommunismus oder der katholischen Kirche oder dem religiösen Fundamentalismus oder was auch immer. Sie erheben die rechte Hand zum Gruß, sie folgen, wenn befohlen wird, sie töten auf Verlangen, so scheint es. Auch, und in erster Linie, sich selbst, was allerdings keinem auffällt. Die Uniformität des Seins und des Handelns, dieses wohlig warme Nest, tröstet und hilft über den Tod des Individualismus hinweg und den Rest gibt die Gnade Gottes und der Hohlraum zwischen den Werbepausen hinzu. Somit ist jeder zufrieden unzufrieden und funktioniert so vor sich hin.

Das Ganze nennt sich Frühfortbildung. Das Ganze, das sich Frühfortbildung nennt, findet in einer Räumlichkeit, die sich Hörsaal nennt, statt. Das Publikum sitzt gestaffelt nach tausendjähriger Ordnung und Rangabzeichen. Die Tyrannen lassen bitten und bitten um den Vortrag. Es steht zwar nur einer vorne, der vorträgt, trotzdem sind wir wieder bei Asterix. *Asterix und der Kupferkessel*. Es geht um Präsentation, es geht um Darstellung, es geht um Zahlen, Daten und Fakten, um Legionen davon und um Kohorten von Worten in höchster, doch teilweise fragwürdiger Eloquenz. Es geht, allerdings, unwesentlich um Inhalte, was beim ersten Hinhören und Hinschauen gar nicht besonders auffällt, da es hierzu einer kritischen Reflexion bedarf, die eine Änderung der Betrachtungsperspektive voraussetzt, die ja im Totalitarismus gar nicht erwünscht ist. Nach dem unter Zeitdruck erfolgten Vortrag werden der Vortrag des Vortragenden und der Vortragende selbst zunächst einmal despektierlich von den Rangabzeichen-Trägern in der zweiten und vielleicht auch noch in der dritten Reihe höchstredegewandt zerrissen und auseinandergenommen und dann wieder irgendwie zusammengesetzt, bevor die Conclusio der Tyrannen folgt, die, abschließend, den Daumen heben oder senken. Applaus. Schade. Keiner da, der laut sagt *die spinnen, die Römer*! Da wäre wenigstens etwas Wahres dran.

DRG

Vieles, ja, sehr vieles, was tagtäglich auf dieser Welt passiert und getan wird, wird im Grunde nicht verstanden. Auch in der Medizin und im medizinischen Alltag ist das so. Warum das so ist, weiß man nicht und man fragt auch nicht danach. Die Runensprache und die Chiffren der Medizin, häufig als Abkürzungen getarnt, verbieten das Nachfragen. In diesem Sinne hat das *MAD*-Heft einmal, vor vielen, vielen Jahren, in mehreren Folgen seiner Ausgabe, seine Leser, im Sinne eines Preisausschreibens, nach dem Sinn bzw. dem vollständigen Namen von, aller Welt geläufigen, im Grunde aber unbekannten, Abkürzungen gefragt. Damals war z.B. nach dem *Sinn* des Begriffes *MAD* gefragt worden, und der erste Preis wurde für die Definition *Mein armer Dünndarm* eines an Durchfall Erkrankten vergeben, und diese Deutung verwies *Meinung alter Deppen* und *Mutti arbeitet dafür* auf die Plätze. In einer weiteren Folge wiederum war nach dem *Sinn* des Begriffes *ARD* gefragt worden, worauf *Abnormal rauschender Dauerfurz* knapp vor *Animalisch riechende Darmgase* und *Alles riecht danach* den Spitzenplatz erreichte. Das ging so weiter und so weiter. Der Begriff *DRG*, sozial- und gesundheitspolitisch sowie volkswirtschaftlich von immenser Wichtigkeit und höchster Brisanz, ein Begriff, der, andererseits jedoch, eine niedere Tätigkeit abbildet, mit der sich sämtliche Ärsche tagtäglich mehr beschäftigen müssen als mit der Arbeit für den und am Patienten, wurde, obwohl, in äußerst wichtigen Zweigen unserer (intakten) Gesellschaft (und, wahrscheinlich, nicht nur dort), in aller Munde, bislang noch keiner Deutungs- und Inhaltsanalyse unterzogen. Warum? Nun, es war zu einer Zeit, als irgendwelche dicken Penisse, die mit den dicken Karossen, den riesigen Villen, den Reitställen, Tennis- und Golfplätzen und irgendwelchen Segeljachten, die immer gerne an der Jagd teilnehmen oder sie selbst veranstalten (erstaunlicherweise gehen die Mächtigen immer gerne auf die Jagd auf die, die sich nicht wehren können, das ist eine *conditio sine qua non*), erkannt haben, dass die, die mit den gebrauchten Kleinwagen und dem fehlenden Rest, die auf der Jagd nur die Treiber und im sonstigen Leben die Gejagten selbst waren, nicht mehr länger das, was sie, die Kleinwagenfahrer, seit sie denken konnten, nahezu umsonst bekommen *hatten*, nicht mehr länger umsonst bekommen *können*, die Gesundheit nämlich, weil die Großwagenfahrer mit dem sonstigen Rest, Angst davor hatten, dass, wenn die Kleinwagenfahrer weiterhin ihre Gesundheit, die sie, seit sie denken konnten, nahezu umsonst bekommen hatten, weiterhin nahezu umsonst bekommen *würden*, sie, die Großwagenfahrer, in Zukunft, nicht mehr länger und damit immer weniger sich in ihren Karossen umherfahren lassen, in ihren riesigen Villen irgendwelche abstrusen Partys feiern, mit irgendwelchen teuren Pferden ihrer Reitställe umherreiten, sich die Bälle auf ihren Tennis- und Golfplätzen um die Ohren schlagen und auf ihren Segeljachten irgendwelche, innerhalb und außerhalb des Kopfes, blonden Miezen verführen *könnten*. Also haben sich diese irgendwelchen dicken Penissen, irgendwann einmal, in höchster Potenz und nach gemeinsamem Viagrakonsum gemeinsam aufgerichtet, und sich, wahrscheinlich, in vielen, wahrscheinlich, scharfen und flüssigen, Nächten zusammen- und weniger (damit) auseinandergesetzt, wie sie die Gesundheit und ihre Kosten berechnen und sie (die Gesundheit) ökonomischer gestalten könnten. Und sie saßen, dieses so wichtige Thema im Fokus jeder auf seinem Lokus und haben gedrückt und gedrückt und gedrückt, *hmmpfffg!* und irgendwann kam etwas hinten und unten dabei heraus, aber, sie waren noch nicht fertig, also haben sie nachgedrückt und nochmals nachgedrückt undsoweiterundsoweiter und das, was dabei so hinten und unten herauskam, mussten die Beauftragten der dicken Penisse imitieren (und es aber noch viel besser und genauer und akribischer machen, wollten sie nicht die Chance verpassen, selbst einmal ein dicker Penis zu werden) und auf die Kleinwagenfahrer anwenden. Nur, nach Nachlassen des Viagrarausches waren die aufgerichteten dicken Penisse wieder erschlafft und wussten, auf einmal, nicht mehr, wie es dazu kommen konnte. Nur, das imposante Bild hochdekorierter, kollektiv erigierter Penisse hat sich, in sämtlichen Kollektiverinnerungen der (und der im Viagrarausch dicker Penisse entstandene Unrat als Auftrag an die) Knechte (oder Arschlöcher) der dicken Penisse, bis auf den heutigen Tag erhalten. Das ist, als hätte sich in Urzeiten einmal einer der führenden, hochrangigen kirchlichen Würdenträger beim Eintauchen der, und wirklich nur der, Fingerspitzen der rechten Hand in das Weihwasserbecken, aus Versehen mit der linken Hand, wahrscheinlich mit der gesamten linken Hand, und wahrscheinlich, vielleicht, auch nicht einmal aus Versehen, sondern, ganz einfach, weil es tierisch (tierisch!) gejuckt hat, mit dieser linken Hand am Arsch, am Sack oder sonst wo gekratzt, und irgendwelche frommen, alten Mütterchen oder Väterchen, die den Regeln der Schriften und dem Inhalt dieser Schriften nicht mächtig waren, weil sie, aktiv und passiv, der Schrift nicht mächtig waren, und somit immer auf die Regeln derer, die der Schrift (aktiv und passiv) und somit den Regeln der Schrift (aktiv und passiv) und somit den Regeln und überhaupt uneingeschränkt mächtig waren, angewiesen waren, hätten, aus Versehen, gesehen, wie sich dieser führende, hochrangige kirchliche Würdenträger beim Eintauchen der, wirklich der, Fingerspitzen der rechten Hand in das Weihwasserbecken, mit der linken Hand, mit der, in der Tat, gesamten linken Hand am Arsch, am Sack oder sonst wo gekratzt hat und hätten, beim besten Willen, nicht gewusst, warum sich dieser führende, hochrangige kirchliche Würdenträger beim Eintauchen der Spitzen der Finger der rechten Hand in das Weihwasserbecken, mit der gesamten linken Hand am Arsch, am Sack oder sonst wo gekratzt habe und hätten daraufhin nur umso verdutzter dreingeschaut, als sie sonst, wenn sich gerade kein führender, hochrangiger kirchlicher Würdenträger beim Eintauchen der Finger der rechten Hand in das Weihwasserbecken, mit der anderen, der linken Hand am Arsch, am Sack oder sonst wo kratzt, verdutzt dreinschauen, und dieser führende, hochrangige kirchliche Würdenträger hätte, wiederum, aus Versehen mitbekommen, wie diese, den Regeln der Schrift (aktiv und passiv) nicht mächtigen, immer verdutzt dreinschauenden, frommen alten Mütterchen oder Väterchen ihn, den führenden, hochrangigen kirchlichen Würdenträger beim, gleichzeitig zum, zur Linderung des tierischen (tierisch!) Juckreizes, erforderlichen, mit den Fingern der linken Hand durchgeführten, Kratzen am Arsch, am Sack oder sonst wo, Eintauchen der rechten Hand in das Weihwasserbecken beobachtet haben und dieser führende, hochrangige kirchliche Würdenträger hätte, der Peinlichkeit der Situation, wie das nun einmal so ist, beim Eintauchen der *einen* Hand in ein Weihwasserbecken und gleichzeitigen, mit der *anderen* Hand durchgeführten, Kratzen am Arsch, am Sack oder sonst wo, entsprechend, aber, erstaunlich, der Situation nicht entsprechend, ganz geistesgegenwärtig den noch verdutzter als sonst dreinschauenden, regelunkundigen Mütterchen und Väterchen daraufhin mitgeteilt, dass dieses gleichzeitige mit der einen (rechten) Hand durchgeführte Eintauchen in das Weihwasserbecken und mit der anderen (linken) Hand durchgeführte Kratzen (am Arsch, am Sack oder sonst wo) ein Zeichen einer ganz besonders inbrünstigen Demut (und nicht, was er aber den, über die *Gleichzeitigkeit* des Eintauchens in das Weihwasserbecken und des Kratzens am Arsch, am Sack oder sonst wo, noch verdutzter als sonst Dreinschauenden nicht mitteilte, zur Linderung des tierischen (tierischen!) Juckreizes erfolgt) sei, und seither würden sich alle Mütterchen und Väterchen und die darauf folgenden Mütterchen und Väterchen und so weiter und so weiter und immer noch und immer wieder, und, ganz regelunkundig, in Erwartung demütigster Inbrunst, immer verdutzter als sowieso schon verdutzt dreinschauend, *gleichzeitig* beim Eintauchen der (in der Regel) Fingerspitzen der (in der Regel) rechten Hand in ein Weihwasserbecken mit der anderen, die, somit, gar keine andere, als die linke, Hand, sein kann, am Arsch, am Sack oder sonst wo *kratzen*. Nun, wir wollen nicht noch weiter abschweifen und, obwohl sich heutzutage alle möglichen Leute, weil man es von ihnen verlangt, am Arsch, am Sack oder sonst wo kratzen, obwohl keiner so genau weiß, warum, auch wenn kein Weihwasserbecken in der Nähe ist, man sich am Arsch, am Sack oder sonst wo kratzen *sollte*, wenn es keinen Grund dafür gibt, nur, weil irgendwelche dicken Penisse sich, weil sie irgendwie im Kollektiv wieder einmal Viagra konsumiert hatten, wieder einmal kollektiv aufgerichtet haben, irgendwelche fadenscheinigen Begründungen suchen, die sie als Regeln schriftlich verankern, weswegen man sich (immer noch) am Arsch, am Sack oder sonst wo kratzen *müsse*, nur nicht, aus dem eigentlichen Grund, weswegen man sich am Arsch, am Sack oder sonst wo kratzen *muss*, weil es juckt (oder auch tierisch (!) juckt) nämlich, noch einmal der Frage nachgehen, warum man den Begriff *DRG*, obwohl nur als Abkürzung für einen Namen stehend, bislang noch keiner inhalts- und bedeutungsimmanenten Analyse unterzogen hat, warum irgendwelche dicken Penisse die Welt der Schrift- und Regelunkundigen überhaupt mit Abkürzungen straft, die alle für weitere Namen stehen, die man zu keiner Zeit, niemals, selbst in Millionen von Jahren, wenn die nächste Eiszeit und Steinzeit und Viagrazeit vorüber und neue fossile Brennstoffe entstanden sein werden, irgendeiner inhalts- und bedeutungsimmanenten Analyse unterzogen gekonnt haben wird. Man wird es, so- (und um es kurz) zu sagen, niemals wissen; wahrscheinlich, weil dicke, schriftregelkundigundmachende Penisse es geil finden, sich, wenn sie unbeobachtet *sind*, oder wenn sie denken, sie *seien* unbeobachtet, grundlos am Arsch, am Sack oder sonst wo zu kratzen.

Scharfe Peperoni

Ich rede wenig und schreibe viel. Zeug. Wirres Zeug. Seltsames Zeug. Unverdauliches Zeug. Was soll das? Was will ich damit sagen? Das frage ich mich oft und werde ich auch häufig gefragt. Was kann ich dazu sagen? *Zu denen, die mich fragen*: Wenn Sie die Wirkung scharfer Peperoni kennen lernen wollen, sollten Sie sich einmal auf irgendeinem Markt, wo diese frisch und, am besten, rot und dickwandig angeboten werden, frische, rote, dickwandige Peperoni kaufen und diese abends mit Heißhunger und, am besten, ohne darüber nachzudenken, damit Sie eine Ahnung davon bekommen, voller Elan und Ehrgeiz verspeisen und, nach getaner Schwerstarbeit, eine Nacht darüber schlafen. Ich versichere Ihnen, Sie werden am nächsten Tag (garantiert!) die Zeit und den Ort schon finden, wo Sie die Wirkung scharfer Peperoni kennen lernen werden. *Zu mir*: Ich sollte die scharfen Peperoni am Abend häufiger mal weglassen. Aber: Am besten bin ich jetzt ganz still. Ich sage ja schon gar nichts mehr. Deshalb schreibe ich jetzt einfach weiter. Sind ja sowieso alles Psychopathen, *myself included*. Alle Chirurgen, und da kann und darf ich, da ich, zumindest dem Stempel nach, ebenso dazugehöre, mich leider nicht ausnehmen, haben irgendwie einen Drall, wie ein mit Effet scharf [sic!] angeschnittener Ball. Schauen wir uns einige charakteristische Merkmale dieser Spezies einmal genauer an:

a)....*anhaltende, leicht gehobene Stimmung, gesteigerter Antrieb und gesteigerte Aktivität und in der Regel auch ein auffallendes Gefühl von Wohlbefinden und körperlicher und seelischer Leistungsfähigkeit. Gesteigerte Geselligkeit, Gesprächigkeit, übermäßige Vertraulichkeit, gesteigerte Libido und vermindertes Schlafbedürfnis sind häufig vorhanden, aber nicht in dem Ausmaß, dass sie [...] zu sozialer Ablehnung führen. Reizbarkeit, Selbstüberschätzung und flegelhaftes Verhalten können an die Stelle der häufigen euphorischen Geselligkeit treten.* Gut was? Es geht aber noch weiter und kommt noch besser. Des weiteren kann

b) *die Stimmung situationsinadäquat gehoben* [sein] *und zwischen sorgloser Heiterkeit und unkontrollierbarer Erregung schwanken. Die gehobene Stimmung ist mit vermehrtem Antrieb verbunden, dies führt zu Überaktivität, Rededrang* [in besonderen Situationen] *und vermindertem Schlafbedürfnis.* [...] *Die Selbsteinschätzung ist mit Größenideen oder übertriebenem Optimismus häufig weit überhöht. Der Verlust normaler sozialer Hemmungen kann zu einem leichtsinnigen, rücksichtslosen oder in Bezug auf die Umstände unpassenden und persönlichkeitsfremden Verhalten führen.* Dies jedoch kann noch getoppt werden durch

c) *zusätzliches Auftreten von Wahn (zumeist Größenwahn). Die Erregung, die ausgeprägte körperliche Aktivität und die Ideenflucht können so extrem sein, dass der Betroffene für eine normale Kommunikation unzugänglich wird.*

Phänomenal. Sind denn wirklich alle Chirurgen so? Weiß ich nicht, kann ich nicht sagen. Ich kenne nicht alle Chirurgen, so wenig wie ich alle Menschen kenne, ich kenne jedoch einen repräsentativen Querschnitt davon. Und ich denke (obwohl ich weiß, dass denken, unter bestimmten Umständen, die allerdings häufig sein können, Glückssache ist) dass diejenigen, die es in diesem Beruf, egal ob Chirurgen oder Nichtchirurgen, zu etwas gebracht haben, zu etwas bringen werden oder zu etwas bringen wollen, diesen Weg beschreiten und ihr Ziel auch erreichen. Im Übrigen sind diese Charakterisierungen so genial zutreffend, dass sie sich ein Mensch, der seinen Verstand noch nicht ganz verloren hat, nicht ausdenken kann. Also habe ich, zumindest in diesem Fall, wie ein Synoptiker gearbeitet. Ich gebe zu, diese Charakterisierungen zum allergrößten Teil wortwörtlich abgeschrieben zu haben. Sie sind im *Kapitel V* unter *Affektive Störungen (F30-F39)*, als Schlüssel für die Diagnosen

a) *Hypomanie (F30.0)*,
b) *Manie ohne (F30.1)* und
c) *mit psychotischen Symptomen (F30.2)*

aufgelistet und entstammen der *ICD-10-GM (Systematisches Verzeichnis. Internationale Klassifikation der Krankheiten und verwandter Gesundheitsprobleme)*. Herausgegeben wird dieser Schrott vom *Deutschen Institut für medizinische Dokumentation und Information (DIMDI) im Auftrag des Bundesministeriums für Gesundheit unter Beteiligung der Arbeitsgruppe ICD-10 des Kuratoriums für Fragen der Klassifikation im Gesundheitswesen (KKG).* Na Bravo! Im Klartext heißt das, dass eine Unterabteilung dieser Erektionsbeschleuniger *par excellance*, dieser unserer, von uns gewählten Regierung (weil wir diesbezüglich ja nie eine Wahl hatten und auch nie haben werden) nämlich, diesen ganzen Mist einer Auswahl der oben so treffend Charakterisierten, die sich Expertengruppe nennt, in Auftrag gegeben hat. Also alle die, die von *Tuten und Blasen* keine Ahnung haben! Mann! Hätten die doch einfach die *Lewinski* mit ins Boot geholt, so wäre zumindest einer der beiden Punkte befriedigend abgedeckt gewesen. Aber so? Ein einfaches Rechenbeispiel soll einmal diesen Sachverhalt erörtern. Ein Patient, der, durch irgendein, welches auch immer, was der Patient häufig gar nicht mehr weiß (= Hohlraum), Trauma bedingt, mit Rippenschmerzen in die Ambulanz, in der ich unglücklicherweise gerade Dienst habe, kommt, und, von mir, nach den Regeln der ärztlichen Kunst und den neuesten Erkenntnissen der Wissenschaft, welche das auch immer sein mögen, *untersucht* wird, letzten Endes die Diagnose Rippenprellung gestellt bekommt, kriegt, nach mehrminütiger Suche im *mehrerehundertseitendicken* ICD-10-Buch oder in der *mehrerembgroßen* ICD-10-Datei (*Kodip* oder was auch immer) im PC, die *S20.2.* Hat er, der Hohlraum, bei seinem nicht mehr zu erinnerndem Anstoß, Abstoß und / oder Aufprall im Hohlraum noch zusätzlich Schulterschmerzen davongetragen, bekommt er, nach gründlicher Hohlraum*untersuchung* (s.o.) noch die Diagnose einer Schulterprellung hinzugefügt und es wird die *S40.0* in mehreren analogen und digitalen Patientendokumenten mehrfach dokumentiert. *S20.2* und *S40.0* ergibt zusammen *S60.2.* Ist ja ganz einfach. Denke ich. Ist aber nicht so, sagt man mir, sagt man. *S40.0* und *S20.2* ergibt nicht *S60.2*, wie ein einfacher Mensch denken könnte, sondern irgendeinen Code, genannt *DRG-Code*, in dem eine Doppelziffer zwischen zwei Großbuchstaben steht, und dieser Code ist gleich Kohle ist gleich CASH! Dafür diese unglaublich verzwickten und verschlüsselten Rechenaufgaben. Das sagen die da oben, und daher, weil es die da oben sagen, sagen es auch alle die da unten. CASH! Ohne höhere Mathematik keine Kohle! Das ist letzten Endes das, was die seienden und werdenden Sonnenkönige interessiert. Noch kein *Louis-quatorze* hat sich letztendlich mit dem tieferen inneren Sinn dieser Ziffern beschäftigt. Dafür sind schließlich die Ärsche da. Und die verhalten sich ihrem Sonnenkönig gegenüber so loyal, dass sie sich, noch beim Abspritzen und selbst stundenlang danach, mit höherer Mathematik beschäftigen.

Scheißhäuser

Der Genuss oder der Konsum von Lektüre auf Scheißhäusern ist nicht nur eine regionale, sondern eine weltweite Sitte oder Unsitte, was wiederum auf die Sichtweise der Dinge ankommt. Auf jeden Fall ist es ein ubiquitäres Phänomen, auf dem Klo zu lesen oder auf dem Klo zu lesen und trotzdem nicht zu lesen, sich mit ortsfremder Tätigkeit zu beschäftigen, um sich nicht mit der ortseigenen Tätigkeit beschäftigen zu müssen, mit der man an diesem Ort nun eigentlich beschäftigt sein müsste. Die Auswahl an Lektüre, die man auf diversen Scheißhäusern vorfindet, spiegelt die gesamte Printmedienlandschaft, die man an Kiosken und in Zeitschriftenläden erwerben kann, wider. Da es DIE Scheißhauslektüre nicht gibt, taugt gewissermaßen jede Lektüre als Scheißhauslektüre. Die Rangliste wird mit Sicherheit angeführt von *Bild* und Kreuzworträtselheften aller Art. Aber, wie gesagt, es gibt nichts, was es nicht gibt. Von bunten Blättern wie *Das goldene Blatt* (...man oder frau stelle sich nur einmal vor, die auf der Titelseite so strahlend zurecht collagierten Prinzen der verstorbenen Prinzessin *Diana* oder *Hansi Hinterseer* oder wer auch immer könnten, anstatt antibelagweiß zu grinsen, vom Titelblatt herunter Mami beim Scheißen beobachten, wer weiß, vielleicht grinsen sie ja deswegen...), über Motorradzeitschriften, Comichefte in Männer-WGs, *Geo*, *Welt der Wissenschaft* und *Psychologie Heute*, *Zibaldone* o. ä. auf deutsch-italienischen Designer-Toiletten, bis hin zu Sexheften auf über die Maßen verschissenen Scheißhäusern von Altpapierrecyclinghöfen. Und damit ist die Vielfalt noch nicht einmal ansatzweise beschrieben. Zeige mir die Lektüre auf Deiner Toilette und ich sage Dir, welche Interessen und Hobbys Du hast. Zeige mir die Lektüre auf Deiner Toilette. Und ich sage Dir, wer Du bist. Es wäre interessant zu wissen, ob zu diesem Thema Studien oder wissenschaftliche Untersuchungen existieren. Bestimmt? Mir ist nichts bekannt. Das wäre doch einmal eine Anregung zum Infotainment für *BILD* oder für die *Dumm-Dumm*-Sender, um die nutzlose Zeit zwischen den Werbeblöcken für Scheißutensilien zu füllen, am besten als Doku-Soap oder Skandalreportage verpackt, das kommt gut an, und das Fernsehen, das mehr oder weniger nur Scheiße sendet, wäre tatsächlich einmal beim Thema und würde zudem auch einmal seinem Bildungsauftrag nachkommen. Scheiße als Kulturauftrag. Ja, Lektüre auf dem Klo ist so wichtig, dass man sie, falls, in bestimmten Örtlichkeiten, gerade nicht vorhanden, sich selbst an die Wand schreibt. Auch das ist ein ubiquitäres Phänomen. Seltsamerweise wollen die Autoren hierbei, im Gegensatz zur sonst üblichen Praxis, nie erkannt werden. Die Scheißhäuser sind somit die weltweit größte Plattform für anonyme Autoren. Aber, sie sind noch viel mehr als das. Es gibt Menschen, die haben doch tatsächlich das Endspiel einer Fußballweltmeisterschaft verpasst, weil sie auf dem Klo saßen und unbedingt ein Buch zu Ende lesen mussten. Es gibt sogar Menschen, die beim Lesen auf dem Scheißhaus schon eingeschlafen sind. Die Lektüre auf dem Scheißhaus, gewissermaßen das Medium, womit man sich auf diesem Ort beschäftigt, hat quasi den eigentlichen Sinn & Zweck des Scheißhauses entfremdet: Die Beschäftigung mit sich selbst. Es gibt nur wenige Menschen, die auf dem Klo über die Inhalte des Lebens nachdenken. Ich kannte mal einen, der hatte sich sonntags, kurz vor dem Schließen der Wahllokale, auf dem Scheißhaus entschlossen, bei der Bundestagswahl doch noch SPD zu wählen. Doch solche Leute, die auf dem Scheißhaus die Inspiration zu Entschlossenheit und Tatkraft erhalten, sind selten. Ich kenne zumindest keinen weiteren Fall. Ich finde, dass das Scheißhaus der ideale Ort darstellt, um über sich und die Welt nachzudenken. Der ideale Ort, um seine Ideen, mögen diese nun konstruktiv oder destruktiv sein, zu verdichten. Nachdenken, über die Welt, Zusammenhänge herzustellen, der Welt auf den Grund gehen, über den Sinn dieser Zusammenhänge nachzudenken. Vielleicht wurde das *I GING* auf der Toilette erdacht, wir wissen es nicht, es wäre denkbar und *Die Welt als Wille und Vorstellung*. Von *Mahler* wissen wir, dass er ein Komponierhäuschen am Attersee besaß, wir wissen, dass er dort seine Ideen in seinen gewaltigen Sinfonien verarbeitete, das wissen wir, aber, wir wissen nicht, an welchem Ort er die Eingebung, die Inspiration für seine Ideen empfing. Durchaus denkbar, dass *Wagner* seine Leitmotive, seine Fanfaren auf dem Ort, der eigentlich der stille Ort genannt wird, schmetterte. Es ist sogar durchaus, und noch mehr als das, möglich, dass die denkbar destruktivsten Ideen der Welt- und Menschheitsgeschichte, wie *Mein Kampf*, an keinem anderen Ort der Welt herausgepresst worden sein können! Die Möglichkeiten aller Zusammenhänge und die Zusammenhänge aller Möglichkeiten sind unbegrenzt...

Wie ein Windrad
dreht es sich
in Deinem Kopf.

(- Ist es Kopf, nicht der Geist über Dir?)

Eines stößt das andere an.

Ist es die Windmühle der Gedanken,
die sich dreht,
so der Mühlstein,
der Dich zermalmt.

He! Nicht abschweifen! Weiter! Es gibt unbegrenzte Möglichkeiten, sich auf dem Scheißhaus zwischen allem und jedem Zusammenhänge zusammenzudenken, denke ich, die Klospülung ziehend, aber die Unmöglichkeit, alle diese Scheißzusammenhänge auch herzustellen ist so garantiert wie die immer fortwährende Scheißhausbenutzung einer jeden noch so unbedeutenden Krone der Schöpfung.

Die Scheißhausbenutzer als Krone der Schöpfung. Der Mensch als Krone der Schöpfung. Angeblich sollen sich Schimpansen jedoch, nach neuesten Genomanalysen, im Verlauf der Stammesgeschichte *quantitativ* weiter von den gemeinsamen Vorfahren von Schimpansen und Menschen entfernt haben, als der Mensch selbst. *Tatsache ist, dass Schimpansen die höher entwickelte Art sind,* schrieb die Fachzeitschrift *New Scientist* hierzu einmal. Diesem

Sachverhalt nachzuschließen ist es kein Wunder, dass es so viele Scheißtypen unter der angeblichen Krone der Schöpfung gibt. Ich weiß, das klingt weit hergeholt, liegt aber doch sehr nahe. Es gibt nicht nur Scheißtypen, nein, es gibt auch Typen, die sind wie Leichtscheiße. Die schwimmen immer obenauf, die wollen und wollen nicht untergehen, auch wenn man noch so häufig abzieht und noch so viel spült, die gehen einfach nicht unter. Die Anstalt, verschissen wie sie war, war ein guter Nährboden, auf dem diese Typen hervorragend wachsen und gedeihen konnten. Es gab einfach zu viele davon. Nur: Wo fange ich an? Eigentlich können die mir ja gestohlen bleiben. Nur: Die gehörten und gehören einfach, nicht nur in der Anstalt, sondern allüberall, die sind ein ubiquitäres Phänomen, dazu wie *Hohes C* und das ist ja, bekanntermaßen, so wichtig wie das tägliche Brot. K. (so nenne ich ihn einfach mal) gehörte, so empfand ich das, und nicht nur ich empfand das so, zu diesen Typen. K. saß bei der Morgenandacht als Oberer an der Längsseite des Tisches im Prinzip direkt neben dem Alten. K. hatte eine deutliche physiognomische Ähnlichkeit mit dem *Großen Blonden mit dem schwarzen Schuh*, dem Protagonisten dieses genialen Filmes gleichen Namens von *Yves Robert* mit *Pierre Richard* in der Hauptrolle. Dank dieser Ähnlichkeit wurde K. insgeheim von den Knechten der Anstalt in der Anstalt auf den Namen Pierre Richard getauft, aber, ein Hengst war er wirklich nicht. Tut mir leid, aber dazu reicht meine Vorstellungs- und Einbildungskraft bei weitem nicht aus. Nein, Pierre Richard war kein Hengst. Er war, leider, für die unter ihm stehenden und von ihm abhängigen Knechtärsche, häufiger als häufig ein Hohlraum zwischen den Arschbacken. Der große Blonde vereinte noch mehrere Charaktereigenschaften von Filmschauspielern in seiner Pseudopersönlichkeit, in seiner Charakterlosigkeit hätte er, im heidegger`schen Sinne, tatsächlich das *Zeug* zum Charakterdarsteller gehabt. Aber so ganz ohne Talent schafft es Mann und Frau auch bei *Deutschland sucht den Suppenstar* nicht, einen Blumentopf zu gewinnen (künstliche Titten können da gelegentlich hilfreich sein, aber das hätte ich selbst Pierre Richard nicht zugetraut, dass er sich...) höchstens eine Nacht mit Dieter Bohlen in der Kiste oder ein paar Monate in Dieter Bohlens Villa und auch die gehen vorüber. Wie dem auch sei. Der große Blonde hatte den geilsten ausgestreckten rechten Arm und den geilsten ausgestreckten Zeigefinger an diesem ausgestreckten rechten Arm, den man sich vorstellen konnte. Unvorstellbar. Fehlte nur noch, dass dieser Zeigefinger zu glühen anfing, dann wäre die zweite Ähnlichkeit perfekt gewesen. Jammerschade. Allerdings sagte er mit diesem nicht glühenden Zeigefinger und auch nicht mit sanfter, melancholisch angehauchter weicher Stimme leise *nach Hause*, sondern mit lauter und undeutlicher Stimme (die Zunge beim Skandieren wohl irgendwie unphysiologisch an den harten Gaumen drückend), mit einer Geste und einem Ausdruck, den man vor Augen hat, wenn man daran denkt oder dabei zuschaut, wie irgendein Rotzlöffel die Rotze aus dem Kehlkopf nach oben in die Mundhöhle hochzieht und im gleichen Moment ausspuckt *Du!*, und meinte damit *Herkommen! Sofort!* und meinte damit die Ärsche in ihrer Funktion als Knechte. Der große Blonde saß nahe beim Alten, das ist bekannt und er widersprach dem Alten, zumindest neben jenem sitzend, nie, sondern zog immer nur über den Alten hinter dem Rücken des Alten, damit klarstellen wollend, dem Alten widersprochen zu haben, her. Nun, eine Meisterleistung war das nicht, denn das taten ja alle. Nie widersprechen und, über den, hinter dessen Rücken, dem man nie widerspricht, herziehen, war quasi eine genetisch fixierte Charaktereigenschaft eines jeden Mediziners. Pierre Richard konnte das jedoch mit einer Eloquenz (auch wenn sie undeutlich war) und einer überbordenden Raumfülle, die seinesgleichen suchte und auch fand. Aber auch das war nichts Besonderes. Denn Redetalente gab es in der Anstalt wie Sand am Meer.

Benedictus

O Mann hey, ich lasse die Gedanken nur so fahren wie die heiße Luft beim Pinkeln auf irgendwelchen Kongressscheißhäusern, wie wir noch sehen werden, oder wie in Freiheit, in meiner Freizeit im Freien. Dabei produziere ich gerade, wo ich diesen Scheiß schreibe, nicht nur heiße Luft; ich muss mir an irgendetwas den Magen verdorben haben, nein, nicht nur den Magen, Magen und Darm, wenn wir medizinisch *politically correct* sein wollen. Aber, seit wann verstehen Chirurgen etwas von Medizin? Nun, jetzt bin ich schon wieder nicht *politically correct*, wenn man *Politische Korrektheit* als einen Sprachgebrauch bezeichnen wollte, *der durch eine besondere Sensibilisierung gegenüber Minderheiten gekennzeichnet ist und sich der Anti-Diskriminierung verpflichtet fühlt*, wie man das so schön oder ähnlich schön bei Wikipedia nachlesen kann. Arme Chirurgen, sag ich da. Selten ist dieser Quatsch ja von mir selbst; meistens abgeschrieben, geile Sache, dieses *Google*, damit können auch solche Schwachmaten wie ich weiße Blätter füllen. Boah! Luft, was Luft. Luft und Wasser, und so klebe ich im Moment auf dem heiligsten aller Stühle, der auch Kaiserstuhl, weil der ja bekanntlich da auch allein hingeht, heißt, fest. Zum Glück leistet mir *Charlie Parker* über Kopfhörer Gesellschaft. Mann, viel heiße Luft. Viel zu viel heiße Luft, die hier produziert wird. Und nicht nur hier. Wenn ich, was ich gelegentlich ja mal einfach so tue, darüber nachdenke: ...was wurde nicht in der Anstalt an heißer Luft produziert...! Je eloquenter, desto immenser. Die Anstalt war eine Ansammlung, ein regelrechter Hort, von solchen Redetalenten, solchen Eloquenzbestien. Solche Leute machten und machen mir regelrecht Angst, ich habe einen Heidenrespekt vor solchen Entitäten (...ist das jetzt *politically correct*...?), oder sagen wir einfach: Leuten, da ich ja, wie gesagt, ein Sprachlegastheniker bin und deswegen, um das Reden zu vermeiden, schreiben muss. Die reden Dich in Grund und Boden und Du bist dagegen vollständig machtlos. Also, um den Spaß der Angst nicht noch länger unnötig hinauszuzögern, schaun mer mal, welche Eloquenzbestien sonst noch so in der Anstalt, die ja eigentlich keine Anstalt war, frei herumliefen. Und ich musste gar nicht lange suchen, ich stolperte schon sehr bald über die erste Bestie und blieb an ihr hängen. Ja, der erste Arsch, den ich in der Anstalt kennenlernte, war... ja, in der Tat! Gleich der erste Treffer ein Volltreffer, nur wusste ich das, natürlich, damals noch nicht, für mich war das ja heiliges Terrain. Aber, ich lernte schnell. *Benedictus.* So nenne ich ihn, und das hat seinen Grund, aber dazu gleich mehr. Ich sollte mich ja, an einem hässlichen Sonntag, in einem Jahr, als der, *in fact*, oberste Denker Gottes noch nicht Benedictus war, aber bald werden sollte, zum ersten Mal dort vorstellen, wie schon genannt, beim *Leitenden.* Und wen hatte er im Schlepptau? Natürlich, Benedictus. Der Leitende hörte mich damals außergewöhnlich lange an und stellte, wie schon genannt, die entscheidende Frage. Anschließend durfte ich im Schlepptau des Benediktiners einen Rundgang durch die Anstalt machen. Und lernte dabei so viel, was ich aber damals einfach noch nicht begriff, ich gehöre ja zur Gattung der Naiven und war an diesem Tag einfach erdrückt von dieser Rede- und Darstellungskunst und fand mich klein und mickrig. Leise, sehr leise klingelten erste Alarmglocken, die meine Kompetenz und mein Können in Frage stellten und mir suggerierten: *Was willst Du eigentlich hier?* Tja, damit musste ich zunächst leben. Ich tat es und biss mich durch und mit der Zeit, Zeit, die verging, lernte ich dazu und mich, die Anstalt und natürlich auch Benedictus immer besser kennen. Liturgisch versteht man unter *benedictus* einen Lobgesang, und unser guter Benedictus war in der Tat ein Lobsänger auf das eigene Selbst. Wahrhaftig eine raumfordernde Redepersönlichkeit.

Manchmal weiß man einfach nicht mehr weiter. Man ist ganz oft ich. Also überlege ich mir jetzt einmal, indem ich scharf, peperonischarf nachdenke, wie Benedictus zu seinem Namen kam. Nun, Benedictus war in diesem Anstaltstotalitarismus nicht nur, in seiner Eigenschaft als fortgeschrittener Facharzt/-arsch für Chirurgie mit deutlichen Ambitionen nach oben, ein ausgezeichneter Anstaltskader, nein, er war auch ein eingefleischter Kathole, ein tiefst gläubiger Mensch, was den Glauben an das eigene Wort, an die eigene Wortgewalt betrifft und solch eine ausgezeichnete, raumgreifende und raumfordernde

Persönlichkeit, musste natürlich, wie sich zu einem späteren Zeitpunkt herausstellte, von keinem anderen als dem zukünftigen wahren Benedictus, dem obersten Gegenwartsdenker Gottes, dogmatisch hoch dekoriert und ausgezeichnet, gefirmt und geformt worden sein. Entschuldigung, aber gegen so etwas war und ist man (und man ist, leider, sehr oft ich) machtlos. Ja, und wie es der Teufel halt so will, musste dieser, unser Benedictus, natürlich zeitgleich zu seinem Medizinstudium auch Philosophie studiert, und, das schon einmal vorweg, auch dazu *veröffentlicht* haben. *Papers*, was sonst, Sinn & Zweck des Anstaltslebens! Amen, kann ich dazu nur sagen. Benedictus war ein regelrechter Papersman, seinem großen Vorbild, in nichts nachstehend, glaubte man ihn reden hören. Papersman, da fällt mir ein Song von Genesis ein, *Paperlate (Genesis: ABACAB (Atlantic-Records, 1981))*. Da heißt es im Text: *Paperlate, oh I'm sorry but there is no one on the line...* tja, das war die Kunst, da einfach nicht zuzuhören. Aber, das war alles andere als einfach. Sucht man ein literarisches Korrelat zu diesem Redetalent, dieser überaus ostentativen Darstellung einer benediktinischen Selbstdarstellung, kann einem nur der Delator aus *Asterix und die Lorbeeren des Cäsar* (*...Delenda Carthago, wie schon Cato der Ältere sagte...*) einfallen. Man muss das einfach einmal gesehen und gelesen haben, um diesen Vergleich, der nicht zu übersehen ist, zu verstehen. Einmal zeigte ich einem gedrückten Kollegen diesen Comicstrip (*...Seite 34 des genannten Asterixbandes...*) in einer Frühbesprechung, ganz verstohlen unter dem Tisch, als Benedictus, in unnachahmlicher Manier, seine Heldentaten aus dem Dienst, die, wenn wir ehrlich sind, alle sein nachgeordneter Arsch verrichten musste, höchsteloquent präsentierte. Der gedrückte Kollege konnte sich ein Schmunzeln nicht verkneifen...

So weit, so gut. Benedictus war ein typischer *Schwanzlutscher der Oberen*. Harte Worte, ich weiß, aber auch hier hilft Wittgenstein: *Was sich überhaupt sagen lässt, lässt sich klar sagen...* und wenn dieses Schreiben einen Wert hat, dann besteht er darin, dass in ihm Gedanken ausgedrückt sind, und dieser Wert wird umso größer, je mehr der Nagel auf den Kopf getroffen wird. Und wer nach oben arschkriecht und bläst (*...Gimme a Blowjob or piss off ...! ...*

könnte von *Lemmy* sein…), der tritt natürlich in der Hierarchie-
leiter nach unten aus. Nein, das möchte ich ihm jetzt nicht unter-
stellen, auch wenn es so war. Ein Kind würde jetzt sagen, dass er
hierzu zu *doof* gewesen sei. Aber, das tut ja nichts zur Sache.
Meister Benedict war, neben seiner Rede- und Schreibwut auch
eine vom Forschergeist beseelte faustische Gestalt und somit war
er ein häufiger Gast in der *Experimentellen, dem Tierstall,* von dem
noch die Rede sein wird. Dieser unbändige Forschungstrieb
hatte viel Kopf, oder viele Bereiche innerhalb des Kopfes, das
durchaus. Was er allerdings nicht hatte, war Hand und Fuß.
Sorry, aber siehe oben, siehe Wittgenstein. Eine Anekdote fällt
mir hierzu ein: Benedictus bestellte hin und wieder irgendwelche Materialien für seine Forschungsvorhaben (…wo hatte er
nur die Kohle dafür her…?) und diese wurden, ganz gewöhnlich, über den Postweg, in stattlichen Kartons, geliefert. Einmal,
so erinnere ich mich, landete solch ein Paketmonster in dem
Arztzimmer, das ich mir für eine gewisse Zeit mit ihm teilen
musste. Ein für seine Forschung wichtiges *Tool* wurde von ihm
ausgepackt, angeschaut und wieder in den offen verbleibenden
Karton zurückgelegt. Und nicht nur das. Mit der Zeit, über die
nächsten Wochen und Monate, gesellten sich zunehmend ver-
schwitzte OP-Hemden und Stinkesocken zu dem forschungs-
wichtigen Teil, die achtlos, einfach so im Vorbeigehen, auf das
Paket geworfen wurden. Irgendwann hatte ich, ein, im Grunde,
ordnungsliebender Mensch, die Faxen dicke und eine geniale
Idee braute sich in meinem unterbelichteten Schädel zusammen:
Ich stopfte den ganzen Unrat in den Karton, klebte ihn sachge-
recht mit Klebeband zu und adressierte ihn neu an unseren guten Benedictus. Anschließend gab ich das Riesenpäckchen an der
Anstaltspforte ab mit dem Hinweis, ein Paket sei für den Meister
abgegeben worden… Nun ja, da die Idee von mir gewesen war,
fand sie irgendwie keiner so richtig gut. Die Leute gönnen und
honorieren einem auch wirklich keinen Spaß, das war und ist
nicht nur in der Anstalt so. Soweit zur Forschung des Muster-
knaben. Auf der anderen Seite waren die Präsentationen seiner
Forschungsdaten im Hörsaal ergreifende Ereignisse. Gespickt
mit viel Eloquenz, Impertinenz (dem Alten gegenüber) und

Flatulenz (natürlich, diese, nicht echt) wurden in überbordender Fülle Zahlen, Daten & Fakten auf weißem Hintergrund (weißer Hintergrund war *Corporate Identitiy*) an die Wand geworfen. Der Alte war damit, natürlich, hoch zufrieden (…das ZDF fand er, wie gesagt, schon immer gut…). Ich fühlte mich, natürlich, wieder an Asterix erinnert: *Häh? (Obelix GmbH & Co KG)*.

Irgendwann, und dieses irgendwann war gar nicht so lange hin, hatte Meister Benedict sein Ziel erreicht und der Alte beförderte ihn zum Oberarsch. Alles richtig gemacht, könnte man sagen. Aber Benedictus hatte ein Problem und der Alte auch, denn er, der Alte, schaute nicht richtig hin. Und da ich ja ein Sprachlegastheniker bin, bin ich ein Hinschau-Talent. Schon immer gewesen. Aber rollende Augen bei Kollegen, selbst höheren Kollegen fremder Abteilungen sowie Äußerungen des Unmutes bei Nennung des Namens Benedictus konnten nicht täuschen. Meister Benedictus konnte keine Entscheidungen treffen. Zumindest keine, die Hand und Fuß hatten. Und solche sind für einen Chirurgen essenziell. Das fiel mir schon recht früh auf, wenn ich mit ihm und dem ganzen Rattenschwanz an Assistenzärschen Morgenvisite machen, und er, als Dienstältester die Visiten leiten musste. Nun, Eloquenz braucht Zeit, viel Zeit, und die hatte und hat man morgens, vor der Frühbesprechung, vor dem Gang in den OP einfach nicht. Ich habe keine Ahnung, ob so etwas dem Alten jemals aufgefallen war. Aufgefallen war dem Alten allerdings recht bald, nachdem er ihn zum Oberarsch emporgehoben hatte, dass dem, was unser guter Benedictus so tat, so chirurgisch, meine ich, Hand und Fuß fehlte. Und alsbald verlor der Alte nicht nur den Glauben an die Menschheit (…hatte er den überhaupt jemals besessen? Er war ja, *as told already*, ein Freund des ZDF und weniger der Menschen…), sondern vielmehr den Glauben an unseren Freund Benedictus. Und bald, sehr bald (obwohl ich dieses sehr bald nicht mehr erleben durfte) war unser Benedictus weg vom Fenster. Nun ja, neben den chirurgischen Fähigkeiten waren es ja dann doch nicht sooo viele Papers, noch nicht einmal zwei Dutzend, wenn man *PubMed* befragt, und die meisten davon noch nicht mal als Erstautor.

Tja. Benedictus war irgendwann weg. Aber Benedictus hatte mit einer Sache kein Problem: Eloquenz und Selbstbewusstsein hielten sich bei ihm die Waage. Und somit löste die Zeit, die ständig vergeht, sein Problem des Nichtmehrdaseins. Zu einer Zeit, als *Tim Bendzko* sich und uns fragte, was er getan hätte, *wenn Worte seine Sprache wären*, zu einer Zeit, als der Alte dann selbst ein Problem bekommen sollte, hatte er, Benedictus, dennoch erreicht, was er wollte: Er war selbst zum Alten einer chirurgischen Abteilung geworden. Aber, wie ich schon immer sagte: Nimm irgendeine Tomate und lasse sie nur lange genug in der Sonne reifen, irgendwann wird automatisch Ketchup daraus…

Geh da runter und mach mal…!

Es kam, wie es kommen musste…
Geh da runter und mach mal! sagte der Alte zu mir. Eigentlich sagte er *gehen Sie* und er war mit Sicherheit nicht alt oder irgendein Alter. Er war Er. Er war der Chef. Der Chef war der, vor dem ich von Anfang an und auch später immer Schiss hatte und Herzklopfen bekam, wenn er mir oder ich ihm über den Weg lief. Aber, um es noch einmal zu sagen, alt war er wirklich nicht. Ein Mensch, der nun gerade einmal zehn Jahre älter als ich war, war beim besten Willen nicht alt. Das war vielleicht auch das Schlimme oder das Schlimmste an der Sache. Denn er war zwar noch nicht alt, aber er hatte Macht. Er war nicht nur Leiter einer Abteilung, er war Direktor eines Instituts, welches nicht nur einen Bereich, sondern mehrere Bereiche umfasste. *Wie alt sind Sie?* wollte er mehrmals, auf die Schnelle gefragt, zwischen Tür und Angel von mir wissen. *Schon so alt? Tja, als ich so alt war wie Sie, war ich schon lange…* Ich konnte das Gefühl nicht loswerden, dass ich, in einem Alter, als er schon den Stein der Weisen berührend seine ersten wissenschaftlichen Veröffentlichungen (*Papers*) schrieb, noch mit der *Carrera*-Rennbahn (Ausführung

Hockenheim) gespielt haben musste. Genial. Oder auch nicht. Oder doch?

Trotz seiner anfänglichen Zweifel, mein Alter und meine bisherige wissenschaftliche Reputation betreffend, die ich, als ehemaliger Provinzler und Arbeiter im Weinberg des Herren, verständlicherweise nicht besitzen konnte, sprach er mich wiederholt darauf an. Damals war ich etwa ein halbes Jahr in der Institution, gekommen mit der Vorstellung, die handwerklichen und inhaltlichen Kompetenzen meines Berufes zu optimieren. Dafür schien mir diese Institution mehr denn als jede andere geeignet, versprach sie doch, eine Elite auszubilden und als Giganten zu entlassen. Mein Ziel war Erfüllung und oberste Präsenz in meinem Beruf durch höchste handwerkliche, fachliche und inhaltliche Kompetenz. Deswegen war ich vom Pupskrankenhaus weg- und an die Riesenanstalt gegangen. *Ich denke, zum Jahresende gehen Sie runter. Ich muss das noch mal mit dem ... besprechen. Warum denn nicht? Sie sind ein ausgezeichneter Kliniker und können mit den Patienten... Am besten zum neuen Jahr gehen Sie da runter. Und dann machen Sie mal. Einfach machen. Da schaffen Sie locker vier Papers im Jahr und sind in zwei bis drei Jahren so weit, dass Sie...* sagte er bei einem erneuten Treffen anlässlich einer, wie an fast jedem Freitag stattfindenden und in Windeseile vollzogenen, Chefarztstationsvisite. Er sagte es nach erfolgtem Vollzug so beim Abbiegen nach links um die Ecke in Richtung Treppenhaus und auf dem Weg zum Vollzug auf einer anderen Station oder auf dem Weg zum Rückzug in sein Büro zum Vollenden einer wissenschaftlichen Arbeit oder, ganz einfach, zur Betätigung des Abzuges an einem anderen Ort. Die Treppenhaustür knallte ins Schloss und hallte über den Flur. *Wenigstens scheint er meine Arbeit zu schätzen,* dachte ich allein zurückgelassen so dastehend.

Gerechtigkeit Gottes

Mindestens jeden Tag und jeden Tag mindestens einmal gewinne ich eine neue Erkenntnis. Einige dieser Erkenntnisse sind tatsächlich, in ihrer Wahrheitsfunktion, wie Falschaussagen zu bewerten. Andere wiederum haben jedoch einen beachtlichen Wahrheitswert. Diese verdichten sich im Laufe der Zeit und des Darübernachdenkens immer mehr, bis sie dann so kondensiert und konzentriert sind, dass sie, irgendwann, auch offensichtlich nicht mehr zu widerlegen sind. Eine dieser höchstkonzentrierten Erkenntnisse ist jene, dass die meisten Dinge, die man tut und auch die meisten Dinge, die man nicht tut, dass die meisten Dinge, die man glaubt und auch die meisten Dinge, die man nicht glaubt, ja, dass auch die meisten Dinge, die man weiß und auch die meisten Dinge, die man nicht weiß, im Prinzip nicht zu verstehen sind. Das zeigt schon allein die Tatsache, dass die allermeisten Dinge in dieser unserer Welt von oben nach unten geregelt *werden*, aber, im Gegensatz dazu, die allermeisten Dinge in der gleichen Welt von unten nach oben aufgebaut *sind*. Das zeigt uns, obwohl wir kalendarisch nicht mehr, aber, unserer äußeren und inneren Einstellung und / oder Nichteinstellung nach zu schließen, immer noch in diesem Zeitalter leben, auch die oberste Instanz, die unser Hanswursteln auf diesem jenem Planeten bestimmt: *Gott. Nietzsche* hat natürlich nicht Recht, wenn er sagt *Gott ist tot!* Der ist so quicklebendig wie eh und je. Ob Gott allerdings würfelt (oder nicht würfelt, wozu *Albert Einstein* tendiert) muss aber gegenwärtig noch offenbleiben und / oder weiter durchdacht und, in jedem Falle, situationsbedingt betrachtet werden. Auf jeden Fall leiten sich sämtliche hierarchischen Machtstrukturen (die sind *real*) und Organisationsstrukturen (diese sind allerdings nur *reell*) direkt von unserer Gottesvorstellung (...*oben hui, unten pfui!*) ab. Die Gerechtigkeit Gottes soll, anscheinend, keine Grenzen kennen. Das lehren uns zumindest jene, die ihn, anscheinend, besonders gut kennen, die gelegentlich oder häufiger mal mit ihm zusammen ein Bier trinken oder getrunken haben oder eine Runde Skat spielen oder gespielt haben. Auch der gegenwärtig oberste Denker Gottes, der in Fragen zur Empfängnis der Mutter der obersten Instanz (= *Gott*), die biologisch und wissenschaftlich nicht nachvollziehbar ist, nach wie vor (obwohl als Prof. Dr. Dr. h. c. mult. selbst Wissenschaftler) reell mit real zu verwechseln scheint, der Gott und INRI (seinen Sohn, der trotzdem, irgendwie doch, er selbst) und beider Mutter (die sogenannte Gottesmutter) bis in die Haar- und Zehenspitzen und selbst bis in die kleinste, Smegma beschichtete Vorhautfalte durchdacht und dogmatisiert hat und der sich trotzdem (obwohl selbst Prof. Dr. Dr. h. c. mult.) nur als *einfachen Arbeiter im Weinberg* des Herrn bezeichnet, sein (= *Gottes*) derzeitiger Stellvertreter auf dieser unserer Welt sozusagen, hat, was die Lehre über den, den er vertritt, wohl häufiger mit dem, den er vertritt, ein Bier zusammen getrunken. Vielleicht waren das ja auch manchmal einfach ein paar Bierchen zu viel. Das würde dazu passen, dass der, den wir als oberste Instanz ansehen, seinen eigenen Sohn und somit sich selbst (wie uns alle Stellvertreter inklusive des derzeitigen weismachen wollen) an den Nagel gehängt hat. Ich weiß das ja alles nicht. Deswegen, höchstwahrscheinlich, verstehe ich das auch nicht. Nun, Dinge, die man nicht weiß und deshalb nicht versteht, muss man manchmal einfach glauben. Aber: Glauben ist nicht wissen. Jedoch gibt es von dieser Aussage ein paar, wenn auch unbedeutende, Ausnahmen. Wenn ich z. B. sage *ich glaube, ich muss gleich mal einen fahren lassen* ist das semantisch das gleiche, als wenn ich sagen würde *ich weiß, dass ich gleich mal einen fahren lassen muss* denn die Konsequenz ist ein und dieselbe und darauf kommt es schließlich an. Das alles aber nur am Rande. Nun, wenn die Gerechtigkeit Gottes anscheinend keine Grenzen kennt, so kennt die Ungerechtigkeit Gottes ebenfalls keine Grenzen. Das allerdings lehrt uns keiner und auch kein Stellvertreter, sondern nur das Leben selbst. Das aber nur am Rande vom Rande. Im Übrigen kann ich mit der Mär vom Stellvertreter nicht allzu viel anfangen. Da gefällt mir das Bild des oder der Erben oder Nachfahren Gottes um einiges besser. Von diesen gibt es doch einige, und schon sind wir nicht mehr im Mono-, sondern im Polytheismus, und dem wahren Stellvertreter als einzig legitimen Nachfahren, dem Verteidiger des wahren Glaubens, stehen die ergrauten Haare zu Berge. Die

Nachfahren sind zwar froh, irgendwann im Pantheon angelangt zu sein, aber sie sind, natürlich und jeder für sich, jederzeit äußerst konzentriert damit beschäftigt, ihre dortige Stellung zu wahren, ihren Einfluss zu mehren und sich gegenseitig auszustechen. Deshalb ist der Polytheismus letzten Endes nicht erstrebenswert und das endgültige Ziel natürlich das erste Gebot *Mose*. Die Macht soll, natürlich, nur auf so wenige wie möglich Köpfe und die Kohle nur in so wenige wie möglich Hände verteilt werden. Am besten nur auf eine: *L`etat, c`est moi!* Ich kenne einige Plätze auf der Welt, es sind nicht viele. Ich kenne jedoch einige Plätze, auf die dieser, mit Ignoranz und Arroganz durchtränkte, genetisch bedingte, Ausspruch mit Sicherheit zutrifft: Die Anstalt und sämtliche Anstalten in diesem unserem Lande. *Un roi une loi une foi.* Das sind die, die für das Hineinwachsen in ihre am Ende sündhaft teuren Designerklamotten unter den weißen Kitteln angeblich über Jahre hinweg ihr Fleisch und Blut geopfert haben (das ist natürlich sehr bildlich gesprochen und kann alles bedeuten), bis sie, in das teure Outfit der Macht endlich hineingewachsen, das Vorhandensein von Indianern, Sklaven, Bauern und Nummern als gott- (= sich selbst) gegeben anerkennen. Das sind aber auch die, die das Fehlen dieser Leibeigenen dann, wenn sie irgendwann einmal fehlen, noch nicht einmal erkennen, und ihr Vorhandensein auch dann nicht erkennen, wenn sie nicht mehr vorhanden sind.

Amen

Amen. Ich musste runter. Also ging ich runter. Es gab mehrere Wege, nach unten zu gelangen. Zwei möchte ich schildern. Wenn man das Hauptgebäude über den hinteren Ausgang verließ (wo in diesem Anstaltsgebäude hinten und vorne war, weiß ich nicht, hat nie jemand erklärt, hat wahrscheinlich auch nie jemanden interessiert; erklären Sie das einmal jemandem, der sich zurechtfinden muss…), also am Pförtner vorbei und nicht durch die Notaufnahme-Zufahrt hindurch, oder den parallelen Flur nicht am Pförtner vorbei und durch die Notaufnahme-Zufahrt hindurch, musste man die Ringstraße, mit der man einmal um den gesamten Anstaltskomplex herumfahren kann, entweder nach zwei Bushaltestellen (wenn man am Pförtner vorbeiging) oder vor zwei Bushaltestellen (wenn man nicht am Pförtner vorbeiging) überqueren (wobei *vor* und *hinter* sich in diesem Fall danach richtet, aus welcher Richtung man die Ringstraße befährt). Hatte man die Ringstraße, schließlich, überquert, nachdem man alle aus der einen oder der anderen Richtung kommenden Busse, PKW oder Anstaltsfahrzeuge vorbeigelassen hatte, musste man die schlecht geteerte und am Rand unbefestigte Straße, die am Waldrand entlang führte und an deren Straßenrand die PKW all der weniger Wichtigen und der Unwichtigen eng geparkt im Schlamm standen, die morgens zu spät kamen, um einen ordentlichen Parkplatz zu ergattern (die Wichtigen hatten zu jeder Zeit einen reservierten Parkplatz), hinab laufen oder fahren. Auf diesem Wege traf man gelegentlich Menschen, die einem entgegenkamen und, je nach Wichtig- oder Unwichtigkeit, *Hallo!* oder *Guten Tag!* oder nicht *Hallo!* oder nicht *Guten Tag!* sagten. Am Ende des Weges erreichte man dann das Sektionsgebäude, dann rechts abbiegen und nach weiteren einhundert Metern war man schließlich unten.

Wenn man das Hauptgebäude über den vorderen Ausgang, wobei ich nicht sicher bin, ob es der vordere oder hintere Ausgang war, am Kiosk vorbei, also, da am Kiosk vorbei, bezeichne ich ihn deshalb nun als Vorderausgang, frei nach der medizinischen Allegorie, wonach man oben oder vielmehr vorne etwas, das man an diesem Kiosk kaufen, zu deutlich überhöhten Preisen, versteht sich, hineinschaufeln konnte, das am *Pylorus* (=Pförtner) den oberen Gastrointestinaltrakt wieder verließ, also am Vorderausgang weil am Halsabschneider-Kiosk vorbei, der eigentlich nur eine Baracke war, was dem Preis-Leistungs-Verhältnis in keinster, vielmehr in überhaupt keinster (Danke an den Elativ) Weise entsprach, verließ, musste man zunächst rechts am Annexgebäude vorbei und dann, nach einer, die noch vor den zwei bereits genannten lag, Bushaltestelle, die Ringstraße überqueren, schließlich durch eine pseudoparkähnliche Landschaft zwischen mehreren Funktionsgebäuden hindurch, und dann, nach dem letzten rechts abbiegend, zuletzt noch am, bereits genannten, Sektionsgebäude vorbei und, nach einhundert Metern Zielgeraden, war man erneut unten.

Uff! Was für ein Satz! *Wie kann man nur einen solchen Satz schreiben, einen Satz, bei dem man sich so quälen muss, ihn zu lesen und, noch schlimmer, ihn zu verstehen*? Na wartet! Diesen Kritikerzahn werde ich Ihnen schon ziehen! *Quäl Dich, Du Sau*! kann ich dazu nur sagen. Sollten Sie mal lesen! Wenn das ein Fahrradfahrer (…ob gedopt oder ungedopt, das sei nun einmal dahingestellt. Übrigens sollten sich die Radfahrer und sonstigen Sportskanonen mal ein Beispiel an den Herren der Politik nehmen. Da geht das viel einfacher. Der ehemalige oberste Spaßgesellschafter, ein echtes Kind der Achtundsechziger Generation, hat das, ganz einfach, einmal so dargestellt, dass er zwar, ja, gekifft, aber nicht inhaliert habe…) kann und vor allem, wie er es kann, dann sollten Sie das auch können! Wir sind hier ja schließlich nicht bei *Deutschland sucht den Superstar!* wo man nahezu ausschließlich mit in die Titten abgestürzter Hirnmasse berühmt werden kann. Also lesen Sie diesen Satz noch mal von vorne, langsam und mit höchster Konzentration, so lange, bis Sie ihn verstanden haben!

Kapiert? Gut so! Weiter!

Vom Sektionsgebäude aus konnte man *unten*, das Institut, das *Tierstallinstitut*, den *Tierstall* schon erkennen wie das Thema der aufgehenden Sonne in *Richard Strauss'* sinfonischer Dichtung *Also sprach Zarathustra*. Hinter einer, noch, einigermaßen, gepflegten, kleinen Rasenfläche, ein hässliches Zementgebäude aus den sechziger oder siebziger Jahren, zweistöckig, die Frontseite fast komplett durch Fenster verglast, die zur Strasse hin gelegene Längsseite quasi fensterlos und mit Efeu und Schwamm überwachsen. Hatte man die Eingangstür passiert, wurde man an der rechten Wandseite von einem Statisten des Instituts begrüßt: Ein Bild, vielmehr eine schlecht gerahmte und über zersprungenem Glas verstaubte, große Schwarzweißfotographie einer *Albinomaus* (was sollte es denn anderes sein?) mit großen Ohren machte einem unmissverständlich klar, worum es hier ging. Weiter im Flur hingen zahlreiche Poster, im Obergeschoß noch zahlreichere Titelseiten von *Papers*, die Mitarbeiter des Hauses oder der Hausherr (erneut *Ehre, wem Ehre gebührt*) auf Kongressen vorgestellt oder in hochrangigen Journals (nur die in *Impact-Factor*-hochrangigen Journals wie *Science, Nature med.*, etc. veröffentlichten hingen dort) veröffentlicht hatten, an den ansonsten fahlen Wänden. So etwas schafft den Eindruck von Potenz, von Macht. Zumindest den ersten Eindruck. Mit der Zeit erkennt man gewöhnlich, wenn man die Potenz der Macht über eine gewisse Zeit beobachtet, dann hinterfragt und schließlich durchschaut hat, dass Potenz und Macht nichts anderes bedeuten als die Präsentation dicker Eier, wo gar keine Eier sind. Schade. Erkenntnis braucht immer Zeit.

Unten

Warum schreibe ich diese Geschichte? Wozu schreibe ich diese Geschichte? Wie schreibe ich diese Geschichte? Wie in allen anderen Bereichen des Lebens, erscheint die Beantwortung der W-Fragen auch in diesem Falle sinnlos, weil nicht lösbar. Diese so wesentlich erscheinenden Fragen sind wohl nur dazu geschaffen, in einem kurzen Moment der Rast, der Kontemplation, unsere so bescheidene Existenz für einen kurzen Augenblick zu reflektieren, um im nächsten Moment sofort wieder die pralle und stumpfsinnige Power, die jedoch immer mehr und immer länger einem irreversiblen Erschöpfungszustand gleicht, unseres, mehr oder weniger, funktionierenden oder funktionslosen Lebens aufzunehmen. Wir sind in Fahrt, und keiner kann uns aufhalten. Nur, wohin das führt, kann uns, bedauerlicherweise, auch keiner sagen. Aber, das Schönste am Schreiben einer Geschichte ist, dass man die Zeit in den Händen hält. *Keeping time!* Ich bestimme die Zeit. Ich habe Zeit, ich nehme mir die Zeit, ich lasse mir Zeit, ich verschwende Zeit und keine Zeit und was sonst noch so alles mit der Zeit anzufangen ist. Ich kann sie verrücken, die Zeit, ich kann sie dehnen und raffen, ich kann sie laufen lassen, ich kann mich in sie zurückversetzen, ich kann mich in ihr vorversetzen lassen. Ich kann sie, die *Time*, nach hinten ziehen, bis es fast nicht mehr geht, ich kann sie aber auch um eine Spur, um eine Nuance nur nach vorne schieben. Wer sich schon einmal intensiver mit der Musik und dem Spiel des Gitarristen *John Scofield* beschäftigt hat, weiß, wovon ich rede. Ich kann sie, die Zeit, noch viel weiter, in den Händen eines Jemanden stehen lassen, der unendlich größer erscheint als wir alle, der zeitlos erscheint. Und: Ich kann sie kommen lassen, die Zeit. Und sie kam, die Zeit. Und ich war unten, ja, dort unten und wartete darauf, was die Zeit mir so bringen sollte. Vor allem wartete ich aber darauf, was demnächst, in kurzer Zeit also, passieren würde. Ich saß da, unten, im Konferenzraum, im ersten Stock, in diesem hässlichen Raum dieses hässlichen Gebäudes, in dem einfach alles hässlich war und diese hässlichen weißen Konferenzraumtische so hässlich in Hufeisenform angeordnet waren. Ich und alle anderen in diesem hässlichen Raum, die bereits vor mir eingetroffen waren und Platz genommen hatten, überhaupt, schon lange vor mir da gewesen waren und die, so wie ich (obwohl mir das erst später klar wurde, was ich aber, Dank der Flexibilität der Zeit, jetzt schon festhalten kann) die Crew dieses Stalles darstellen sollten, aber, im eigentlichen Sinne, nur die Affen in diesem Affenzirkus waren, saßen da und warteten auf den, auf diesen Mythos, der sich immer in der Zeit verspäten sollte. Der einzige Tisch an der Stirnseite des Hufeisens, der frei stand aber dennoch hässlich war, auf dem schon der Aschenbecher bereitstand und gierig darauf wartete, endlich benutzt zu werden, war nur für ihn bestimmt. Und dann kam er. Und alles an ihm war überragend. Diese, mir sofort aufgefallenen, eleganten, aber dennoch coolen Maßanzüge. Diese, zwar kontrastierenden, einem früheren Jahrzehnt entliehenen, *joschkafischerlike* hervorstechenden, aber dennoch, dem neuen Jahrtausend entsprechend, markenfetischistisch eleganten Schuhe. Der Überragende hatte überragende Eigenschaften der Darstellung und der Präsentation und somit das Publikum vom ersten Takt an voll im Griff. Die Stimme und die stimmlichen Qualitäten waren wie dafür geschaffen, bei *Deutschland sucht den Superstar* zu gewinnen. Im Tonumfang den Tritonus nie überschreitend, in der Phrasierung schlicht und einfach, keine Akzente setzend. In der Dynamik (wie bei allen Menschen, die zu bestimmten Zeiten die Stimmen der anderen benötigen und dafür zahnweiß lächelnd die Hand entgegenstrecken, um nach erfolgter Stimmenzählung dann die Keule zu schwingen) nur dann herausfordernd, wenn er, was ein beliebtes Stilmittel war, den GG Art 1 Abs. 1 als nicht beachtenswert erachtete. Was häufiger als gelegentlich vorkam. Er bestimmte, nachdem er wie ein Rockstar beim ersten *Lick*, der aus den Boxen dröhnte, das imaginäre Mikrophon an sich gerissen hatte, sofort die Bühne. Er bestach durch eine unglaubliche Eloquenz und die unbeschreibliche Fähigkeit, jegliche Fremdmeinung seiner Meinung zu unterwerfen, so, dass die Maxime seines Denkens jederzeit zugleich als Prinzip einer, seiner, allgemeinen Gesetzgebung gelten konnte. *Als Verantwortlicher für die Crew, den Tierstall, die Forschung* und überhaupt für alles, so die allgemeine Rezeption seiner Predigten, *könne er es sich eigentlich nicht erlauben, die Dinge subjektiv zu sehen. Grundsätzlich versuche er zu erkennen, ob die subjektiv geäußerten Meinungen subjektiv oder objektiv seien. Wenn sie subjektiv seien, dann werde er an seinen objektiven festhalten. Wenn sie objektiv seien, werde er überlegen und vielleicht die objektiven subjektiv geäußerten Meinungen der anderen mit in seine objektiven einfließen lassen.* Nun, dagegen war im besten Sinne kein Kraut gewachsen und kein Einspruch zu erheben. Der Überragende überragte alle anderen nicht nur in Gedanken und Worten, sondern auch in Taten. Seine viel- und selbstgerühmte Arbeitswut war legendär und wurde bereits in *Monty Pythons Lumberjack Song* besungen. Der Überragende war, so der im Verlauf der Zeit immer mehr zu gewinnende Eindruck, schon von jeher in der Lage gewesen, unglaublich viele Aufträge simultan erledigen zu können, die andere (und diese anderen waren in aller Regel die im Hufeisen Sitzenden) noch nicht einmal sequenziell bewältigen konnten. Legendär und immer wieder gerne selbst erzählt waren die Stories seiner Zeit als Assistent und aufstrebender Olympionike. Tagelange Dienste hintereinander und übervolle Ambulanzen und OP und dazu noch Patienten einbestellt und nachuntersucht und Papers gelesen und geschrieben und veröffentlicht und alles und jederzeit auf Station allein gemacht und noch viel mehr. Unglaublich! Unglaubliche Menschen fordern es heraus, dass man über sie spricht, und es kommt immer wieder vor, dass man es tut, obwohl man es, eigentlich, gar nicht will. Auch in diesem speziellen Falle wurde man immer wieder zum Meinungsaustausch animiert. Einmal erhielt ich, nachdem ich mein Erstaunen über die hervorragenden Leistungen des Überragenden während seiner Assistentenzeit zum Ausdruck gebracht hatte, von einem Zeitzeugen unter vier Augen folgende Antwort: *Du glaubst doch wohl nicht, dass der in seiner Assistentenzeit jemals auf Station etwas gearbeitet hat! Der hat die PJ`lerin gevögelt und ist in die Forschung gegangen!* Nun, ich kann mich beim besten Willen nicht mehr daran erinnern, welcher Zeitzeuge mir das mitgeteilt hat. Vielleicht habe ich das auch nur geträumt. Fakt ist jedoch, dass viele, *im Verlauf der Zeit* erfolgten, Gespräche mit weiteren Zeitzeugen zu diesem Thema dieser Geschichte einen hohen

Wahrheitswert zukommen lassen. Wie dem auch sei. Eloquenz, Präsentation und Divenhaftigkeit überragten häufig den Wahrheitswert des Mitgeteilten und Dargestellten um einige Kopflängen. Das war es, was mich erwartete, was ich jedoch noch nicht wusste, während ich zum ersten Mal, im Kreise der Stallcrew, auf sein Erscheinen wartete. Eine Ahnung von Dichtung und Wahrheit, die ich beim ersten Warten schon spürte und die sich im Verlauf der Zeit immer klarer herauskristallisieren sollte.

Medicus curat

Medicus curat, natura sanat. Nun, wenn ich mich hier so umschaue, wenn ich mich überhaupt umschaue, wenn ich die Entwicklung (die immer schneller voranschreitet) der letzten Zeit (die sich immer schneller dreht) beobachte, habe ich so meine Zweifel und, wenn ich die weitere Entwicklung verfolge und auf uns zukommen sehe, haben wir eine glänzende Zukunft. Ich betone noch einmal: Ich beschreibe die Menschen nicht. Das Einzige, was sich darüber schreiben lässt, darüber schreiben ließe, sie zu beschreiben, ist, dass sie, in irgendeiner Art und Weise nach irgendeinem, mutmaßlichen, Bauplan der Natur, irgendwie symmetrisch angelegt sind oder angelegt sein sollen. Mit lateral, auf beiden Seiten, gelegenen Ohren und Augen und Armen und Beinen, somit, versteht sich, jeweils zwei von der Sorte, und medial, in der Mitte dazwischen, nur, logisch, einer Nase und einem Mund und, am anderen Ende, auch nur einem Arschloch. Seien wir froh, dass die Natur, die sich, bedauerlicherweise, immer mehr zurückzieht, das so angelegt hat. Man stelle sich vor, die Natur hätte die Menschen mit nur einem Auge und nur einem Ohr ausgestattet, dann würden die Menschen ja noch weniger hinschauen und noch weniger zuhören, als sie sowieso schon hinschauen und zuhören. Man stelle sich vor, die Menschheit wäre von der Natur mit nur einem Bein und einem Arm bestückt worden, dann würden die Menschen ja, was eigentlich schon gar

nicht mehr möglich ist, noch weniger Standhaftigkeit und Hilfs-
bereitschaft zeigen. Seien wir noch mehr froh, dass die Natur, die
uns ja gar nicht braucht, den Menschen mit nur einer Nase be-
dacht hat. Sonst würden ja noch viel mehr Nasen in Angelegen-
heiten stecken, als sie sowieso schon stecken, die sie überhaupt
nichts angehen. Und, zuletzt, seien wir fröhlich darüber, mit nur
einem Mund und mit nur einem Arschloch auf die Welt gekommen zu sein, sonst würde ja noch viel mehr Scheiße geredet und
produziert werden, als die schon bestehenden, ständig wachsen-
den Berge von Scheiße, die die Eisberge der Polkappen zum
Schmelzen bringen und die Ozonlöcher ins Unermessliche
wachsen lassen. Nein, noch einmal, und ich betone deutlich, ich
beschreibe die Menschen nicht. Ich charakterisiere die Menschen
auch nicht, ich deute die Menschen auch nicht. Schon *Hermann
Hesse* wusste, dass die Menschen einander verstehen aber nicht
einander deuten können. Nun, wenn ich mich als Mensch bezeichne, bezeichnen darf (zumindest bin auch ich symmetrisch
angelegt), so verstehe ich die Aussage Hermann Hesses nur teilweise und stimme somit auch nur teilweise überein, denn ich
deute die Menschen nicht, weil ich sie auch nicht verstehe. Da
ich die Menschen nicht verstehe und daher nicht deuten kann,
kann ich sie nicht beschreiben und schon gar nicht charakterisieren. Also empfinde ich die Menschen ganz einfach. *Medicus curat, natura sanat*. Wenn ich mich tatsächlich hier einmal so umschaue und auch eine Weile bei diesem Umschauen verbleibe,
während meine vor mir am Galgen der Forschung baumelnde
CD-1-Labormaus ihr nicht reflektiertes Leben in den letzten Zü-
gen auszappelt und aushaucht, wird mir bewusst, dass der
Nachsatz (*natura sanat*) der wichtigere und bedeutendere von
den beiden ist und der Vorsatz, wenn ich mir die hier so ehrgei-
zig mehr posierenden als experimentierenden, teils schon hoch,
teils noch gar nicht ausgezeichneten und zum größten Teil noch
gar nicht seienden aber werden wollenden, eigentlich zum *Ku-
rieren* ausgebildeten, *Medici* anschaue, wohl gar nicht, wenn
überhaupt nicht, ernst zu nehmen zu sein scheint. *Medicus curat,
natura sanat*. Mediziner sind nicht nur die weltbesten Telefon-
buchauswendiglerner,   nein   sie   sind   auch   die   besten

Auftragskiller der Welt. Da kann ich der Mafia und allen Spaß- und Antispaßgesellschaftern der Welt nur mein Bedauern aussprechen. Die meisten Mediziner, denen man, mit dem Versprechen einer erfolgreichen Karriere, nach vierzig Tagen in der Wüste eine Knarre in die Hand drücken würde mit dem Befehl, einen umzulegen, würden den Teufel nicht von sich weisen. Mediziner sind in der Lage, jeden Scheiß zu fressen und auszuführen, wenn er nur von oben kommt. Warum ist auch egal.

Der Mund ist nicht zum Reden da…

Der Mund ist nicht zum Reden da, sondern zum Halten. Die eigene Meinung ist nicht zum Vertreten da, sondern zum Behalten. Die Regeln in der Anstalt und im Tierstall waren einfach, als Assistenzarsch und darunter, was es eigentlich nicht gab, und auch im Tierstall als menschliches Zeug stand man gewissermaßen mit dem obersten Denker Gottes auf einer Stufe: Man war ein Werkzeug Gottes. Gott ist immer eine fachbezogene oder sachbezogene lokale Größe. Kompetenz schafft Gott: …*Clapton is God…! …Toni, Du bist ein Fußballgott!*

Oder Macht. Schafft Gott. Wer die Macht hat, macht die Spielregeln. Wenn man aber genauer hinschaut und noch genauer und dahinter, erkennt man, irgendwann, dass Macht nichts anderes ist als die Präsentation dicker Eier, wo gar keine Eier sind. Ja, so ist es. Es ist nur das Bild dicker Eier, dieses Potenzgehabe. Da wir aber immer noch in Platons Höhle leben und nur die Schatten der Wirklichkeit, nicht aber die Wirklichkeit selbst, sehen, sind uns diese Zusammenhänge nicht bewusst. So sitzen wir vor der Macht und schwitzen wir vor der Macht. Immer noch.

Der Überragende

Der Überragende war überragend in seiner Argumentation und seinen Aussagen. So traf mich einmal, als ich (wieso überhaupt?) in seiner Gegenwart oder ihm gegenüber meine äußerst magere Operationsfrequenz in der letzten Zeit konstatierte, jener Satz gestochen scharf: *Worüber regst Du* (vergleichbar dem Alten meinte er, wenn er *Sie* sagte, häufig *Du*, im Gegensatz zum Alten sagte er jedoch häufig *Du*, meinte jedoch, sozusagen antipalindromisch in der Wirkung der Aussage, nicht gleichbedeutend *Sie*) *Dich eigentlich auf? Ich zu meiner Zeit als Assistenzarsch* (das hat er natürlich so nicht gesagt) *habe damals dem* […] *über fünfhundert Aorteneingriffe assistiert und er hat mir keinen einzigen hingehalten!* Dieser Satz war eine mathematische Gleichung. Damit war ich eine ganze Zeit lang beschäftigt. Ich begann zu rechnen. Eine Recherche über die in der Anstalt erfolgten Aorteneingriffe, die ich anlässlich eines Vortrages für einen Kongress vorab schon durchgeführt hatte, ergab eine Summe von 550 Aorteneingriffen innerhalb der letzten neun Jahre, macht im Schnitt etwa 60 Aorteneingriffe im Jahr. Somit hätte der Überragende in den letzten neun Jahren alle Aorteneingriffe assistieren müssen, es dürfte demnach kaum (und wirklich kaum) einer dieser Eingriffe in seinem Urlaub stattgefunden haben, was nachvollziehbar erscheint, denn Urlaub hat er *nie* (bis heute *nicht*) gemacht, kein Eingriff hätte in seinem Dienstfrei vorgekommen sein dürfen, was bedingt logisch (dienstfrei hat er nicht gemacht), aber nur bedingt logisch erscheint, denn gleich nach dem Dienst ist er, anstatt in das Dienstfrei zu gehen, in die Forschung gegangen. Dies als Prämisse für das weitere Verständnis der Rechnung. Also hätte es während seiner, unmittelbar auf den Dienst folgenden, das Dienstfrei aber ersetzenden, Forschung, als indeterministische Variable, annähernd keinen Eingriff dieser Art gegeben haben dürfen oder, als deterministische Variable, er wäre bei fast (fast!) allen Eingriffen der genannten Art, die während seiner, für die Forschung genutzten, dienstfreien Zeit vorgekommen sind, nicht, wie sonst, in die Forschung, sondern, geplanter Weise, zum Assistieren der oben genannten Aorteneingriffe gegangen.

Nun wusste ich aber zu jener Zeit, als mich dieser Satz gestochen scharf traf, dass der Überragende zu jener Zeit, als mich dieser Satz gestochen scharf traf, schon über ein Jahrzehnt nur noch in der Forschung die Experimente koordinierte und keine der genannten Eingriffe mehr assistierte. *Cogito, ergo* muss der Überragende zuvor, in einer Zeit, als er sequenziell (da simultan nicht, oder, bei ihm, vielleicht doch, möglich) forschte und Aorteneingriffe assistierte, alle in einem gewissen Zeitraum erfolgten Eingriffe der genannten Art assistiert und, wenn man auf seine Aussage zurückgeht, keinen davon hingehalten bekommen haben. Was ja nicht heißt, dass er nie einen Aorteneingriff hingehalten bekommen hat, sondern nur, dass er bei über fünfhundert dieser Eingriffe, die er einem Menschen assistiert hat, nie einen von diesen Eingriffen hingehalten bekommen hat. Bedauerlicherweise machte dieser Satz, der mich wie ein Brennstrahl traf, keine Aussage über den Zeitraum, in dem diese über fünfhundert von ihm einem Menschen assistierten Eingriffe erfolgt waren. Da ich mich von der Zeit, als mich dieser Satz gestochen scharf traf (und er, der Überragende, schon über ein Jahrzehnt keine dieser Eingriffe mehr assistierte, sondern nur noch Forschung usw.) nicht in die Zeit, in der die Aussage des gestochen scharfen Satzes galt, zurückversetzen konnte, versuchte ich es mit folgender Hypothese: Bei der Annahme einer (x) gleich bleibenden Frequenz von (A) Aorteneingriffen in den letzten Jahrzehnten müsste er, gewissermaßen, in der Zeit, als er noch nicht ausschließlich Forschung usw., innerhalb von (B) einem Jahrzehnt (C) annähernd alle (A) assistiert gehabt haben. Bei der Annahme einer (y) höheren oder (y`) weitaus höheren Frequenz von (A) hätte er, vorausgesetzt (C), die über fünfhundert in kürzerer oder deutlich kürzerer Zeit als (B) assistiert, was unlogisch erscheint, denn die (I) Inzidenz der Aorteneingriffe hat in den letzten Jahrzehnten (bei, vermutlich, gleich bleibender (P) Prävalenz von Erkrankungen die (A) erfordern) deutlich zugenommen. Bei der Annahme einer (z) niedrigeren oder (z`) weitaus niedrigerer Frequenz von (A) hätte er, (C) auch nicht vorausgesetzt, für die Assistenz der über fünfhundert länger oder deutlich länger als (B) gebraucht. Da ich damals, als mich dieser Brennstrahlsatz traf, das (D) Alter des

Überragenden schon wusste, versuchte ich, (vielleicht nicht die logischste (z`) aber) die logischere Variante (z) voraussetzend, mich erneut im Kopfrechnen und kam, obwohl ich nie ein Meister im Kopfrechnen gewesen war, zu dem Ergebnis (?), dass der Überragende, die Variante (z) im Zusammenhang mit (D) betrachtend, schon während (wenn auch nicht in den ersten, sondern in späteren Semestern) seines Studiums damit begonnen gehabt haben müsste, Aorteneingriffe zu assistieren. Da ich mich von der Zeit, als mich dieser Satz gestochen scharf traf (und er schon über ein Jahrzehnt keine dieser Eingriffe mehr assistierte, sondern nur noch Forschung usw.) nicht in die Zeit, in der die Aussage des gestochen scharfen Satzes galt, zurückversetzen konnte und ich damals, als mich dieser, wie ein Laserstrahl zerstörende, Satz traf, meiner eigenen Kopfrechnung nicht traute, musste ich den Wahrheitsgehalt dieses vernichtenden Satzes mit Hilfe von Zeitzeugen analysieren…

Ergebnis: Stimmt alles nicht! I (Inzidenz) plusminus P (Prävalenz) ist gleich FS (fette Schwänz). Das Überragende an den überragenden Menschen (also auch am Überragenden) und ihren überragenden Sätzen ist der explosionsartige Charakter ihrer Aussagen: Man traut sich nicht an sie heran.

Wie wird man Chirurg...?

Wie wird man Chirurg? Nun, diese Frage ist genauso schwierig wie einfach zu beantworten. Schwierig, wenn ich von mir selbst ausgehen und meinen eigenen Weg beschreiben müsste, da die Antwort so gnadenlos subjektiv ausfallen würde, dass sie sowieso kein Mensch nachvollziehen könnte. Einfach wiederum, wenn man die Success-Stories der Großen der chirurgischen Zunft zu Rate zieht. Man lese die Bücher, die von und / oder über einen Herrn *Billroth*, einen Herrn *von Mikulicz-Radecki*, oder einen Herrn *Sauerbruch*, einen Herrn *Barnard*, usw., geschrieben wurden. *Unermüdlich* liest man da, *durchdrungen, beseelt*, und viele weitere Adjektive, die verdeutlichen sollen, wie sehr diese *Menschen* mit ihrem *Beruf* identisch waren! Wow! Alles durch und durch, bis ins Mark, Idealisten! Von Barnard weiß man, wenn man seine Autobiographie zur Hand nimmt, zum Beispiel, dass er sich, im Lande der, damals schon, Spaßgesellschaft in der kalten Jahreszeit regelrecht hochgeschaufelt hat, was ja nichts Verwerfliches ist. Die Meinung seines direkten Nachfolgers über ihn (*...ohne moralische Skrupel; Hund mit zwei Köpfen...*) liest man dort natürlich nicht. Wenn Sie also die Biografien und Monografien dieser großartigen Übermenschen lesen, werden sie vor Ehrfurcht erstarren und, wenn Sie die Biografien und Monographien dieser großartigen Übermenschen zudem noch mit dem Herzen lesen, so, wie man sich im Fernsehen eine Sendung wie *Das Traumschiff* oder *Die Schwarzwaldklinik* oder wie die heute auch immer heißen anschaut, werden Sie das Wort, das geschrieben steht, auch *glauben*. Wenn Sie die Tretmühle der Chirurgie und der Ausbildung zum Chirurgen kennen, weil Sie selbst in dieser Tretmühle gewesen sind oder immer noch sind und somit die Biografien und Monografien dieser großartigen Übermenschen mit der eigenen Erfahrung und, am besten, zusätzlich noch mit Verstand lesen, werden Sie das Wort, das geschrieben steht, *nicht* (unbedingt, bedingungslos, ohne weitere Bedingungen) *glauben*. Wenn ich mir, andererseits, überlege, mich zurückbesinne, wer so alles zusammen mit mir und, viel mehr als weniger zusammen aber ohne mich, diese schwachsinnige Ausbildung zum

Berufsschwachmaten auf sich genommen, durchgebissen und durchgekämpft hat und, wenn ich mich, hier, so umschaue, wer so alles diese schwachsinnige Ausbildung immer noch durchläuft, muss ich zu bedenken geben, dass, so empfinde ich das, der allergrößte Teil dieser Schwachköpfe die eigene Klobrille nicht selbst geputzt hat und auch nicht putzt und auch mit dem Gebrauch einer Klobürste nicht allzu viel anzufangen weiß. Aber: Lasst uns noch einen Augenblick bei einem der Großen der Zunft, bei Sauerbruch (der in schwierigen Zeiten auf dem Höhepunkt seiner Laufbahn, die deshalb nicht unkritisch zu werten ist, war) verweilen. Es gibt so manche Anekdote, die seine wahre Größe beleuchtet. Zwar weiß ich nicht, ob die alle stimmen, so, wie man sie zu hören bekommt, aber ich habe davon gehört. Es kursiert eine Geschichte darüber, wie Sauerbruch seine Studenten im Abschlussexamen geprüft haben soll. Angeblich soll er mit vier Kandidaten in seiner Limousine (mit Fahrer, versteht sich) von Freiburg nach Berlin gefahren sein. Wer das Fahrzeug, wo auch immer, vorzeitig verlassen musste, war durchgefallen. Ob man als Affe oder Esel oder Spatz durchgefallen war, wurde dadurch angezeigt, wie weit der Rauswurf aus der Limousine noch vom sicheren Zielhafen Berlin entfernt war. Nur wer Berlin erreichte, hatte bestanden und durfte ihm einen... nun, lassen wir das. Auf jeden Fall zeichnete sich Sauerbruch, unter der Annahme, dass ihm diese Tätigkeit, wenn nicht Freude, so mit Sicherheit doch Lust bereitet haben sollte, wenn diese Geschichte denn überhaupt einen Wahrheitswert besitzt, als wahrer Meister in der Erfüllung GG Art. 1 Abs. 1 aus. Alle großartig großen Menschen scheinen Perfektionisten der Demütigung zu sein, in diesem Sinne möchte ich nicht Mitarbeiter eines Spitzenpolitikers sein. Nur wer die Demütigungen austeilen kann, die er irgendwann einmal selbst eingesteckt hat, wird es weit bringen. Die Sauerbruch-Anekdote wurde übrigens von einem Physiologie-Professor erzählt, der (wie die meisten Physiologie-, Biochemie-Biologie-, Anatomie, usw., Professoren, die ich kennengelernt habe) auch kein Kostverächter in der Missachtung des oben genannten ersten und obersten Gummiparagraphen gewesen war. Nun aber weiter. Man wird, leider, allein dadurch, dass man weiß *und* wenn man weiß, wenn man sich damit beschäftigt hat, wie diese Royalisten es geschafft haben, durch Fulltime-Idealismus Royalisten zu werden, nicht Chirurg. Dazu bedarf es, mehr oder weniger, sublimerer Charaktereigenschaften, die, andererseits, bei genauerer Durchleuchtung, ganz banal sind. Also: Wie wird man Chirurg? Nun, es beginnt damit, dass man, irgendwann, auf den Geschmack kommt und besonderes Interesse zeigt, in seinem Beruf mit den Händen arbeiten zu wollen. Das ist die Urvorstellung und die Urvoraussetzung, die man mitbringen sollte, die man, wann auch immer, im Laufe seines Lebens erwerben, erben, sich aneignen, sich anerziehen, sich übertragen lassen oder was auch immer und, (ganz wichtig!) leider auch, da häufig nicht vorausgesetzt, empfinden sollte. Der Begriff *Chirurgie (griechisch* χειρουργική [τέχνη] - *die Handwerkliche Kunst)* setzt sich aus den Wörtern χειρ (Hand) und dem Verb εργω (ich arbeite) zusammen. Der Chirurg ist somit unbestreitbar ein *Handarbeiter.* Die Hand ist, rein anatomisch gesehen, das Greifwerkzeug der oberen Extremitäten (Arme) des Menschen. Dank *Wikipedia* weiß ich aber auch, dass *die Entwicklung der Hand zu einem komplexen Tast- und Greiforgan, wie die Anthropologie nachweisen konnte, eine wesentliche Voraussetzung für die Menschwerdung war, die sich auch an der Größe der zuordenbaren Hirnareale zeigt.* Also, *Komplexität, Menschwerdung, Größe der Hirnareale* sind tatsächlich Begriffe (Begriff, begreifen, greifen, Greiforgan), die im Zusammenhang mit der Seinswerdung zum Chirurgen genauer betrachtet und analysiert werden müssen. Beim Chirurgen und, vor allem, beim werdenden Chirurgen (hier voraussetzend) hört die Hand nicht mit der Hand und dem Begriff der *Hand* auf. Sie steht vielmehr auch synonym für die Faust, für spitze Ellenbogen, dicke Oberarme, breite Schultern und Rückgrat, das gelegentlich und häufiger einmal fehlt. Also, wie wird man Chirurg? – Weiter. Wie bei allem im Leben wird man nur etwas, indem man sich bemüht, etwas zu werden. Das geht in der Regel nur durch steile, mühsame, aber kontinuierliche Aufstiege. Man beginnt, indem man sich demütig in die gottgewollte Hierarchie einreiht. Man fängt an als ein *die Vorstellung Habender, Chirurg werden zu wollen,* weil man sich irgendetwas Tolles,

Lustbetontes darunter vorstellt und / oder weil man sich durch irgendwelche seltsamen Stimmen, durch undefinierbare Schallwellen dazu berufen fühlt oder weil die Alten, die selbst diesen Beruf ausüben oder vielleicht auch nicht ausüben und gerade deswegen es so wollen. Mit dieser Vorstellung, Chirurg werden zu wollen, beendet man sein Medizinstudium, das man im Range eines Unterarsches abschließt. Ein Unterarsch ist ein menschliches Wesen (Gehirnsollgewicht > 1200 g bei ♀, >1400g bei ♂), der, da noch nicht geprüfter Arsch, keine Verantwortung und nichts zu sagen hat, der, aber glücklicherweise, noch die Chance hat, sich selbst hinterfragen zu können, ob er denn überhaupt Arsch werden will, eine Chance, die er in der Regel jedoch nicht wahrnimmt. Damit, mit der Vorstellung, Chirurg werden zu wollen und mit der vergebenen Chance, sich zu hinterfragen, ob man das wirklich will und mit der beneidenswerten Fähigkeit, Demütigungen zu ertragen, die, in einem postaufgeklärten Zeitalter im Grunde nicht mehr ertragen werden müssten (GG Art. 1 Abs. 1), hat man die, wenn auch bescheidene, erste Stufe der Karriereleiter zum Chirurgen betreten. Man ist Unterarsch. Unterärsche haben in der Chirurgie folgende Aufgaben: *Haken halten, Maul halten, zu funktionieren* und haben in Reality folgende Eigenschaften:

a) *sie taugen nichts*
b) *sie können nichts und*
c) *sie stehen nur im Weg.*

Also werden sie aus dem Weg, in dem sie ständig stehen, geschaffen, indem sie von den ihnen vorgesetzten Ärschen und gelegentlich >Ärschen mit Tätigkeiten beauftragt werden, die die Auftraggeber, ähnlich dem hinduistischen Kastenwesen, als erniedrigende Arbeiten ansehen: *Geh Blut abnehmen! Geh Aufnahmen machen! Halt die Haken richtig! Halts Maul!* Ertragen kann man diesen Zustand als Unterarsch in der Chirurgie nur mit der nötigen Charakterhypertrophie einer narzisstischen Persönlichkeit und der Tatsache (was man, wenn man die Vorstellung hat, Chirurg werden zu wollen, natürlich unbedingt unterlassen sollte), sich immer noch hinterfragen zu können, ob man das will. Ertragen kann man diesen Zustand nicht, indem man darüber nachdenkt. Die Vorstellung und vielleicht auch die Hoffnung des darüber Nachdenkenden, der Zusammenhang zwischen handwerklichen Fähigkeiten und Verstand im Repertoire eines Chirurgen würde durch die mathematische Funktion $y = x$ beschrieben, ist auf die Dauer, wie wir noch sehen werden, nicht haltbar. Wie dem auch sei. Weiter! Wie wird man Chirurg? Nun, dies hier zu beschreiben ist lediglich der Versuch einer Beschreibung und erhebt keinen Anspruch auf Richtigkeit und Vollständigkeit, denn es ist unsagbar schwer, Chirurg zu werden und dennoch furchtbar einfach, wenn man die allgemeinen Voraussetzungen (abgeschlossenes Medizinstudium, bestandene, wie auch immer, Examina) erfüllt hat. Hat man die Unterarschzeit überstanden, ohne darüber nachgedacht zu haben, ob man das tatsächlich will und sich nicht dennoch, sondern deshalb dafür entschieden, Chirurg werden zu wollen, muss man sich um eine chirurgische Assistenzarztstelle bewerben. Besondere Voraussetzungen gibt es keine, obwohl diese in den Stellenanzeigen für chirurgische Assistenzärsche immer gefordert wurden und werden. So sind in erster Linie überragende handwerkliche, organisatorische und repräsentative Eigenschaften gefragt, die explizit auf die Tätigkeit des Funktionierens und Gehorchens und die bedingungslose Identifikation damit ausgerichtet sind und bei den Bewerbern genetisch fixiert sein sollten, gewissermaßen sollte die Disposition zur Integration in den real existierenden Totalitarismus vorhanden sein. Da diese Voraussetzungen jedoch selten bei Gehirnsollgewichten > 1200 g bei ♀, >1400g bei ♂ genetisch fixiert sind, müssen sie spätestens jetzt anerzogen werden. Das Subjekt, das den zweiten, richtig eigentlich den ersten, Schritt auf der Karriereleiter zum Chirurgen gemacht hat, fängt nun geprüft erneut damit an, womit es ungeprüft aufgehört hat: Es geht d) Blut abnehmen und e) Aufnahmen machen, hält zunächst (zunächst ist ein nach hinten offener Begriff, im weiteren Sinne bedeutungsverwandt mit *ewig*) f) Haken und g) das Maul, funktioniert und passt sich an. Nachdem das Chirurg werden wollende geprüfte Subjekt im Range eines Assistenzarsches zunächst ewig die Haken gehalten, dabei immer gehorcht und funktioniert und gut aufgepasst hat, darf es dann, irgendwann (irgendwann ist ein Begriff aus der Stochastik) einmal einen kleinen Eingriff selbst ausführen, bekommt jedoch gleich wieder die Haken in die Hand gedrückt, sobald dem beim Operieren gegenüber und in der Hierarchie darüber Stehenden folgende Eigenschaften am Chirurg werden wollenden Subjekt im Range eines Assistenzarsches auffallen:

a) *er / sie taugt nichts*
b) *er / sie kann nichts und*
c) *er / sie steht nur im Weg.*

Also bleibt dem Chirurgen werden wollenden Subjekt im Range eines Assistenzarsches nichts anderes übrig, als weiterhin d) Blut abzunehmen, e) Aufnahmen zu machen, weiterhin f) Haken und das g) Maul zu halten, noch besser zu funktionieren und sich anzupassen. Und, das habe ich leider vergessen zu sagen und muss es nun nachdrücklich und deutlich betonen, um sich um h) die DRGs, dieser selbst im *MAD*-Heft niemals gedeuteten Abkürzung, dieser Begriff, der jedoch den Sinn des Lebens, den Sinn des Überlebens der Anstalten bestimmt, diese Aufgabe, die schon am ersten Arbeitstag dem Chirurgen werden wollenden Assistenzarsches als seine wichtigste Tätigkeit eingeimpft wird, zu kümmern. Mit der Zeit schrumpft das Gehirnsollgewicht bei den Subjekten, die das (zur rechten Zeit) vergessen haben und sich auch jetzt immer noch nicht fragen, ob sie das eigentlich wollen oder nicht, auf < 1200 g bei ♀ und < 1400g bei ♂, ein schleichender Prozess, der im Grunde nicht bemerkt wird, da er bei den allermeisten Subjekten im Range eines Assistenzarsches, die Chirurg werden wollen, durch eine nicht mehr zu beschreibende Charakterhypertrophie im Sinne einer narzisstischen Persönlichkeit aufgefüllt wird. Kraft dieser Charaktereigenschaft muss das genannte Subjekt (auch jetzt noch) nicht darüber nachdenken, ob es das eigentlich will oder nicht. Dieses Nichtnachdenken erspart dem immer mehr zusammenschrumpfenden Gehirnsollgewicht die Erkenntnis, dass der Zusammenhang zwischen

Handeln (handwerklichen Fähigkeiten) und *Denken* (Verstand) im Repertoire eines Chirurgen nicht der mathematischen Funktion $y = x$, sondern eher einer Hyperbel, beschrieben durch die Funktion $y = 1/x$, entspricht. Aber Spaß beiseite! Wie wird man Chirurg? Man kann, zeitlich gesehen, Chirurg werden, wenn man eine Mindestzeit an chirurgischer Ausbildung, die sich in regelmäßig unregelmäßigen Abständen verändert, absolviert hat, an deren Ende man eine vorgeschriebene Mindestzahl, die sich in regelmäßig unregelmäßigen Abständen verändert, genau festgelegter, was in regelmäßig unregelmäßigen Abständen geändert wird, als chirurgische Tätigkeiten bezeichnete, die sich in regelmäßig unregelmäßigen Abständen ändern, Handlungen, die man eigenständig durchgeführt haben sollte, nachweisen kann. Dieser Nachweis beinhaltet die schriftliche Bescheinigung des obersten chirurgischen Ausbilders, des so genannten Verantwortlichen, der jeweiligen chirurgischen Institution, in der man Chirurg werden will, dass man die Mindestzeit zur chirurgischen Ausbildung absolviert und die erforderliche, mehr oder weniger genau festgelegte Anzahl an Handlungen, die als chirurgische Tätigkeiten bezeichnet werden, eigenständig durchgeführt hat. *In realiter* bedeutet das in der Regel, dass, unter der Voraussetzung, der Chirurg werden Wollende habe die Eigenschaften (s.o.) a – c und sei deswegen ständig mit den Tätigkeiten d – h (s.o.) beschäftigt, die Mindestzeit zur eigenständigen Durchführung der festgelegten Mindestzahl als chirurgisch bezeichneter Handlungen gegen ∞ gehen muss. Uff! Demnach müssten die Chirurgen in unserer Gesellschaft längst ausgestorben sein. Wie kommt es, dass ständig doch noch neue nachwachsen? Nun, gelegentlich helfen bei einigen Subjekten, die, warum auch immer, muss man sich fragen, Chirurg werden wollen, gewisse B-Vitamine weiter, um ∞ zu durchbrechen oder auch manchmal zu hintergehen. So können zum Beispiel wirtschaftliche und gesellschaftliche Interessenszugehörigkeiten zwischen den Ausbildern und Personen aus dem Verwandten- und Bekanntenkreis des Auszubildenden von allergrößtem Vorteil sein. Bei sich nicht hinterfragenden Gehirnsollgewichten > 1200 g helfen oft dicke … und gespreizte …, das ist schon fast ein

100

Naturgesetz. Bei Gehirnsollgewichten > 1400g hilft hingegen häufig, aber nicht ausschließlich, eine konisch geformte Kopfform… […] …tja, und mit der Zeit, geht das immer so weiter und so weiter und geht eigentlich nie zu Ende; und für mich ist sowieso kein Land in Sicht, weil, ich bin ja schon raus, und…

…nun, sich nicht mehr damit auseinandersetzen, in einer Sache zu sein, sondern sich damit auseinandersetzen, indem man sich über die Sache hinwegsetzt, erleichtert vieles, auch das Schreiben über eine Sache. Das ist wie Pinkeln nach langer, langer Autofahrt: Es erleichtert ungemein…

Schafe und Hirte

…und wieder und immer wieder: Der Überragende. Selbst beim und nach dem Pinkeln ging mir diese Lichtgestalt, die sich mit und in irgendeiner Zeit in mir zum einen in eine Schreibtischleuchte, zum anderen in einen Kronleuchter spaltete, nicht mehr aus dem Kopf. Wie denn auch, jeden Morgen, die nächsten Wochen und Monate zunächst, das gleiche Spiel: Zur Frühstückspause handwerklich tätiger Menschen erwarteten die Affen des Tierstalles im Hufeisen und, im Affenchor singend vor Glück, die Ankunft des Ü-Männchens an der Stirnseite, wo schon der Aschenbecher, geleert und sauber poliert, auf die Asche seiner, ja, seiner ersten Zigarette in diesem potthässlichen Raum wartete. Mit der Zeit, die schon recht bald eintrat, kam ich zu der Erkenntnis, dass es kein Affenchor, sondern ein Schafsherdengesang, der auch besser zum Gehorsam, dem Schafsherdengehorsam passte, war. *Ihr sitzt da wie die Schafe und lasst euch von ihm…,* dachte ich mir schon recht bald. Irgendwie war das doch seltsam… Was hatte ich zuvor gedacht, was mich dort unten, wo ich *mal machen sollte,* erwarten würde? Ich dachte an so etwas wie Struktur, Ordnung, Diskussion von Arbeitspunkten und Lösen von Arbeitsschwierigkeiten, *To Do*-Listen und Erörterung derselben im Kreise, Austausch unter erwachsenen Menschen mit

Zielrichtung eben. Was gab es? - Nun, zur damaligen (*in realiter*) Zeit fand gerade ein großes, internationales Fußballturnier statt, und der Ü-Mann wollte irgendwelche Kommentare zu den Spielen des Vortages hören und warf hierzu, seiner Meinung nach sicherlich, irgendwelche sinnhaften, Fragen in den Raum. Die Diskussion kam natürlich nur schwer in Gang, denn alle wussten, dass die eigene Meinung sowieso nicht zählt und es wurden vorsichtig und bescheiden irgendwelche Kommentare in den Raum geworfen. Spätestens hier fiel mir zum ersten Mal diese ungeheuerliche Eloquenz des HB-Männchens auf (seine Marke), mit der er diese Aussagen prüfte und das Gesagte mit einer geringschätzigen Handbewegung und verächtlichem Ton abschüttelte. Der Überragende hatte in solchen Momenten viel Ähnlichkeit mit *Kinski (...was glauben Sie denn, warum ich Schauspieler geworden bin? Ich bin Schauspieler geworden, um Geld zu verdienen...!)*, wahrscheinlich hatte er ihn nachts häufig vor dem Spiegel zu imitieren versucht, so kam es mir in diesen Momenten der totalen Expression einfach vor. Ich erinnerte mich an ein Zitat aus der Autobiographie von *Miles Davis*, was sein Vater einmal zu ihm gesagt hatte: *Miles, hörst Du den Vogel da draußen? Das ist 'ne Spottdrossel. Sie hat keine eigene Stimme, sie macht nur die Stimmen der anderen nach und das willst du nicht. Wenn du dein eigener Herr sein willst, musst du deine eigene Stimme finden. Darum geht's. Sei also nur du selbst.*

Nun, hier war das wohl anders. *Cogito, ergo sum, taceo, ergo sum in salvo* fand ich schon sehr bald für mich heraus, *sonst gibt es hier kein Überleben für Dich...*, ersteren Halbsatz, natürlich, nur über die, und gefüllt mit den Inhalten der, Anstalt, des Alten und, noch natürlicher, des Überragenden. Wäre das Ü-Männchen eine Entität gewesen, mit der ich nichts zu tun gehabt hätte, dann hätte ich ihn zweifellos für einen komischen Vogel halten können. Trotz aller Demütigung, Qual und Selbstverachtung, die im Laufe der Zeit dort auf mich einwirken und, letzten Endes, von mir komplett Besitz ergreifen sollten, war es doch manches Mal recht lustig und hatte etwas von Komödienstadl. Einmal, ja, tatsächlich, wollte er wirklich einmal wissen, was so ein Comiczeichner denn verlangen könne. Er wollte einen geplanten

Vortrag über die exzellenten Forschungsbedingungen in der Anstalt und im Tierstall mit einigen lustigen Bildchen gerne etwas aufpeppen (...weiß nicht, ob er *poppen* gedacht hat...). Salopp, wie ich nun einmal sein konnte, in den wenigen Momenten meines Lebens, in denen meine Großhirnrinde nicht funktioniert, warf ich spontan ein: ...*Quatsch, das kann ich auch...!* Uff, schade, Schnabel halten ist sicherlich immer besser als dagegenhalten, aber, es war passiert. Und Ü-Männchen zog solche salopp hingeworfenen Aussagen wie ein Magnet an sich. In der Tat, er zeigte sich interessiert.

Um es kurz zu machen, anstatt Papers zu lesen und zu schreiben, zeichnete ich ihm (=IHM) an folgendem Wochenende folgende lustigen Bildchen:

Nun, ich dachte, hiermit sei alles gesagt, ich wollte ihn nicht ärgern, ein bisschen vielleicht. Am folgenden Montagvormittag, als ich ihm die Originale vor dem Anstaltsgebäude, zwischen Tür und Angel, überreichte, entfloh, zwischen mehreren tiefen Zigarettenzügen und heftigem Wippen seines rechten Fußes, nur ein wiederholtes *Hm, Hm...* seinem Kehlkopf, während er die Blättchen intensiv studierte und sich, anscheinend simultan, wozu er ja in der Lage war, so seine Gedanken dazu machte. Wie dem auch sei, er entfernte sich bald darauf grußlos (...und, selbstverständlich, *ohne Danke...*) von mir. Nun, ein krummer Hund, wie ich ja bin, stahl ich mich wenige Tage darauf aus der Papersarbeit des Tierstalles und wohnte seinem Vortrag, verdeckt natürlich, im gegenüberliegenden Institutsgebäude bei. Und, man glaube es kaum, er hatte die Bildchen tatsächlich in seine brillante Darstellung eingebettet und nannte mich sogar namentlich, gefolgt allerdings von folgendem Kommentar: ... *hat er das gezeichnet, wie sich Klinik und Forschung generell und in anderen Anstalten* (...so hat er das natürlich nicht gesagt...) *für die jungen Forscher darstellt, um auf den Gegensatz aufmerksam zu machen, wie das hier bei uns gehandelt wird...!*

Nun, ich liebe Wittgenstein (...*Was sich überhaupt sagen lässt, lässt sich klar sagen; und wovon man nicht reden kann, darüber muss man schweigen...*). Punkt. Das hat so was Authentisches...

Unspeakable, not to tell, out of Time...

...Boah, Mann, ey, bin ich denn schon wieder aus der Zeit gefallen, biegt sich denn schon wieder alles zusammen wie in Zimmermanns *Soldatenoper*? - *Soldier of Fortune*, sang Coverdale einst bei Purple. Angeblich *drückt die Musik das aus, was nicht gesagt werden kann und worüber zu schweigen unmöglich ist* denke ich, während hier, auf dieser verrückten Abteilung die Hasen (...sind das Osterhasen oder was, die gab es im Tierstall nicht...) in weißen oder blauweiß gestreiften Kitteln ständig an mir vorbeihuschen und irgendwelche *TicTacs* oder, wie sie es nennen, Pillen verteilen; und je mehr ich denke und nachdenke und zurückdenke, desto mehr dreht sich diese Zeit in Kugelgestalt um mich und mir wird, da ich ja eine ausgeprägte Kinetose habe, von dieser ständigen, musikuntermalten Dreh-Zeit- oder Zeit-Dreh-Bewegung richtig schlecht. Das ist für mich, der ich ja nicht mehr schneidend ($\chi\epsilon\iota\varrho o \upsilon\varrho\gamma\iota\kappa\acute\eta$ = chirurgisch), sondern nur noch denkend tätig bin, ein richtig einschneidendes Erlebnis. Viel einschneidender ist allerdings, dass ich es endlich geschafft habe, *Made in Japan* von *Deep Purple* (...das war noch die *Mark-II*-Besetzung, vor Coverdale...) wieder zu ergattern. Ich muss es natürlich gleich hören. Was heißt da hören? Ganz nüchtern: Teure *Sennheiser*-Headphones auf die Ohren und - Konzertatmosphäre! Mein Gott, wie viele Jahre? Wie viele? Dreißig und mehr? Es muss da und dort gewesen sein, zum ersten Mal, aber der Sound war *kein Sound*, das war ein knisternder Kassettenrecorder von *Blaupunkt,* darüber eine Ferrochromkassette von *BASF*, Ferrochrom- oder nicht, egal, aber gelb auf jeden Fall und, obwohl kaum ein Sound- nicht zu fassen, Gillan hat trotzdem geschrien wie der Teufel, Jon Lord, dieser mystische Kirchenorgler mit dem Sound der Hölle und des Himmels gleichzeitig, der *jazzte*, so geil wie die großen Hammondmänner im Jazz der 50/60er. Ian Paice, Ian Paice, Ian Paice, Mann, während ich das schreibe und *Highway Star* aus meiner Box dröhnt, kann ich immer nur repetitiv wie ein Berserker auf die Lehne meines Sessels klopfen und *Ian Paice, Ian Paice!* schreien und damit ist **ALLES** gesagt! Mann, über dreißig Jahre, das ist der Hammer, das klingt nicht, das war, das war **WAHR** gestern! Ritchie, der Hexenmeister, dieser Dämon der Ekstase, Mann, ich musste so alt werden um diese Gitarrensoli (...nein, verstehen werde ich das nie können...) zu fühlen, zu tanzen... thank you, God! Ritchie Blackmore, was ein Ekel von Mensch, was man so liest und so hört, was für ein magischer Musiker. Glover, Roger Glover, den vergisst man leicht, aber Roger war *Mark-II...* Hat er, schon damals, die Platte produziert? Mann, was bin ich froh über mein neues *Bose*-Soundsystem, Mann, endlich höre ich den Bass blubbern von Roger Glover, fast wie Pastorius, aber, der kam ja erst später, ist der geilste Bassist... nein, hier ist es Roger Glover, Mann, wie das blubbert, **WIE** das groovt, Mann, *Highway Star* endet, Mann, das endet nicht, das **explodiert** in einer Supernova, dieser Hall, dieser Hall und dann: **BADDASCHHHHHHHHHHHH!** Ian Paice klopft, schlägt, nein, knallt das Stück aus auf dem Becken...!

Nein, es gibt kein Verschnaufen, *Child in Time*, Kind dieser Zeit, einer Zeit, der Zeit, Zeit, *Kugelgestalt*, wieder da, und, es sind schon über dreißig, weit über dreißig Jahre, *Child in Time*, und alles ist wie früher, wie immer, ganz ohne Drogen und *TicTac*-Pillen, und diese Musik ist so heiß, das groovt, das swingt, Mann, wenn ich`s denn nicht schon wäre, müsste ich *verrückt* werden, und Gillan schreit über vier Oktaven **AHHHAAAHAAA!!!**, und Ritchie, Mann, dieser Chorus, was ist das für eine Tonart, ja, klar, a-moll, G-Dur, F-Dur, aber dieser Chorus, ist das nur Pentatonik über A, was spielt der nur, der Mann ist *total verrückt*, das geht ab wie die Sau, das ist der Hammer, Jon Lord orgelt, Mann, einfachste Klangteppiche und, easy, easy, wie die Sounds, wie die Patterns der Brass Section in einer donnernden Big Band, Roger Glover blubbert und blubbert, den Bass rauf und runter und Ian Paice treibt, treibt, treibt an, und ...
... ... verliert nie dieses Wahnsinnstempo...! *Aufhören*! Aufhören, ich befinde mich schon im Anflug auf Saturn und muss nun wieder herunterkommen, werde heruntergeholt, muss Ruhe finden, während mein Psychiater, obwohl ich die besten, die allerbesten Ellenbogenvenen der Welt habe, sich verzweifelt abmüht,

eine Vene zu punktieren, um mir *Diazepam* intravenös zu verabreichen...

Chirurgisches Forum

...so, nun bin ich wieder in der richtigen Zeit, gerade noch rechtzeitig, könnte man sagen; und es hat sich nichts, aber auch wirklich gar nichts geändert... Das Leben ist ein Wettbewerb. Vom Aufgang der Sonne bis zu deren Untergang, will heißen vom Anfang eines Menschenlebens bis zu dessen bittersüßen Ende. Aber: Das wissen wir, ohne Ausnahme, alle, das ist nichts Neues. Aber das, auf den Punkt gebracht, hier nur am Rande. Das Menschenleben ist ein Paradebeispiel einer Existenzform, die sich, scheinbar, nur deshalb entwickelt hat, um sich ständig beweisen (zu müssen). Das beginnt mit dem Urknall eines jeglichen menschlichen Seins und geht, ohne Pause, bis zur Erlöschung der jeweiligen Existenz, so weiter und so weiter. Ich weiß gar nicht, welches Beispiel ich hierfür am besten benennen kann und soll, im Grunde, im allertiefsten Sinne sind sie, bis auf ein paar Feinheiten, ein paar Nuancen vielleicht, worin sie sich unterscheiden, alle gleich. Ich kann somit nur, wie so häufig, den Würfelbecher nehmen, ein paar Würfel hinein, und schauen, was dabei herauskommt. Schön. Denn: Es ist an der Zeit, wieder einmal ein konkretes Beispiel zu bringen, denn konkret (lat. *concretus* dicht, fest) bedeutet etwas, das *wirklich, greifbar, bestimmt, gegenständlich* ist. Also, konkret war die Anstalt und der der Anstalt angegliederte Tierstall, dort, wo der Alte und sämtliche anderen Alten ihre Untergebenen hinschickten, um aus ihnen Wissenschaftler zu machen, die die Anstalt voranbringen sollten, dort, wo dieser überragende Wissenschaftler mit den unzähligen Veröffentlichungen regierte, der, damit beauftragt, aus den Untergebenen sämtlicher Anstaltshäuptlinge Wissenschaftler zu machen, deren Lebensinhalt darin bestehen sollte, die Anstalt und die Wissenschaft, um jeden Preis, voranzubringen, selbstverständlich auch ein Ort, ein Treffpunkt für menschliche Existenzformen, der nur und wirklich nur deswegen bestand, um sich ständig beweisen zu müssen und zu wollen, nein, um sich ständig zu beweisen. Ein Beweis in Wissenschaft und Forschung, wenn wir denn nur einmal sämtlichen Glanz und sämtliche Glorie, sämtliche Augenwischerei und sämtliche Weichspülwerbung für einen kurzen Augenblick der kontemplativen Betrachtung aus unserem Blickfeld und unserem Gedankenkreis verbannen, bedeutet, so wie es dem Subjekt (dem Subjekt!) im Kern der Sache nahe gebracht wird, nichts anderes, als ständig die nicht abzulegende Sucht ausleben zu müssen, der Beste, besser als alle anderen, sein zu müssen, sein zu wollen, nein, in Wirklichkeit der Beste, besser als alle anderen, zu sein. Nun, um darzustellen, dass Irgendwer oder Irgendwelche besser als andere und somit der Beste ist oder die Besten sind, veranstaltet man einen Wettbewerb oder eine gleichwertige Präsentationsveranstaltung. So eine Veranstaltung ist zum Beispiel ein Forum. Ein Forum (lat. *forum*, Marktplatz) ist eigentlich ein Ort, wo Meinungen und Waren untereinander ausgetauscht werden können, Fragen gestellt und beantwortet werden können, mit dem Bewusstsein [sic!], dass die eigene Ware und Meinung die beste ist. Um nun darzustellen, wie gut man wirklich und somit besser als die anderen ist, war die chirurgische Sektion der Anstalt eines Tages an der Reihe, ein entsprechendes Forum zu veranstalten. Also trafen sich an diesem einen Tag die drei Alten, jedoch noch nicht alten, Häuptlinge der chirurgischen Sektion der Anstalt in diesem hässlichen Raum im ersten Stock des Tierstallgebäudes, um zusammen mit dem Überragenden, der ein überragender Organisator war, eben jenes entsprechende Forum zu organisieren. Teilnehmen an jener Veranstaltung, bei der zu organisierendes Forum entsprechend besprochen, geplant und vorbereitet werden sollte, mussten auch die Affen des Tierstalles. Der Überragende hatte in der Frühbesprechung, zu der er, wie so häufig, verspätet gekommen war, nur verlauten lassen: *Heute Abend Forumssitzung!* und jeder der Affen hatte Bescheid zu wissen. Also trafen sich an einem Tag zu einer Zeit, als das Sandmännchen sich schon schlafen gelegt hatte, die (den Überragenden mit

109

einberechnet) vier Musketiere der chirurgischen Sektion der Anstalt und die Affen ihrer Herren, um, wie gesagt, etwas zu besprechen und vorzubereiten. Der Überragende saß, wie immer, an der Stirnseite des Hufeisens und führte das Wort, gab es jedoch, zuweilen, an den Alten (*den* Alten) weiter, der links vom Überragenden saß. Gegenüber vom Alten (von *dem* Alten), und somit rechts vom Überragenden saß ein weiterer Häuptling, der zunächst verspätet gekommen war, der, nicht nur aus diesem Grund, jedoch weniger autoritär, bei diesem Treffen seltener etwas zum Organisationseintopf beisteuerte und den ich deshalb hier nicht weiter beschreiben will. Links vom Überragenden saß, lässig auf dem Stuhl, die Beine superlässig übereinandergeschlagen, eine Pfeife (!) stopfend, ein anderer. Nun, Schönberg soll über Gustav Mahler einmal gesagt haben, bei einem großen Menschen geschehe nichts grundlos. In diesem Sinne hätte er sogar Mahler dabei zusehen wollen, wie dieser eine Krawatte bindet. Der *Göttliche.* Interessant, wobei ich mir nie hätte vorstellen können, dass er das tut, ihm dabei zuzusehen, wie er eine Pfeife (!) stopft. Der Göttliche. *Guten Morgen! Guten Tag.* Das war ein Einbahnstraßengruß, wenn man ihm auf einem Flur der Anstalt, auf einer Straße der Anstalt oder sonst wo inner- oder außerhalb der Anstalt begegnete. Es kam nie etwas zurück. Der Göttliche. Einer jener akademischen Flegel, die mit fünfundzwanzig Doktor und mit dreißig Professor sind, die einen, der mit dreißig Doktor, mit sechzig aber noch nicht Professor, der niemals Professor sein wird, nicht (be)achten und deswegen auch nicht grüßen. Der Göttliche. Ein Mensch, nein, er war kein Mensch, er war der Göttliche, der die Legitimation besaß, nein, von dem man erwartete, den man noch erhöhte, dass er seine Mitmenschen (für einen Göttlichen gibt es keine Mitmenschen, sondern nur Untermenschen), also gut, dass er seine Untermenschen wie den letzten Dreck, ja, wie den allerletzten Dreck behandelte. Ein Mythos. Man sagte, er könne im Schlaf operieren. Göttlich. Das habe ich (leider, bedauernswerterweise, (?), wie auch immer), nie selbst gesehen und miterlebt. Ein Mythos. Wie Paganini, von dem man sagte, er hätte mit einem Rohrstock auf der Violine spielen und, trotzdem, damit jeden anderen Geiger seiner Zeit an die Wand spielen und ausstechen können. Die Kompositionen Paganinis stellen, so, wie man sie heute hört und wie sie interpretiert werden, in der Tat effekthascherisch ein hypertrophes Virtuosentum zur Schau. Die Themen sind jedoch recht simpel und seelenlos und reichen auch bei den besten, die dazu auch noch meistens geklaut sind, bei Weitem nicht an die wirklich Großen (Mozart, Beethoven) heran. Ein Mythos. Dem man, hofiert von, meistens zwei, manchmal auch mehreren Adjutanten, die häufig schon Zeichen eines ähnlichen und allzu häufig auch schon ein ähnliches Gehabe (*Lernen am Modell* nach A. Bandura) an den Tag legten, gelegentlich auf dem Flur oder im Treppenhaus der Anstalt und ungelegentlich auf einer Straße der Anstalt oder sonst wo inner- oder außerhalb der Anstalt begegnete. Hinterher verspürte man den unbändigen Drang, sich auf dem nächstgelegenen Scheißhaus das Hirn zu waschen, weil man sich so klein und dreckig und unbedeutend fühlte. Der Göttliche. Da saß er nun und zündete sich, diese oberlässig aus dem linken Mundwinkel hängend, mit den Fingerspitzen von Zeige- und Mittelfinger der linken Hand nur so nebenbei den Pfeifenkopf stützend, mit filigraner Virtuosität seiner rechten Hand, die gestopfte Pfeife (!) an. *Paff! Paff!* Bislang war ich mit ihm, dem Göttlichen, nur einmal in den Ring gestiegen. Als Diensthabender der Chirurgie wurde ich einmal in sein Purgatorium gerufen. Ein von ihm am Vortag operierter Patient hatte jetzt ein kaltes Bein. Also, zielgerichtet, so wie ich es einst und immer wieder gelernt hatte, untersuchte ich kurz den Patienten. Zufälliger- und bedauerlicherweise war der Göttliche in diesem Moment auch im Purgatorium gegenwärtig. Er trat hinzu, sah (oder sah nicht), was ich tat und raunzte mich an: *Was machen Sie hier für einen Quatsch! Organisieren Sie, dass der Patient sofort operiert wird! Sonst operiere ich ihn am besten gleich selbst…!* Schlagfertigkeit. Eigentlich sollte man immer mit einem Schlagstock herumlaufen. Seit die Menschen nicht mehr mit Schwert oder Degen oder sonst was herumlaufen, ist anscheinend die Schlagfertigkeit verloren gegangen. Vielleicht ist deswegen bei den Spaßgesellschaftern in Spaßland der Waffenbesitz gesetzlich erlaubt, um die Schlagfertigkeit zu wahren. Ich selbst bin und war wehrlos. Die Schlagfertigkeit kommt bei mir immer

nur später, abseits, allein im stillen Kämmerlein. So auch dieser
Gedanke. Nicht nur der Christenmensch, nein, auch ich bin ein
freier Herr über alle Dinge und niemandem untertan. Nicht nur
der Christenmensch, nein, auch ich bin ein dienstbarer Knecht
aller Dinge und jedermann Untertan. Hätte ich in diesem Augenblick einen Handschuh (ein Einweghandschuh aus Polyethylen,
wie sie überall vorrätig sind, hätte ja ausgereicht) gehabt und
hätte ich diesen genommen und diesen dem Göttlichen ins Gesicht geworfen, hätte ich diesem zugerufen: *Wählen Sie die Waffen!*
Der Göttliche. Der saß nun, links vom Überragenden, da und
pustete, an seiner Pfeife (!) saugend, gewaltige Rauchschwaden
an die Decke. *Uähhh!!!* Ein solches Subjekt erregte und erregt in
mir, schon von jeher, und immer noch, wenn ich darüber nachdenke, eine Wand aus Ekel und Ablehnung. Ich war zwar schon
immer, und bin es auch immer noch, gegen die Prügelstrafe,
aber, so von ganz unten nach ganz oben (und auch in Erinnerung
an GG-Art 1 Abs. 1) antihierarchisch ausgeteilt, so ein paar Peit-
schenhiebe hätten dem mit Sicherheit gutgetan. Faust ballen,
ausfahren und zuschlagen. Das ist alles, was ich für ein solches
Subjekt übrighabe.

Alsbald wand ich jedoch, obwohl ich die Betrachtung dieser
Pfeife (!) durchaus erstaunlich fand, den Blick von ihm ab und
hörte wieder der Diskussion zu. Was mir nicht leicht fiel. Nun,
was war also der Inhalt dieser Sitzung? Ein Forum vorzubereiten, da die Anstalt an der Reihe war, ein Forum zu veranstalten.
Diese Sitzung, diese, vom Überragenden so bezeichnete, Forumssitzung sollte den Claim für zu veranstaltendes Forum ab-
stecken. Es sollte um den Sinn und Zweck und, vor allem, um
die Zukunft der *akademischen Chirurgie* gehen. Es sollte allen anderen der nichtakademischen Chirurgie und auch denen der
akademischen Chirurgie anderer Anstalten demonstriert werden, dass die akademische Chirurgie und vor allem die akademische Chirurgie dieser unserer Anstalt die dicksten Klötze hat
und dass diese dicken Klötze natürlich sehr viel besser als die
weniger dicken Klötze und die mit den kleinen Klötzen sowieso
nur Dumpfbacken sind und unbedingt von den dicksten Klötzen
(der akademischen Chirurgie dieser unserer Anstalt) lernen

müssen. Nach dem Motto: Wie verkaufe ich mein eigenes Haus, *Onkel Toms* Hütte, als *My Castle*, als Himmelspalast? Besonders der Alte empfand scheinbar den Slogan *akademische Chirurgie* als äußerst lustbetont, denn er nahm ihn häufig in den Mund. Aber auch die anderen Häuptlinge wollten sich nicht lumpen lassen, öfter mal orkanartig einen ziehen zu lassen. Nacheinander, neben- und durch- und schließlich miteinander verkauften der Alte, der Zu-spät-Gekommene, der Göttliche und der Überragende ihre Argumente und Thesen wie Waren, aus denen es galt, ein Ragout als Programm für dieses Forum zu kochen. Ich saß da, versuchte mich zu konzentrieren und war mit aller Kraft damit beschäftigt, einen Kardinalfurz zu unterdrücken. Das war ganz schön schwer! Im Hufeisen verstreut saßen, ganz zurückhaltend, auch die anderen Affen Gottes da. Widersprachen nicht. Stimmten zu. Nickten. Nickten ab…

Die Elite
(Der Chirurgie)

Panegyriker der Macht
Treff ich morgens um halb acht
(in der Frühbesprechung…
oder
auf dem Weg in den OP).

Der Alte und der Göttliche
schweben über allem Weltlichen.

Ein freundlicher Blick,
ein morgendlicher Gruß
ist nichts für sie,
was man zeigen und sagen muss.

…

Nur den Überragenden
trifft man nicht um halb acht,
denn,
er hat die ganze Nacht
gearbeitet:

redigiert
rezepiert
exzerpiert
korrigiert
(**onaniert?** … drei Fragezeichen!)
Und, natürlich, nicht zu vergessen,
geschrieben, für den **höchsten**
Impact Factor.

…und alle…
haben sie
es irgendwie…

Geschafft!!!

Ich muss Bernd Alois Zimmermann immer wieder dankbar sein
für seinen Satz über die Zeit, die sich als Kugelgestalt zusam-
menbiegt, weil, ich bin nicht mehr in der Zeit, ich bin in einer
ganz anderen Zeit, außerhalb der Zeit, in meiner Zeit, zeitlich
gesehen zeitlos. Obwohl ich das aus einer ganz anderen Zeit,
wenn man die Zeit perspektivisch und, natürlich, unmissverständlich auch linear ansehen kann. Vielleicht kann man, nein,
mit Sicherheit, man misst die Zeit auch räumlich, siehe Einstein
und das ganze wissenschaftliche Gedöns und/oder liest die Zeit
als kurze Geschichte eines aus dem Körper gefallenen Genies,
der nur noch in Gedanken lebt und sich über Sprachcomputer
verständigt und Dimensionen der Zeit beschreibt, die man

wissenschaftlichnatürlichgarnichtmehrmessensondernurnoch……denkenkannwaswiederumnatürlichkeinervondenendiedaserforschen…underdenkenundbeweisen…zugeben will.

Nun, ich habe es geschafft, ich bin. Jetzt. In der Klapse. Aber in
einer ganz anderen Zeit. Sorry. Das sollte nur ein kurzes Intermezzo aus einer anderen, einer weiteren, fremden Zeit sein. Jetzt
geht es weiter. Im Hier-und-Jetzt. Es geht weiter mit großen Menschen…

Große Menschen

Große Menschen. Ich höre und lese immer wieder: *Große Menschen*! Und das, was ich da sehe: Große Menschen. Wann *ist* ein
Mensch ein großer Mensch? Groß in Bezug auf Körpergröße,
groß im Hinblick auf materiellen Größenwahn, groß in Anerkennung geistiger Größe, groß in Anbetracht menschlicher Größe?
Welche Größe ist gemeint? Welche Größe ist wesentlich und von
Bedeutung? Das ist alles subjektiv, sehr, sehr subjektiv. Sind solche Menschen als groß zu bezeichnen, deren Charisma anderen
die Tränen in die Augen treiben, *in Memoriam derer* man eine
wohlige Gänsehaut bekommen kann? Menschen, die die
Menschheit gedanklich und inhaltlich vorangebracht haben?
Menschen, die ihre Ziele, ihr Leben für eine bessere Welt, mit ihrem Leben bezahlt haben? Der INRI, Ghandi, Martin Luther
King, um nur einige bedeutende zu nennen, waren mit Sicherheit große Individualisten und Idealisten. Waren sie auch Arschlöcher? Darüber ist nichts bekannt. Darüber wissen wir zu wenig. Aber: Ich schwelge, schwelge in Gedanken. Sind Chirurgen
große Menschen? Nun, zumindest leitende Chirurgen, Chefärsche und alle, die es in diesem Beruf zu etwas gebracht haben,
sind Ignoranten allererster Güteklasse. Man braucht sehr, sehr
wenig, um dies zu begreifen. Ein wenig Menschenverstand
reicht aus, nein, eigentlich braucht man gar keinen

Menschenverstand dazu. Allein das Menschenlos, das Los des kleinen, weil erniedrigten Menschen, reicht aus, vielleicht noch nicht einmal, um es zu begreifen, das wäre zu viel verlangt, nein, um es zu empfinden. Die Menschen, die sich, in meinem gegenwärtigen räumlichen und gedanklichen Umfeld, als große Menschen anzusehen wünschen und gerne bezeichnen lassen wollten, sind zumindest einmal Chirurgen, die es, mehr oder weniger, zu etwas gebracht haben. Der Alte und der Überragende, das lässt sich sicher nicht bestreiten, sind solche *Dieter-Bohlen-Typen* in ihrem Hofstaat. Der Göttliche, der mich ja nur marginal, und noch nicht einmal das, betrifft, noch sehr viel mehr, obwohl, der Göttliche ist ja schon gar kein Mensch mehr, kann damit auch kein großer Mensch sein, der ist vielmehr ein ausgetretener Hundescheißhaufen. Ja. Aber sonst? Ich weiß nicht. Ein kleines, philosophisches Gedankenexperiment vielleicht dazu. Chirurgen, die es zu etwas gebracht haben, sind Ignoranten allererster Güteklasse. Der Alte und der Überragende, die mehr oder weniger Chirurgen sind, haben es zu etwas gebracht. Also sind sie Ignoranten allererster Güteklasse. Punkt. Fragezeichen? Ich bin mir nicht ganz sicher, damit ein Beispiel für eine Induktion gebracht zu haben. Also, ein neuer Versuch. Chirurgen, die es zu etwas gebracht haben, sind Ignoranten allererster Güteklasse. Der Alte und der Überragende, die es, mehr oder weniger, zu etwas gebracht haben sind Chirurgen. Also sind sie Ignoranten allererster Güteklasse. Hm. Vielleicht doch eher so: Ignoranten allererster Güteklasse, die es zu etwas gebracht haben, sind Chirurgen. Ignoranten allererster Güteklasse sind der Alte und der Überragende und die haben es zu etwas gebracht und sind Chirurgen. Oder: Ignoranten allererster Güteklasse sind Chirurgen, die es zu etwas gebracht haben, so wie der Alte und der Überragende. Und somit können sie keine großen Menschen sein, denn große Menschen können keine Ignoranten sein, woraus sich der Imperativ ableiten lässt: *Ignoriert Chirurgen allererster Güteklasse, die es zu etwas gebracht haben. Denn sie sind keine großen Menschen!* Ob dies alles jetzt stimmig ist, sei einmal dahingestellt. Fakt jedoch ist: beckham`scher Ruhm und Reichtum und beckett`sche Leere sind, obwohl diametral entgegengesetzt, beides Tatsachen dieser Welt, die man in der Chirurgie wiederfinden kann. Ersteres ist, irgendwann und immer mehr nur noch, der Lebensinhalt von Menschen, die, und jetzt muss ich leider noch einmal damit anfangen, es zu etwas gebracht haben, und da kann ich den Alten und den Überragenden leider nicht ausschließen, letzteres ist, was ich, in Anbetracht der ersteren Tatsache, nur noch empfinden kann. Interessensschwerpunkte eines Menschenlebens, die nur noch nach immateriellen Dingen ausgerichtet sind, wenn sie ausschließlich materielle Dinge zur Folge haben, haben mit Idealismus und Individualismus nichts am Hut. Das ist nichts Besonderes. Das ist ein ubiquitäres Phänomen. Menschen, die es in diesem Beruf zu etwas gebracht haben, die sich nur noch für CASH & Kohle interessieren (aber nicht mehr dafür, woran der Blödzeitung lesende Mob denkt, wenn er an die denkt, die es in diesem Beruf zu etwas gebracht haben, wofür sie da seien, für sie, für den und die Menschen nämlich) können keine großen Menschen sein. Es ist, sicherlich, schwierig sich das vorzustellen. Ich weiß nicht, ob das schon immer so war. Zumindest, und das weiß ich, weil ich es gelesen habe, standen in früheren Zeiten Menschen, die es in diesem Beruf zu etwas gebracht haben, auch, wenn sie vielleicht selbst keine großen Menschen gewesen sind, in gedanklichem Austausch mit wirklich großen Menschen und haben sich somit mit wahrer Größe beschäftigt. Sauerbruch z. B., der in Leipzig Arthur Nikisch kennen lernte und mit ihm eine lebenslange Freundschaft verband (Sauerbruch ist, nebenbei gesagt, für jemanden, der über Menschen, die es in diesem Beruf zu etwas gebracht haben, ja, der, noch viel weiter, über Sinn und Unsinn in diesem Beruf nachdenkt, ein sehr dankbares Streitobjekt. Dass er, Sauerbruch, zu seinem Chef, dem großen *Geheimrat von Mikulicz-Radecki*, gesagt haben soll *In Ihrem Puff bleibe ich sowieso nicht!* zeichnet ihn zumindest als Individualisten und Idealisten aus). Oder denken wir an Theodor Billroth, dessen Name auch heute noch in vielen Lehrbüchern der Chirurgie seitenlang erwähnt wird, dessen Name, jeden Tag aufs Neue, auf sämtlichen OP-Plänen einer jeden viseralchirurgischen Einrichtung steht, der einen der größten, der allergrößten Menschen, *Brahms*, zum

Freunde hatte. Das gab es wirklich. Oder einen Menschen wie Albert Schweitzer, der das alles, Musik, Medizin, Menschlichkeit, in sich vereinte. Unvorstellbar! Unvorstellbar, wenn ich mir vorstelle, dass der Alte (der, so denke ich, nicht einmal weiß, dass Töne klingen) und der Überragende (der, zumindest, manchmal solche Flyer von irgendwelchen Dixieland-Frühschoppen auf dem Schreibtisch zwischen den ganzen Papers liegen hat, der, möglicherweise, auch schon einmal *die Kunst der Fuge* gehört hat, wenn auch nur im gesellschaftlichen Beisein anderer Subjekte, die es zu etwas gebracht haben und der, nachdem er der *Kunst der Fuge* gesellschaftlich beigewohnt, mit Sicherheit stundenlang über *die Kunst der Fuge* dozieren kann ohne sie, *die Kunst der Fuge*, in irgendeiner Weise überhaupt empfunden und begriffen zu haben) zu solchen Zeitgenossen wie etwa Wolfgang Rihm (der, immerhin, ein Landsmann des Überragenden ist) oder Simon Rattle oder Pat Metheny oder … (die alle ja, immerhin, so etwas wie des Alten und des Überragenden *Alter ego* sein könnten) freundschaftliche Kontakte und inhaltliche Auseinandersetzungen pflegen sollten! Nein, es ist heutzutage einfach nicht mehr vorstellbar. Schluss damit! Noch eine kleine Anekdote zum Schluss: Der große Arnold Schönberg soll einmal zu seinem Schüler Hanns Eisler (der sich, zu einer Zeit, in der das in diesem unserem Lande angebracht war, intensiv mit antikonservativen gesellschaftlichen und politischen Ideen beschäftigt hat) gesagt haben, dass das Leben selbst, wenn er, Eisler, denn erst einmal ein paar gute Anzüge und drei warme Mahlzeiten am Tag habe, ihm diese absurden Ideen schon austreiben werde und dass man ihn, Eisler, am besten übers Knie legen und den Arsch versohlen solle, um ihn von diesem Unsinn zu heilen und daraufhin soll Eisler, der ja, wie Schönberg, ein streitlustiger Geselle gewesen sein muss, Schönberg als Aristokraten und Ignoranten (ob das jetzt wortwörtlich so stimmt, sei dahingestellt) allererster Güteklasse bezeichnet haben. Nun, diese Auseinandersetzung fand (so wie das sauerbruch`sche *Puff*-Zitat über die Anstalt seines Herren von Mikulicz-Radecki) zu Beginn des letzten Jahrhunderts des letzten Jahrtausends statt. Das ist lange her und vieles ist passiert *in between*. Aber: Die

Geisteshaltung derer, die es in diesem Beruf zu etwas gebracht haben, und selbst wenn sie die Achtundsechziger miterlebt, vielleicht sogar auch mitgestaltet haben (der Alte und der Überragende waren ja beachtliche Frühreife), hat sich bis auf den heutigen Tag nicht geändert. Subjekte, die es in diesem Beruf zu etwas gebracht haben (sowie Chefärsche und leitende Ärsche) sind Ignoranten allererster Güteklasse und somit sind sie, wie sie sind und keine Macht des Himmels und der Erde kann sie ändern. Punkt. Das können die untergebenen Ärsche einfach nicht ignorieren, aber sie müssen es, wollen sie es selbst in diesem Business einmal zu etwas bringen. Und was kann ein Arsch besser, als *Ärsche lecken*, in den *Arsch kriechen* und sich den *Arsch aufreißen*?

Blondchen

Gut, es tut mir leid. Ich ärgere mich auch über mich. Ich ärgere mich, das gefragt zu haben. Ich ärgere mich auch, so zu denken, wie ich jetzt denke, was ich ja nur tue, weil ich so *empfinde* und das ist, was ich nicht weiß, was, meines Wissens, kein Mensch weiß, so denke ich, ein genetisch fixierter und somit angeborener Mechanismus und somit, *die Empfindung*, eine nicht steuerbare Akutsensation der Sinne. In diesem Sinne bin ich, so empfinde ich das, manchmal ein ganz schön arrogantes Arschloch und die Toleranz wurde mir, anscheinend, nicht in die Wiege gelegt, sondern ich muss diese Toleranz, situationsbedingt, mir immer wieder von neuem hart erkämpfen. Arroganz, Toleranz, fehlt nur noch die Ignoranz, und ich habe aus den beiden diametral entgegengesetzten Charaktereigenschaften (Arroganz und Toleranz) ein Triumvirat gebildet, drei Eckpunkte, die die Flächenlandschaft meines Charakters bilden. Ich muss auch immer mit der *Eine-Million-Euro-Frage* beginnen. Warum muss ich immer das Pferd von hinten aufzäumen? Aufgefallen war mir zunächst nur das Blondchen in der Reihe hinter mir. Wir beide waren die einzigen im Saal. Das kam gelegentlich vor. Das in der Reihe hinter mir forschungsfleißig experimentierende Blondchen schätzte ich so auf Anfang zwanzig. Sie war nicht die einzige. Die kamen häufiger vor. Der Überragende hatte anscheinend, so schätze ich, nicht nur nach wiederholter eigener Beobachtung, sondern auch nach, ohne bewusst danach gefragt zu haben, freiwilliger Mitteilung von Zeitzeugen, eine Schwäche dafür. Vor dem in der Reihe hinter mir forschungsfleißig experimentierenden Blondchen zappelte eine *Black-6-* (richtig eigentlich *C57BL/6J-*) *Maus* auf der Folterbank der Forschung unter dem Operationsmikroskop. Diese Maus zappelte nicht in Erwartung des nahenden Heldentodes für Ruhm & Ehre der Forschung, kein Zappeln, wie man es bei den Nagern sehen konnte, die bereits in der Agonie sich ein letztes Mal aufbäumten, kein letztes Strecken der, meist an der unterliegenden Korkplatte mit Leukofix fixierten, Glieder, kein allerletztes Überstrecken der Halswirbelsäule mit weit aufgerissenen, leider nicht sichtbaren, da, unter, zum Schutz der empfindlichen Cornea, dick aufgetragener Bepanthensalbe, bedeckten, Augen und weit aufgerissenem Maul mit allerletztem Atemstoß vor dem finalen Kreislaufzusammenbruch des Lebens. Nein, diese Maus zappelte, weil sie gerade wieder aus der Narkose erwachte. Das vernahm ich zudem, nun doch, im Sinne eines akustischen Signals, dem immer deutlicher werdenden Quieken des Tieres. Nun, ich hatte bis zu diesem Zeitpunkt (und habe auch danach) niemals irgendeinem Lebewesen irgendwelche Elektroden ins Hirn oder sonstige Anteile des ZNS oder PNS, zur Überprüfung des Sachverhaltes, gerammt, ob die damit ableitbaren, nichtsinuskurvengleichen Monitorsignale mit der Angst oder den Schmerzen des Tieres, wenn es auf der Folterbank der Forschung aus der Narkose zappelnd und quiekend erwacht, in irgendeiner Korrelation zueinanderstehen. Warum ich das niemals getan habe, weiß ich nicht. Ich empfand ganz einfach, dass das Tier Angst und Schmerzen haben *könnte*. Hier stand ich zwar nicht, sondern saß vielmehr, aber, ich konnte dennoch nicht anders. Also überwand ich meine Komplexe und sprach diese etwas zu kurz geratene Heidiklum oder Claudiaschiffer oder wasweißichwersonstauchimmer darauf an und bat sie, dem Tier noch etwas Narkotikum zu

120

spritzen. Dem sympathischen Genörgel, wobei ich solche Wort-
fetzen wie *blödes Vieh* und *will nicht richtig schlafen* und *eigentlich
keine Zeit mehr* zu vernehmen glaubte, nachzuschließen musste
ich dennoch annehmen, dass die Bitte angekommen sein musste,
denn sie griff zur Spritze und verabreichte der deutlich zappeln-
den Maus kaltblütig aber etwas unsicher einige zehntel Milliliter
des zuvor angesetzten Narkosemittels intraperitoneal. In den
nächsten Momenten wurde das arme Tier wieder zusehends ruhiger und sank in den erlösenden Tiefschlaf zurück. Auch meine
Unruhe erreichte wieder einen für mich erträglichen Pegel.
Nachdem auch *sie* sich wieder beruhigt hatte, stellte Parzival in
mir, ganz ruhig, ganz sachlich, aus, gewissermaßen, reiner Neu-
gier *ihr*, da *sie* in absehbarer Zeit doch zum Club der Erhabenen
gehören werde, die Frage, ob *sie* denn schon einmal etwas vom
Eid des Hippokrates gehört habe. Scheiße. Das war mir so rausge-
rutscht. Wie konnte ich nur. Manchmal hasse ich mich einfach.
Ich hasse vor allem meine Arroganz. Aber: *Ich* bin nicht der
Schöpfer des Klischees und auch nicht irgendeines Klischees.
Und aber: Warum muss *ich* (ich Arschloch) immer mit der *Eine-
Million-Euro-Frage* beginnen? Aber: *Sie* erinnerte sich, irgendwo-
und-irgendwie schon einmal etwas vom *Eid des Hippokrates* gehört oder gelesen zu haben (...*war das nicht*...?). Und aber: Da waren *wir* bei *Wilhelm Tell* (...und *ich*, in ganz *verjauchender* Manier:
Tja, da gab es auch etwas von einem Eid...). Ich hasse meine Arroganz. Ehrlich. Aber, einmal auf einem Scheißhaufen ausge-
rutscht und auf den Arsch gefallen ist es ja im Prinzip egal, ob
und wie man wieder hochkommt. Ich fragte nach der Abitur-
note. Die Antwort, wonach ich mich bedingungslos hätte selbst
erschießen können, verblüffte mich in der Tat nicht. Einskom-
mafumbes, egal, auf jeden Fall deutlich den NC unterboten. Sie
unternahm jedoch keine Pause zu betonen, dass Geschichte nicht
ihr bestes Fach gewesen sei. Ich hörte auf, zu fragen. Man muss
ja auch nicht alles, was wichtig ist, aus den Menschen herauskit-
zeln. *Noli foras ire, in te ipsum redi, in interiore homine habitat veritas,*
das sagte schon Augustinus. Also blieb ich wieder schön bei und
in mir. Also stellte ich *mir* wieder die Fragen, über die *ich* nach-
dachte und versuchte *mir* die Antworten darauf zu geben. Es

wäre unfair und, mit Sicherheit, nicht weit von der *Eine-Million-Euro-Frage* entfernt gewesen, zu fragen, wo sie, das Blondchen, denn das Blasen gelernt habe. Es wäre weiterhin mehr als unfair und, wahrscheinlich, trotz NC, auch sinnlos gewesen, zu fragen ob sie, das Blondchen, denn mit dem Namen *Lewinsky* etwas anfangen könne, es wäre zu Recht sinnlos gewesen, da sie, das Blondchen, zur Zeit der *Lewinsky-Affaire* wohl gerade so in der Pubertät gewesen sein müsste und, so denke ich, pubertierende Blondchen sich wohl kaum dafür interessieren, warum manche Praktikantinnen gerne den Mund etwas zu voll nehmen und warum sich so manche noch nicht alte aber, situationsbedingt, früh demenzielle Präsidenten in manchen Fällen kaum daran erinnern können. Ich ersparte *mir*, dem arroganten Arschloch (und *ihr*, dem Blondchen) zudem die Frage, ob der Weg zum Erfolg durch Flachlegen ebenso hart oder vielleicht leichter sei als durch Krummlegen. Viele ungelöste, schon philosophische Fragen. Keine Antwort darauf. Zuletzt blieb mir nur die Frage welchen Scheiß *ich* hier denn mache. Ich hatte einfach darauf keinen Bock mehr. Also spritzte ich meiner noch tief und fest vor mir schlafenden CD4-Maus noch einen Milliliter Rompun/Ketavet retrobulbär und sie, die Maus, war von nun ab bis in alle Zeit und in Ewigkeit Amen von diesen Fragen erlöst. Ich packte meine Sachen zusammen und beschloss, diesen Arbeitstag zu beschließen.

Erneut, wie macht man Forschung...?

Erneut, und wiederum, die unausweichliche Frage: Warum?
Wofür und wozu? Ich schreibe das sicher nicht für Leute, die
sonst Bücher lesen, in denen geschrieben steht, wie sie *gleichzeitig*
kommen, wobei wie sie kommen, wo sie kommen, wozu sie
kommen und wofür sie kommen, mehr oder weniger, irrelevant
zu sein scheint. Die Gleichzeitigkeit (des *Kommens*) ist der entscheidende Faktor, nicht die Sequenz, und die Konsequenz, die
sich daraus ergibt, sind von Bedeutung. Da es mir, nicht nur, in
solchem Zusammenhang, die Sprache verschlägt, sondern generell, seit ich denken kann, die Sprache verschlagen hat, da ich gewissermaßen ein Sprachlegastheniker bin, muss ich schreiben.
Es bleibt mir gar keine andere Wahl. Aber. *Wie* bitte? *Was* soll das
sein, was ich da schreibe?
Skurril?
Halt! Nun, bekanntlich ist das ja Geschmacksache. Aber: Wenn,
jetzt nur einmal, um den Geschmack als Sinnesempfindung zu
erläutern, zwei ehemals verfeindete, die in kalten Kriegszeiten
durch einen eisernen Vorhang voneinander getrennt, in Zeiten
des Tauwetters endlich warm miteinander, bis der eiserne Vorhang zum Schmelzen gebracht, wurden, jetzt, seit Neuestem,
wieder zunehmend Kälte füreinander empfinden, weil die Witz-
figuren und die Oberwitzfigur der Spaßgesellschaft heutzutage,
wie man zur Zeit permanent in den Medien hören, sehen und
lesen kann bis einem Hören und Sehen vergeht und man zum
Lesen keine Lust mehr hat, wieder, mutmaßlich, Raketenab-
wehrsysteme, und auch noch, auf das Gebiet der ehemals Untergebenen der Antispaßgesellschaft, die jetzt die Untergebenen der
Spaßgesellschaft sein wollen und deren Abhängige *sind*, platzie-
ren wollen, die, mutmaßlich, gegen die Antispaßgesellschaft gerichtet sind und sich dann auch noch darüber wundern, dass die
Antispaßgesellschaft sich darüber mokiert, ist das, so glaube ich,
nur unbedeutend weniger skurril. Auf der anderen Seite habe ich
mir, in diesem Zusammenhang, neulich Portraitfotos des zur
Zeit obersten Spaßgesellschafters der ehemaligen Antispaßgesellschaft aus dem *Internet* heruntergeladen, ausgedruckt und

von diesen Portraitfotos nur die Gesichtszüge, das heißt Augenpartie mit Nasenrücken und Wangenknochen, ausgeschnitten und mit denen der ehemals diktierenden obersten Antispaßgesellschaftern in Hinblick auf Sympathie, Vertrauenswürdigkeit und Menschenfreundlichkeit verglichen und das Ergebnis war verblüffend und nicht überzeugend. Wenn man nun sicher sein will, was, von dem Erzählten, als skurril bezeichnet werden kann und was nicht, nehme man ganz einfach diesen gesamten Aufguss, schüttele ihn kräftig durch und schütte ihn dann durch ein Sieb und schaue, was dabei unten herauskommt.

Ich kann es schon nicht mehr hören! Wir brauchen mehr Forschung, mehr Veröffentlichungen. Es müssen einfach mehr Papers herauskommen. *Ihr macht zu wenig Forschung, Ihr veröffentlicht zu wenig, es kommen einfach zu wenig Papers* (zu *wenig Papers* ist zwar rhetorisch falsch, dafür aber authentisch) *raus*! höre ich den Alten und den Überragenden, der ja der ältere von den beiden ist, unisono, zeitweise homophon, zeitweise polyphon, teil syllabisch, teils melismatisch skandierend, heulen und / oder schimpfen. Das ist alles einfach gesagt, noch einfacher verlangt, aber, alles nicht so einfach. Wie macht man Forschung, wie macht man Papers und, last but not least, wie veröffentlicht man diese? Nun, prinzipiell ist das, zunächst, ein einfacher Vorgang, fast schon ein Automatismus. Ein, mehr oder weniger, Gnädiger, der schon, mehr oder weniger, alles erreicht hat, erteilt einem, mehr oder weniger, Begnadeten, der ein, mehr oder weniger, Begabter ist, der noch, mehr oder weniger, nichts erreicht hat, einen Auftrag. Dieser Auftrag beinhaltet zunächst das Sammeln von Information. Dies erfolgt zunächst einmal, primär, über das Lesen von (A) Papers. Hat man, durch das Lesen von (A) Papers, die notwendige Information erhalten und ist diese ausreichend, gehe man weiter zu (C), ist diese nicht ausreichend, wiederhole und intensiviere und vertiefe man (A) oder gehe zu (B), dem Einholen von Information durch:

- -Kurse,
- -Workshops,
- -Kongresse oder
- -Hospitationen.

Hat man dann, entweder über ausschließlich (A) oder über:

a) $A = B :\Longleftrightarrow \forall x \, (x \in A \leftrightarrow x \in B)$

b) $A \subseteq B :\Longleftrightarrow \forall x \, (x \in A \rightarrow x \in B)$

c) $A \subset B : B \supset A$

d) $A \cap B := \{x \mid (x \in A) \wedge (x \in B)\}$

$\vdots$

$\vdots$

$\vdots$

z)
$$\bigcap_{\lambda \in \varnothing} A_\lambda = \bigcap \varnothing = \mathbb{X}$$
$$\bigcup_{\lambda \in \varnothing} A_\lambda = \bigcup \varnothing = \varnothing$$
$$\prod_{\lambda \in \Lambda} A_\lambda = \varnothing$$

gründlich und ausreichend Information eingeholt, gehe man schließlich zu (C), der Erstellung eines Konzeptes (oder besser *Konzeption*, da diese in Tiefe und Breite der Vorüberlegungen und der theoretischen Auseinandersetzung mit dem Planungs-projekt oder Thema sehr viel umfassender und detaillierter als ein *Konzept* ist) mit, im weiteren (zur Erfassung des endgültigen Sinnes) Verlauf, Aufstellung von H_0 unter Berücksichtigung von α und / oder β. Hierfür gehe man, zum Erwerb von Kenntnissen

125

und Fähigkeiten und zur Vertiefung und Intensivierung derselben, zunächst zurück zu (A) oder, falls nicht ausreichend, weiter zu den Folgeschritten (B) [a – z]. Hat man den Schritt (C), unter Zuhilfenahme der Endlosschleife [*(A);(B)*] erfolgreich absolviert, experimentiere man, im Unbewusstsein der Tatsache, dass, selbst wenn alle möglichen wissenschaftlichen Fragen beantwortet, unsere Lebensprobleme noch gar nicht berührt sein werden, munter drauf los, etwas Salz, etwas Pfeffer, eine Prise Zucker, eleganter noch Honig, kann, gelegentlich, etwas, die Schärfe wegnehmen. Salz und Pfeffer ad libitum, strecken mit Wasser oder, eleganter, mit Weiß- oder Rotwein und Eindicken mit Mehl oder, etwas teurer, mit künstlichem Soßenbinder. Die Resultante (D) wird, zunächst, ausschließlich im kleinsten, dann im kleineren Kreis, anschließend in immer weiter werdenden Kreisen (das heißt Veranstaltungen) wie:

- Workshops
- Tagungen
- Kongressen

durch / über Präsentationen wie:

- Poster
- Vorträge etc.

diskutiert. Hierbei wird zu (D) natürlich, mehr oder weniger, ausführlich und unter Zuhilfenahme von (A) sowie von (B) [a – z] unter genauerer Betrachtung von (C) [*(A);(B)*], aber (Hallo!), natürlich, auch (E) [(E) = (C) [a – z] + (D) [a – z] von anderer Gnade] nicht außer Acht lassend, Stellung genommen. Manchmal wird auch ein Sach- oder Geldpreis mitgenommen und, natürlich, wiederum in (C) [*(A);(B)*] für das Ziel (D)` [(D)` = (D) > (E)] gesteckt. Hat man (D)` schließlich, mit Hilfe von [*(A);(B)*] so weit zubereitet, und es in (F) ((F) = (D)`, elaboriert und rhetorisch fein geschliffen und, mit Hilfe von *odge*, oder noch besser, mit Hilfe eigener (durch ein früheres (F) erworbenen Förderungsstipendiums im Lande der Spaßgesellschaft) Sprachkenntnis in die

Sprache der Spaßgesellschaft übersetzt oder primär in der Sprache der Spaßgesellschaft verfasst, schriftlich mit vielen (A)-Zitaten in Kenntnis und als Nachweis von (A) niedergelegt) transformiert (obwohl jeder, und sei es noch im tiefsten Inneren, weiß, dass die meisten Sätze und Fragen, die jemals in irgendeinem (F) geschrieben worden sind, nicht falsch, sondern unsinnig sind, Fragen dieser Art überhaupt nicht beantwortet werden können, sondern nur ihre Unsinnigkeit festgestellt werden *kann* und, es, somit, nicht verwunderlich ist, dass die tiefsten Probleme eigentlich gar keine Probleme sind) muss (F) noch sämtliche Fleischwölfe des *Peer-Review-Verfahrens*, welches, möglicherweise, in, mehr oder weniger, absehbarer Zeit (oder, da ich darüber leider keine Kenntnis besitze, *bereits*) durch *Open-Peer-Review*, *Dynamic-Peer-Review*, *Parallel-Open-Peer- Review* ersetzt und / oder ergänzt (*worden ist*) wird, überstehen, um dann, irgendwann als *Paper* in irgendeinem *Journal*, oder, irgendwann[irgendwann] in einem hochrangigen, mit satten *Impactpunkten* ausgestatteten, Journal, veröffentlicht zu werden um dann, in besonderen Fällen, am besten durch Orden erschwert und, mit Sach- oder Geldpreisen unterlegt, an der Wand zu landen. Das größte Problem, außer dem, das die Welt regiert (von dem, selbstverständlich, $\Sigma[(A),$ $(B),(C),(D),(E),(F)]$ uneingeschränkt abhängig) hierbei ist, dass die meisten Begnadeten, abhängig oder unabhängig von ihrer Begabung, zwar gelernt haben, logisch zu denken, rhetorisch geschliffen scharf zu reden und brilliant [sic!] zu schreiben, aber nicht gelernt haben, gerade zu scheißen. Und somit geht, häufig ganz schön, viel daneben. Was aber, in der Regel, nicht weiter schlimm ist. Den Dreck machen andere weg. Die, die gelernt haben, gerade zu scheißen, aber nicht gelernt haben, logisch zu denken, rhetorisch geschliffen scharf zu reden und *brillant* zu schreiben.

Wer hat noch nicht das *House of God* gelesen...?

Auch ich habe, natürlich, wie alle Ärsche der zivilisierten Welt, das *House* gelesen, wer hat es denn nicht gelesen, ich allerdings zu einer Zeit, als ich schon drohte, ein Fossilarsch zu werden und nicht wie die anderen, die das Buch während ihrer Seinswerdung zum Arsch als konterrevolutionäre Pflichtlektüre zu sämtlichen *Rauber / Kopschs`*, *Löffler / Petrides`*, etc., die sie regelmäßig, der leichteren Lesbarkeit und des einfacheren Verständnisses halber, durch die *Molls` und Kreutzigs`*, etc., ersetzten, konsumiert hatten und, da sie, aufgrund ihrer, zum Zeitpunkt des Nochnicht-Arschseins, noch bestehenden Unreife gegenüber der Bewusstheit des Arschseins, das Buch in seiner Tiefe noch gar nicht richtig erfasst haben konnten, sie wohl über *Joe* gelächelt und *den Dicken* geschmunzelt und dennoch gestaunt und, vornehmlich, über die promisken Zustände im *House* (heiß, heißer, Krankenschwester) gelacht haben müssen. Wie dem auch sei. Die Seinswerdung zum Arsch und der weitere Aufstieg des Arschseins haben jedoch vieles mit dem *Bildnis des Dorian Gray* gemeinsam. Jeder, noch jeder Arschwerder, der sich, nach Genuss des *House* den Dicken auf die Fahne geschrieben und Joe verteufelt hatte und hat, ist dennoch zur Joe geworden. Wie sollte es denn auch anders sein. In diesem Spießrutenlaufen, dieser Zuchtmeisterei, die sich, in diesem unserem Lande und dieser unserer Zivilisation, Medizin nennt, ist noch keiner zum *Fisch* oder zum *Leggo* geworden, der nicht den Weg der Joe gegangen wäre. Somit bin ich, ich arrogantes impertinentes Arschloch, so empfinde ich das, der letzte lebende Dicke, was mir jetzt bewusst ist, was mir zuvor, bevor ich das *House* gelesen hatte, noch gar nicht bewusst war, da ich es einfach nicht wusste. Ich bin nicht nur dick im Sinne des Dicken, nein, jetzt, wo meine schon fossilärschig grauen Haare immer grauer werden, werde ich auch immer fetter. Danke Herr Shem! Ich bin der wahre Dicke. Ich weiß es und ich sehe das. Meine Striemen sind ja nicht zu übersehen.

Daimonion

Der einzige Dicke in diesem Scheißberuf und in diesem Scheißhaus, der nicht zu den Berufenen gehört, bin ich, und, ausgerech-
net, ich unterstehe meinem Daimonion, nein, ich bin meinem
Daimonion regelrecht unterworfen und somit in meinen Entscheidungen nicht frei, ganz im Gegensatz zu den Bundestags-
abgeordneten, die nach GG Art 38 Abs. 1, und zu den Göttern
der Berufung, die nicht nach GG Art 38 Abs. 1, *an Aufträge und
Weisungen nicht gebunden und nur ihrem Gewissen* (und dem Lock-
ruf des Goldes) *unterworfen sind.* Also höre ich, was er mir zu sagen hat, auch wenn ich ihn so manches Mal einfach nicht verstehe und auch nicht verstehen kann. Das ist, perspektivisch
betrachtet, manchmal gut, manchmal nicht gut für mich. Aber
was soll`s. Ich muss damit leben. Ich denke, dass die meisten
Menschen gar kein Daimonion, noch nicht einmal einen Dämon
haben. Es hat mir zumindest noch nie ein Mensch über sein Daimonion und seine Dämonen berichtet. Dafür besitzen wenige
Menschen die Hand Gottes. Einige andere wiederum haben die
Hand Gottes über sich, und das ist, perspektivisch betrachtet,
aus deren Perspektive nämlich, für diese alles andere als Per-
spektivlosen nur von Vorteil. Die Hand Gottes. Die Hand Gottes
nimmt zuweilen deutlichen Einfluss auf das Weltgeschehen. Die
Hand Gottes hat schon so manche Fußballweltmeisterschaft zu
Gunsten des eigenen Volkes entschieden. Unter der Hand Gottes
lässt es sich sorgenfrei leben. *Hand Gottes, voller Güte, uns alle Zeit
behüte!* Zu allen Zeiten gab es Auserwählte, die die schützende
Hand Gottes über sich wussten, ja, die sich ihrer sicher waren:
Noah, Moses, Franz Beckenbauer, viele, ja sehr viele im Verlauf der
Weltgeschichte, aber, im Vergleich zum sonstigen Rindvieh, welches als Mensch oder Tier leben muss und musste, doch sehr,
sehr, sehrsehr wenige. Die Gerechtigkeit Gottes kennt keine
Grenzen. Verstehen muss man das nicht. Die schützende Hand
Gottes kann natürlich auch nicht unendlich groß sein, so dass
alle Schutz darunter finden. Aber, wiederum, was soll`s. Katzen
und Dicke und sonstige freiheitsliebende Einzelgänger mögen
das Dach der Protektion nur gelegentlich und wenn, dann nur

vorübergehend. Aber: Wie zu allen Zeiten und allerorts gab es auch in der Anstalt die Hand Gottes. Es gab natürlich auch den Zorn Gottes, der gehört jetzt aber nicht hierher. Und, wie sollte es auch anders sein, auch in der Anstalt gab es die Auserwählten, die sich unter Gottes Hand sicher fühlen durften, ja konnten.

Heßling war eigentlich, was Alter und Ausbildungsstandard betraf, noch zu den Ärschen zu rechnen. Heßling war einige Jahre jünger als ich, das war nichts Besonderes, da ich, in jeglicher Beziehung, beileibe kein Frühreifer war. Heßling hatte etwa ein Jahr nach mir den Chirurgenstempel erhalten, was das genannte Reifezeugnis wieder einigermaßen korrigierte. Er war von Anfang an in der Anstalt aufgewachsen, er war von Anfang an unter der Hand des Alten in der Anstalt groß geworden. Man kann unter einer schützenden Hand aufwachsen, man kann auch unter einer harten Hand aufwachsen, man kann aber auch unter einer harten, aber dennoch schützenden und umgekehrt auch unter einer schützenden und dennoch harten Hand aufwachsen. Wie das in besagtem Falle gewesen war, ist nicht ganz bekannt, darüber lässt sich nur spekulieren und philosophieren, aber, man soll das *TAO* nicht für jeden unnötigen Zweck hinterfragen. Fakt ist jedoch, dass das Stigma des Auserwählten nicht zu übersehen war. Jeder Schauspieler des Lebens sollte seine Rolle in dieser Göttlichen Komödie annehmen und das Beste daraus machen. Heßling nahm die Rolle des Kronprinzen (auf der und für die Bühne Anstalt) für sämtliche Zuschauer ohne jegliche Zweifel an und meisterte sie wie selbstverständlich mit Bravour. Heßling inszenierte sich selbst wie jemand, der den Arsch nicht in der Hose, sondern im Gesicht trägt und versäumte keine Gelegenheit, dies allen jenen, die, ohne die Protektion durch den Allmächtigen, zwangsläufig das Herz nicht am rechten Fleck, sondern in der Hose hatten und haben mussten, zu demonstrieren. Mit freundlicher Unterstützung des Alten und des Überragenden, mit der überragenden Unterstützung des Überragenden, der bekanntlich, eloquent wie er, bekannt dafür war, rhetorisch geschliffen scharf und brilliant [sic!] in kürzester Zeit aus Dreck und Letten ein Paper zu schnitzen, warf Heßling Paper über Paper, in der jeweils genannten Reihenfolge der Autoren in der Regel selbst an erster und selten höchstens an zweiter oder sonstiger Stelle genannt, auf den mit Altpapier überschwemmten Fachjournal-Markt. Ganz ohne Zweifel: Heßling war der Auserkorene. Es gab bereits über zwei Dutzend Heßling-Papiere, die auf dem Fachjournal-Markt umherschwammen und versuchten, nicht unterzugehen und ständig kamen neue dazu. So viele hatte sonst keiner der Ärsche, bei Weitem nicht, da konnten sie noch so viel Papier und Druckerschwärze verbrauchen. Heßling konnte so viel forschen, wie er wollte, ohne dafür handgreiflich zu werden. Die Hand Gottes garantierte ihm so viele Wasserträger und Sklaven, wie er nur brauchen konnte, die ihm die Handarbeit aus der Hand nehmen mussten. Im Prinzip war das wie beim *Stierkampf*. Nachdem die *Picadores* und die *Banderilleros* den Stier zielgerichtet verwundet haben, darf der *Matador* im letzten Teil des Kampfes mit dem lahmgelegten Tier, unter dem Jubel der *Espectadores*, seine Spielchen treiben und ihm zuletzt den Todesstoß versetzen. In diesem Fall zeigten jedoch die Daumen der Espectadores alle nach unten. Nicht für den Stier, sondern für Heßling. Nur der Alte nahm davon keine Notiz. Weiterhin veranstaltete er Stierkampf um Stierkampf, und Heßling durfte, unter der schützenden göttlichen Pranke, den Matador spielen. Heßling war ein begnadeter Schauspieler. In der Rolle des Drecksacks hätte ihm Kinski bei weitem nicht das Wasser reichen können. Heßling durfte operieren, was der liebe Gott wollte. Es sei gesagt, dass kein Mensch einem Musterschüler sein mustergültiges Lehrer-Schüler-Verhältnis missgönnt. Ich kann mir nicht vorstellen, wahrscheinlich ist es auch retrospektiv nicht mehr vorstellbar, dass, zu irgendeiner Zeit, irgendjemand Alban Berg oder Anton Webern ihre freundschaftliche Beziehung zu ihrem Lehrer Schönberg missgönnt haben könnte. Sie waren die Besten. Sie waren, ohne Zweifel, Schönbergs Erben. Sie waren zweifellos diejenigen, die das Erbe Schönbergs weitergetragen und die weitere Entwicklung vorangebracht haben. Auch Heßling durfte, wie gesagt, operieren, was der Alte wollte. Heßling operierte Eingriffe, die seinem Ausbildungsstand bei Weitem nicht entsprachen. Die Hand Gottes schwebte über ihm. Die Hand Gottes ließ ihn die Eingriffe, *die seinem Ausbildungsstand* entsprachen, einfach überspringen. Wie gesagt: Kein Mensch missgönnt einem begabten Schüler ein ehrenhaftes Lehrer-Schüler-Verhältnis. Die Weltgeschichte ist voll von solchen Lehrer-Schüler-Beziehungen, das Verhältnis zwischen Sokrates und Platon ist sicherlich eines der Bedeutendsten. Das ist sicher richtig. Aber ein Schüler des lieben Gottes, der unter seiner Hand und in seiner Komödie, in der alle anderen nur die Schafe spielen dürfen, den Tyrannosaurus Rex spielen darf, das ist sicher nicht richtig. Unkollegiales Verhalten und Hinterfotzigkeit sind, mit Sicherheit, das Allerletzte, was man, was ein einfacher Mensch, von einem in das Pantheon aufstrebenden Auserwählten erwartet. Heßling vergnügte sich damit, jedes Schaf zu jeder, ihm beliebigen Zeit, in *die* Pfanne hauen zu können, die er immer bei sich trug. Das mussten die Ärsche und auch die über das Arschsein bereits Hinausgewachsenen einfach schlucken, und selbst wenn sie sich daran verschluckten und sie davon, gelegentlich, im stillen Kämmerlein, Hustenattacken bekamen, so taten sie es, wenn sie vor Gottes Altar traten oder treten mussten, dennoch. Es war so. Amen. Da half und hilft kein Heulen und kein Zähneklappern. Heßling war gesetzt. Heßling ist gesetzt. Heßling wird die Direktive der akademischen Chirurgie in diesem unserem Lande in Zukunft mitprägen und mitbestimmen.

Egal

Egal, ich bleibe dabei. Das hauptsächlichste, das Ergiebigste, was auf der Welt produziert wird, ist Scheiße. Wer schon einmal auf einem Bauernhof gelebt hat, im Hochsommer, weiß, wovon ich rede. Man weiß es, sobald man, zu jeder Tageszeit, dort seine Küche betritt, und, mit Erschrecken und auch mit Erstaunen, immer wieder feststellen muss, was diese Millionen von Schmeißfliegen, die die Herrschaft übernommen haben, rund um die Uhr produzieren. Im gewissen Sinne ist das, was diese Fliegen so unter sich lassen, gar nicht so weit von dem entfernt, was viele Menschen so von sich geben. Es stimmt, im Prinzip, hundert Prozent überein. Es gibt so viele Übereinstimmungen zu diesem Thema. Man schaue sich doch nur diese allgegenwärtigen *Dumm-Dumm*-Sender, die, mehr oder weniger, das kulturelle Niveau unserer immer mehr zu verfallenden Gesellschaft immer mehr durchsetzen, an. Man schaue sich doch nur diese omnipräsenten Arschbackengesichter eines Herrn Bohlen oder eines Herrn Raab oder wie die alle heißen, im Fernsehen an. Aber genauso, wie wir uns über diese nicht aufzuhören scheinende Fliegenscheiße aufregen, wie wir darüber schon fast in Hysterie und Panik zu verfallen drohen, so süchtig sind wir danach. Man schaue nur mal auf die Einschaltquoten! Man schaue sich nur einmal an, wer und wie viele Menschen einer scheinbar zivilisierten Gesellschaft diesen Unrat bis zum Orgasmus oder bis zum Erbrechen konsumieren. Der Begriff *Zivilisation* (bürgerlich, von lat. *civis*) bezeichnet die durch Fortschritt von Wissenschaft und Technik geschaffenen (verbesserten) Lebensbedingungen. Im Frankreich der Aufklärung galt die Idee der Zivilisation als Gegensatz zum Begriff *Barbarei*. Die *Barbarei* wiederum, abgeleitet vom griechischen Wort *bárbaros* für nicht griechisch sprechende Völker, bedeutet umgangssprachlich so viel wie ungezügelte Rohheit. Somit ist, durch die allgegenwärtigen und alles durchsetzenden und zersetzenden *Dumm-Dumm*-Sender, die Zivilisation wieder im Stadium der Barbarei angelangt. Es biegt sich, erneut in Anlehnung an *B. A. Zimmermann*, nicht nur die Zeit zu einer Kugelgestalt zusammen, sondern auch die Welt in ihrer kulturellen

Entwicklung, in ihrer Entwicklung überhaupt. Der Anfang vom Ende, das Ende des Anfangs. Amen. Egal ob exemplarisch, kulinarisch, literarisch, zivilisatorisch oder barbarisch, die Schärfe am Anfang brennt immer auch am Ende.

Seit Stunden, seit stundenundstundenundstunden *verjandle* ich hier die Zeit, anstatt etwas Sinnvolles aufs Papier, oder vielmehr auf den Bildschirm, zu bringen. Wie kann man sinnvoll eine nicht sinnvolle Tätigkeit beschreiben, eine Arbeit, die jeder Sinnhaftigkeit entbehrt? Sinnhaftigkeit jedoch ist, natürlich, wiederum eine, aus unterschiedlichen Perspektiven betrachtet, sehr unterschiedliche Qualität eines Prozesses. Für einen Menschen, der vielleicht gerade einmal gerade scheißen, nicht aber gerade laufen und schon gar nicht geradeaus denken gelernt hat, einen Menschen wie mich, hat es, im Gegensatz zum Überragenden, der schon soundsoviele hundert peer-reviewed Papers zu diesem Thema publiziert hat, eine fragwürdige Sinnhaftigkeit und Qualität, über Experimente und Ergebnisse der Experimente zur Evaluation des Effektes von SDF-1α auf die Angiogenese und Neoangiogenese, untersucht an der Rückenhautkammer der Maus, zu schreiben. Experimente? Hm, ja. Wikipedia, *die freie Enzyklopädie*, schreibt hierzu:

Das Experiment ist die wichtigste wissenschaftliche Methode, um zuverlässige Kausalaussagen (Ursache-Wirkungs-Beziehungen) zu ermöglichen. Die Auswertung der Versuchsergebnisse erfolgt als Schlussfolgerung. Dadurch werden neue Erkenntnisse gewonnen oder Hypothesen untermauert oder widerlegt. Im Zusammenspiel mit einem Modell sind Experimente die Grundlage einer Theorie. Und weiter heißt es: *Experimente sind in vielen Wissenschaften aus Kostengründen oder moralischen Bedenken nicht durchführbar.*

Nun, Moral, das ist, ja bekanntlich, wenn man moralisch ist, wie der Hauptmann in Georg Büchners *Woyzeck* treffend feststellt.

Auf der anderen Seite, um zur *Ursache-Wirkungs-Beziehung* überzuleiten, anhand derer nach Auswertung der Versuchsergebnisse eine Schlussfolgerung erfolgen sollte, könnte ich zum Effekt von SDF-1 α auf die Angiogenese und Neoangiogenese, untersucht am Modell der Rückenhautkammer der Maus, nur so viel berichten, als dass er, der Effekt von SDF-1 α auf die

Angiogenese und Neoangiogenese an der Rückenhautkammer der Maus, sich, wahrscheinlich, kaum von dem Effekt von Mineralwasser, *Kölnisch Wasser, Kölsch,* ja, wahrscheinlich auch kaum von Bierpisse und sogar Fliegenschiss auf die Angiogenese und Neoangiogenese, untersucht am Modell der Rückenhautkammer der Maus, unterscheiden mag. Aber so kann man, so kann ich, das ja nicht schreiben. Das wäre höchst unwissenschaftlich. Liegt es vielleicht am Modell? - Wohl eher nicht, wahrscheinlich nicht, ganz gewiss nicht, sagt man, sagt man mir. Es liegt (höchst wissenschaftlich betrachtet) wohl eher am zu geringen, oder fehlenden spezifischen Effekt von SDF-1 α. SDF-1 ist ein nicht zu unterschätzendes Chemokin, ein Molekül von geradezu überragendem Interesse. *PubMed* spuckt, auf Anfrage für SDF-1, allein für eines der letzten Jahre, fast eintausend Papers aus. Spätestens seit *Gene 2006 Jun 7; 374: 174-9* ist ja bekannt, dass, von SDF-1, dessen Gen auf Chromosom 10 über 88 Kilobasen-Paare überspannt, neben SDF-1α und auch SDF-1β, noch weitere SDF-1-Isoformen existieren, die in den unterschiedlichen Geweben unterschiedlich stark exprimiert werden und die man (die bislang entdeckten SDF-1-Isoformen) der Reihe nach, sinnvollerweise, als SDF-1γ, SDF-1δ, SDF-1ϵ und SDF-1ζ bezeichnet hat. Die sollte man, nacheinander, zur Spezifizierung des Effektes auf die Angiogenese und Neoangiogenese, am Rückenhautkammer-Modell der Maus untersuchen. Das ist Wissenschaft. Mag sein. Aber, ich muss jetzt, endlich einmal, für mich fremdperspektivisch, etwas Sinnvolles über den Effekt von SDF-1α auf die Angiogenese und Neoangiogenese, den ich, am Modell der Rückenhautkammer der Maus, untersucht habe, zu Papier oder auf den Bildschirm bringen. Seit mehreren Monaten experimentiere ich damit herum, wobei ich, ehrlich gesagt, mehr als zu experimentieren, mich vor dem Experimentieren drücke. Aber: Es muss jetzt endlich was Zählbares dabei herauskommen! Der Überragende und der Alte (seltsame Terminologie, denn der Überragende war ja noch älter als der Alte, wobei, im Grunde, auch noch nicht richtig alt aber noch älter als der Alte wirkend, vielleicht deswegen der *Überragende*, weil er den Alten noch an Alter überragte) saßen mir im Nacken. Es fehlten, ganz einfach: Papers!

Also, *schaun mer mal*. Was andere, darüber oder zu Ähnlichem so geschissen haben. Also, rein ins *www*. *PubMed* ist, für den medizinischen Wissenschaftler, eine Quelle ständiger Erquickung. Spannender als Steven King und ergiebiger als der *Weiße Riese*. Gibt man den *Überragenden* als Term in die Suchleiste ein, so erhält man fast vierhundert Items, ein Zehntel davon Reviews. Auf Eingabe von *Dorsal Skinfold Chamber* über 130 Items. Gibt man den *Überragenden* kombiniert mit *Dorsal Skinfold Chamber* in die Suchleiste ein, erhält man ein Viertel der Items und ein Paar Reviews. Aber, was weiß ich über *Angiogenese*, geschweige denn *Neoangiogenese*? Nun, bei der Suche nach *Neoangiogenesis* sind das schon regelrechte Durchfälle, allein bei den Reviews weit über viertausend Einträge, bei *Angiogenesis* gar Reiswasserstühle: Siebentausend Reviews und insgesamt über dreißigtausend Einträge! Tja, vielleicht ist der Mensch in der Lage, nach Platon und Aristoteles auch das Gesamtwerk von Schopenhauer und Nietzsche zu lesen, fraglich Heidegger, wahrscheinlich auch den *Mann ohne Eigenschaften*, vielleicht kann sich der Mensch ja an mehreren Abenden hintereinander in Bayreuth mit dem *Ring* vergnügen (je teurer die Garderobe, desto einfacher der Zugang) und sich von Montag bis Sonntag Stockhausen und *Licht* widmen. Aber, dreißigtausend Papers zum Thema *Angiogenesis* sichten, geschweige denn lesen? Ich könnte ja jetzt kombinieren, *Angiogenesis* AND *SDF*-1, *SDF*-1 AND *Dorsal skinfold Chamber*, *Dorsal Skinfold Chamber* AND *Der Überragende*, *Neoangiogenesis* AND *Diarrhea*, *Diarrhea* AND *SDF*-1 AND *Der Überragende*, …

Natürlich könnte ich, wenn ich denn wüsste, wie, über *PubMed MeSHen*, *Matchen* usw. Scheiße, wie bekomme ich da nur eine Ordnung hinein? Viele Wege, außer dem Mittelweg, führen nach Rom. In den zwanziger Jahren des letzten Jahrhunderts des letzten Jahrtausends, zu Beginn der Serialität zur Ordnung der Atonalität, gab es, wenn man von weiteren, unbekannten Erscheinungen absieht, davon zwei: Hauers *Tropenlehre* kennzeichnete ein Ordnungssystem, mit dessen Hilfe es möglich war, alle 479.001.600 Permutationen der 12 Töne zu überschauen und durch die Zusammenfassung gemeinsamer Eigenschaften zu strukturieren und zu ordnen. Durchgesetzt hat sich jedoch Schönbergs, von R. Leibowitz als *Dodekaphonie* bezeichnete, *Methode mit zwölf nur aufeinander bezogenen Tönen*, wurde weltberühmt und für die weitere Entwicklung so wichtig, dass es, ohne sie, höchstwahrscheinlich, den Synthesizer niemals gegeben hätte und somit, höchstwahrscheinlich auch keine Fliegenschissfiguren des, weniger Musik- als vielmehr, Showbusiness wie Dieter Bohlen.

Da in *PubMed*, für Menschen wie mich, die gerade einmal gerade scheißen können, keine nachvollziehbaren Ordnungssysteme erkennbar sind, verfolge ich die Entwicklung einfach weiter, wonach auf die *Dodekaphonie* die *serielle Phase* mit ihrer kompletten Durchorganisation des Materials und danach die *Aleatorik* folgt. Ich wähle also, nach dem Würfelprinzip, aus den oben genannten Auswürfen irgendeinen, Artikel, der in irgendeiner Art und Weise mit den oben genannten Sucheingaben zu tun hat, (*alea iacta est*) aus. Ich lese:

The process of building new blood vessels (angiogenesis) and control-ling the propagation of blood vessels (anti-angiogenesis) are fundamen-tal to human health, as they play key roles in wound healing and tissue growth., heißt es im ersten Satz des Abstracs von *In vivo models of angiogenesis* in *J. Cell. Mol. Med. Vol 10, No 3, 2006 pp. 588-612.* Leck mich am Arsch, das ist ja Weltniveau! Weiter. Würfel, Wür-felbecher, los geht's. Drei. Was haben wir denn da? *Wound heal-ing: an overview. Plast Reconstr Surg. 2006 Jun; 117 (7 Suppl):1e-S-32e-S.* Da heißt es:

Understanding wound healing today involves much more than simply stating that there are three phases: inflammation, proliferation, and maturation. Wound healing is a complex series of reactions and inter-actions among cells and mediators. *Each year, new mediators are dis-covered, and our understanding of inflammatory mediators and cellular interactions grows. This article will attempt to provide a concise over-view on wound healing and wound management.* Hm! Aber zwei-unddreißig Seiten davon? Dazu brauche ich den ganzen Tag, vielleicht die restliche Hälfte meines Lebens, und am Ende weiß ich nicht mehr, was am Anfang war. Da hilft nur eins: Querlesen, überfliegen (wahrscheinlich kommt daher die Bezeichnung *Überflieger*) und weglegen. Uff! Wie spät ist es denn? Schon so spät? Schon wieder einen ganzen Vormittag auf Kosten des Al-ten in diesem Laden verbracht und nichts, wirklich gar nichts für diese Anstalt getan. Also weiter. Irgendetwas muss es ja haben, ständig Sägemehl zu kauen und zu schlucken und das auch noch geil zu finden. Zwei Würfel, Würfelbecher. Sieben.

[...] *The process* (of Angiogenesis) *progresses in stages: (i) vasodila-tation and extravasation of plasma proteins that provide the provisional scaffold for migrating ECs; (ii) interruption of EC mutual contact and detachment from the basement membrane with contribution of extra-cellular matrix metalloproteinases (MMPs); (iii) EC migration and*

138

tube formation; (iv) stabilization and remodelling of newly formed vessels into three-dimensional networks; and (v) destabilization and regression of unnecessary microvessels. Under conditions of reduced perfusion, hypoxia-inducible transcription factor (HIF) triggers a coordinated response by inducing expression of endothelial growth factors (GFs) (S., 1999). Angiogenesis is also induced by metabolic stimuli, including acidosis and oxidative stress (C., 2003). GFs that guide EC proliferation and migration are called direct angiogenic factors. In addition, indirect angiogenic GFs modulate the release of direct factors from cells recruited into sites of angiogenesis. Factors exploitable for therapeutic angiogenesis have been classified as belonging to GF families, chemokines, transcription factors and substances with pleiotropic activity. […]

Mann! So komme ich nicht weiter! Vielleicht sollte ich den lieben Gott oder Antigott darum bitten, mir noch ein paar Zeitalter an Lebenserwartung zu schenken, um das (und alle dreißigtausend weiteren davon) alles zu lesen und um das alles zu verstehen (steht ja auch alles in der Sprache der Spaßgesellschaft geschrieben) und dann darüber auch etwas Sinnvolles zu schreiben, was die Welt in irgendeiner Form weiterbringt. Aber: Sein muss es jetzt. Und Handeln ist Sein. Also, mit dankbarer Unterstützung von *odge*, furze ich jetzt:

Tissue injury and subsequent wound healing is a regular procedure occurring in daily surgical practice. Wound healing describes the traditional phases inflammation, proliferation and remodelling but is a much more detailed process involving numerous serial and abreast expiring events including inflammation, oxidative stress, immune cell recruitment, cell survival, proliferation, migration, and differentiation (ML, 2006). Formation of new blood vessels into the wound bed is an essential step and failure leads to delayed wound healing and finally in chronically unhealed wound (BG, 2006). This process, called neoangiogenesis, rests upon several stages beginning with the release of cytokines and recruitment of endothelial progenitor cells [EPC] and finally via tube formation stabilization and remodelling of newly formed vessels into three-dimensional networks and further destabilization and regression of unnecessary microvessels (MP, 2005). Sagenhaft! Ich kann es, bis heute, nicht glauben, das jemals geschrieben zu haben. Dieser Mut, diese Kraft, weckt in mir die Leidenschaft, weiterzuschreiben.

Contemporary a direct anastomosis of dissected microvessels with a diameter measuring about 100 μm seems technically not realizable.
Doch damit ist die Welt zu Ende. Der Tag auch. Damit endet, was ich, in diesem Moment, mein Slapptop zusammenklappend, schon ahne, später weiß und mir sehr viel später bewusst ist, meine Karriere als publizierender experimentalchirurgischer Wissenschaftler.

Theorie des Furzens

Tja, was ist das, Forschung? Was ist das, Wissenschaft? Gespannt war ich ja schon darauf, als ich in die Anstalt und, nicht lange danach, in den Tempel der Forschung und der Wissenschaft, zu diesem überragenden Forschungsguru, dieser Koryphäe, die den überirdischen Auftrag hatte, aus Arbeitsmaschinen Wissenschaftler zu machen und in das Pantheon der Forschung, natürlich eine Treppenstufe unter sich selbst, emporzuheben, kam. Wenn ich früher, vor meiner Anstaltszeit, gesagt hätte, ich hätte eine Ahnung davon, so hätte ich gelogen. Nun, ich habe Anstaltserfahrung, ich habe die Anstalt, sozusagen, erfahren und ich habe immer noch keine Ahnung davon, und das ist nicht gelogen. Forschung und Wissenschaft, so mein Eindruck, von dem ich keine Ahnung habe, ist Lesen, Schreiben und Reden. Oder: Schreiben, Reden und Lesen. Oder: Reden, Lesen und Schreiben. Oder: Schreiben, Lesen und Reden. Oder: Reden, Schreiben und Lesen. Oder: Lesen, Reden und Schreiben. Noch etwas? Noch mehr Möglichkeiten? Wie dem auch sei! Mit Lesen ist gemeint Lesen von Papers, Schreiben ist gleich Schreiben von Papers und Reden ist gleich Reden über Papers. Das ist bei allen Kombinationsmöglichkeiten gleich. Das ist alles Theorie. Das ist ja auch wichtig. Nur was man im Kopf hat, kann man auch sonst wo haben. In den Fingern, in den Füßen und im Sack. Und, natürlich, auch im Charakter. Kapiert? Nein? *Alors, j`essaie de vous expliquer.* Psssst! Sie. Ja, Sie! Verstehen Sie etwas von Wissenschaft? Verstehen Sie etwas von Forschung? Nein? Wieso nicht? Wir sind doch schließlich hier in einem Forschungsgruppentreffen. Wir reden hier über Experimente und Ergebnisse, wir reden hier über Zahlen, Daten und Fakten, das wollen wir, die wir die Elite sind, doch nicht alleine diesen laienhaften Schwulskis des *Fakten! Fakten! Fakten!-Magazines* überlassen. Wir reden hier über Papers, die wir doch alle gelesen haben. Wir sind doch mindestens, mindestens (!) genauso gut, wie diese Banausen, die das fabriziert und geschrieben haben. Sagen wir zwar nicht direkt, behaupten wir aber, indirekt, trotzdem. Unsere Zahlen, Daten und Fakten lügen doch nicht! Meine Herren, ich bitte Sie! Aber: Jetzt noch einmal, Sie! Sie verstehen nichts von Wissenschaft und Forschung? Nun gut, dann fragen wir einmal Sie. Entschuldigen Sie, verstehen Sie etwas von Forschung? Ja, deswegen sind Sie schließlich hier? Na wunderbar. Herzlichen Glückwunsch! Verstehen Sie, wenn Sie sich für Wissenschaft und Forschung interessieren, denn auch etwas über die *Theorie des Furzens*? Nein, nicht? Nie davon gehört? Oh, tut mir leid, ich bedaure, Sie gestört zu haben. Fragen wir doch einmal… Sie, he! Sie! Sie sehen doch so wissenschaftlich seriös aus… ja? Stimmt? - Gut. Kennen Sie die *Theorie des Furzens*? Ja, tatsächlich? Gut, Sie nehmen wir. Das ist ja schon einmal ein guter Anfang. Aber, ich sehe, da sind ja noch mehr, die sich in der *Theorie des Furzens* auskennen, kommen Sie doch bitte alle mit. Schön. Sehr schön, das alles. Was höre ich da, Sie, Sie sind ein Experte auf diesem Gebiet? Das ist ja prima. Oh, ich sehe da sind noch mehr Fachleute, die zu diesem Thema etwas zu sagen haben. Lassen Sie uns einen Workshop bilden, oder, noch besser, eine Fachtagung zur *Theorie des Furzens*. Einen nationalen Furzologen-Kongress. So viele Experten auf dem Gebiet der Flatologie! Veranstalten wir doch eine internationale Veranstaltung, das ist ja, Menschenskind, schon eine regelrechte Consensus-Conference, World-Conference of Flatology! Also, schaun mer mal. Was diese ganzen Experten über das Geräusch der Geräusche zu sagen haben. Die Rednerliste ist unglaublich lang, daher hat jeder nur wenige Minuten Zeit für seinen gewichtigen Vortrag. Das muss natürlich anschließend ausführlich diskutiert werden. Was können Sie zu diesem Aspekt sagen? Wie interpretieren Sie diese Ergebnisse? Wie deuten Sie diese Aussage? Können sie uns etwas zu diesen Zahlen sagen. Wie beurteilen Sie das, was Sie uns da so schön präsentiert haben, im Vergleich zu den Ergebnissen von […], der das *Gleich-wird-er-quer-durch-den-Raum-furzen* so trefflich beschrieben hat? Dort, Sie, Ihre Frage dazu? Noch irgendwelche Kommentare? Gut, danke. Gut danke, sehr nett, der das *Gut, danke* gesagt hat, doch auch sehr überheblich. Hat doch dieser *Gut, danke* in den letzten zwanzig Jahren vierhundert Papers zu dem Themenbereich der *Theorie des Furzens* veröffentlicht und mehrere Buchbeiträge dazu geschrieben und Bücher herausgegeben. Man sieht sie richtig, die dicken Eier, man spürt richtig, wie sie noch weiter anschwellen, man fühlt so richtig, wie sich bei ihm die Hirnwindungen und die Dickdarmschlingen aufrichten und aufblähen unter dem Druck der Macht, die man verströmen darf, wenn man sich sein Leben lang mit der *Theorie des Furzens* wissenschaftlich auseinandergesetzt hat und als Koryphäe auf diesem Gebiet gilt. Tja, so ist das hier auf diesem wissenschaftlichen Superkongress. World-Conference of Flatology. So viele Experten auf diesem Gebiet, darunter so viele Superexperten. Und alle: Lesen, Lesen und Lesen, Schreiben, Schreiben und Schreiben. Und, vor allem: Reden! Dazu sind schließlich alle hierhergekommen. Das ist Wissenschaft! Aber, da war doch noch was. Fragen wir doch einmal nach, vielleicht den letzten Redner, der uns diese exzellente Darstellung präsentiert hat. Entschuldigen Sie, Ihr Vortrag war hervorragend, aber, was wissen Sie denn über die *Praxis des Furzens*? Hm, ja? Können Sie das auch? Wie, Sie trauen sich nicht. Das ist ja die Höhe! Also fragen wir doch mal den da, ja den, der einen, nicht zu verachtenden, Preis für seine Präsentation zur *Theorie des Furzens* erhalten hat. Kennen Sie die *Praxis des Furzens*? Können Sie das auch? Wie, sie können gerade nicht, ausgerechnet hier! Auf dieser Expertenveranstaltung! Was, wie? Ich? Ob ich das kann? Danke für die Gegenfrage! Ich muss schon sagen, Sie sind ganz schön clever! Ich sage Ihnen etwas: Ich habe zwar keine Ahnung davon, aber damit habe ich keine Probleme! Passen Sie, ja Sie alle, meine Damen & Herren Experten, mal schön auf: Eins, zwei, drei. Achtung! Fertig! Los! Sehen Sie? Das ist keine Wissenschaft!

Welcher Weg

Welcher Weg, welcher alleinige Weg, führt denn zum Erfolg in der Wissenschaft, ja, zum Erfolg (da das Leben in unserer heutigen Zeit ja fast ausschließlich auf wissenschaftlichen Erkenntnissen zu beruhen scheint) im Leben? – Verstand abschalten, Augen und Ohren zu, Zähne und Arschbacken zusammen und ab durch die Mitte. Dann wirst Du schwimmen, schwimmen, auf der Woge des Erfolges schwimmen. So wirst Du dahingleiten auf dieser Erfolgswelle, sie wird Dich tragen, tragen, tragen. Du wirst irgendwann so weit draußen schwimmen, bis kein Land mehr in Sicht ist. Diesem einzigartigen Erfolgsweg hat A. Schönberg jedoch die Aussage, gewissermaßen diametral, entgegengesetzt, dass der Mittelweg der Einzige sei, der nicht nach Rom führt. Welch begnadete Erkenntnis, welch tiefe, innere Weisheit. Ich aber sage Euch, wer von diesem Baum der Erkenntnis isst, wird mit dieser Einstellung, in diesem Leben, nicht mehr viel zu lachen haben. Weltverbesserer schießen wir nicht ohne Rückfahrschein auf den Mond, nein, für die haben wir etwas Besseres. Lasst sie uns demütigen, wenn sie keine Demut zeigen, wenn sie keine Einsicht in die Notwendigkeit und im Willen zum Hinnehmen der Gegebenheiten zeigen, die wir, seit Generationen, vorgegeben haben. Unsere Welt, die ja, bekanntlich, seit etwa dreihundert Jahren, *die beste aller möglichen Welten* sein soll, ein Satz, von dem mir übel wird, ein Satz, der von einem Herrn genannt wurde nach dem (trotz fehlender orthographischer Übereinstimmung) die Butterkekse benannt wurden, unsere Welt also, die immer noch die beste aller möglichen ist, so sagt man, diese Welt, in der sich die reichen und mächtigen Acht von Zeit zu Zeit treffen und schön unter sich bleiben wollen und alle anderen, vor allem die armen und ohnmächtigen Achtundachtzig und mehr, außen vor bleiben sollen, sorgt doch für alle und sorgt doch vor allem dafür, dass die, die schon mehr als genug noch mehr und die, die sowieso nichts, noch weniger haben sollen dürfen. Gütige und gerechte Güterverteilung nennt man das dann. Die Gerechtigkeit Gottes kennt keine Grenzen. Sagt man. Das lehren uns zumindest die, die ihn, anscheinend, besonders gut kennen, die gelegentlich oder häufiger mal mit ihm ein Bier trinken waren oder eine Runde Skat gespielt haben. Nun, die Ungerechtigkeit Gottes kennt ebenfalls keine Grenzen. Das allerdings lehrt uns keiner, sondern nur das Leben selbst. Wenn einer, der später, ob er das wollte oder nicht, durch Butterkekse bekannt, durch den Ausspruch *Wir leben in der besten aller möglichen Welten* berühmt wurde, dann weiß ich nicht, in welcher Welt der gelebt hat, oder ob sich die Welt, in der wir leben, so verändert hat. Ich glaube ja eher, dass wir in der schlechtesten aller möglichen Welten leben. Der Grund liegt darin, dass der Mensch auf die Welt gekommen ist, dass der Mensch sich entwickelt hat und mit ihm die Entwicklung der Welt rasant fortgeschritten zu sein scheint, eine Tatsache, die zuvor, bevor der Mensch auf die Welt gekommen war, von nichts in irgendeiner Art und Weise wahrgenommen wurde. Die Welt war, bevor der Mensch war, wohl einmalig schön. Jeder Tag erwachte am Morgen mit dem ersten Sonnenstrahl und friedlich schlief jeder Tag mit Einbrechen der Dunkelheit wieder ein. Und doch war kein Tag wie der andere. Alles, was auf der Welt jemals gewesen war, war einzigartig. Seit der Mensch auf die Welt gekommen ist, scheint allerdings alles gleich zu sein. Zwar waschen wir in jeder Generation, deren Aufeinanderfolge immer kürzer wird, immer weißer, scheißen wir immer reichhaltiger und pupsen wir immer lauter, aber, das scheint nur so zu sein, denn der Mensch hat es schon immer versucht und hat sich im Verlauf seiner Erdexistenz immer mehr darin perfektioniert, alles gleich zu schalten. Alles, was irgendwann einmal etwas ganz Besonderes gewesen war, unterliegt heutzutage einer Normalverteilungskurve mit Mittelwert und Standardabweichung und findet sich in irgendeinem Perzentil wieder und ist statistisch signifikant oder nicht signifikant. Alles, ja aber auch wirklich alles, lässt sich in irgendeine Schublade stecken. Ich denke, dass mit dem Menschen wirklich das Ende der Fahnenstange erreicht worden ist. Wir können die Flagge getrost jetzt einholen.

Antidepressiva

Ich weiß, dass ich verrückt bin. Das ist ja nichts Neues. Ich muss ja auch nicht jeden Unfug immer wieder erzählen. Aber: Ich glaube, jetzt, auf einmal, ist es kein Spaß mehr. Ich kann nicht mehr darüber lachen. Es ist mir todernst. Ich bin am Ende des Weges, der welcher Weg auch immer ist, angelangt, und ich weiß nicht mehr weiter. Es ist keine Stimme da, die mir mitteilt, die mir, so, dass ich es unmissverständlich begreife, sagt: *So geht es weiter!* Ich bin ganz einfach in meiner Lethargie, in meiner Funktionslosigkeit, in meiner Unfähigkeit, auf Knopfdruck funktionieren zu können, kurz gesagt, in meiner Verrücktheit, stecken geblieben. Und das ist leider nicht mehr zum Lachen! Ich habe nichts, nichts, aber auch gar nichts für diese Anstalt getan und, somit, nichts für diese Anstalt erreicht. Ich fühle mich wie ein Scharlatan. Elend. Ich habe alles in meiner eigenen Macht Erdenkliche getan oder versucht zu tun. Ich habe wirklich versucht, alles, was mir jemals lieb und teuer war und gewesen ist, stillzulegen, mich nur noch auf diese eine Sache, die sich Forschung nennt, zu konzentrieren. Ich habe es, und ich bin so ehrlich, wie ich nur sein kann, versucht, ich habe mich mit allen Kräften bemüht. Ich habe mein *Ich* und mich aufgegeben dafür. Ich habe versucht, morgens der Erste und abends der Letzte zu sein, der diese heiligen Hallen betritt, den Überragenden, diese unerreichbare Lichtgestalt, natürlich ausgenommen. Ich wollte ja kein Königsmörder werden, das lag mir fern, nein, ich wollte mich nur intensiv mit der Sache, wofür ich einen Auftrag erhalten hatte, auseinandersetzen, dem Sinn und dem Inhalt dieser Sache auf den Grund gehen. Dafür hatte ich alles aufgegeben. Meine Lebensfreude, meinen Lebensmut und, vor allem (und mich über den Tag hinaus noch quälend) meinen Schlaf der Gerechten. Ich bin kläglich, ja mehr als kläglich, gescheitert. Ich hatte alles getan, ich hatte alles versucht zu tun, was mir auferlegt worden war. Ich habe selbst immer wieder auf den roten Knopf gedrückt, der mich selbst unter Druck setzt. Anträge geschrieben, mich mit Bürokraten auseinandergesetzt und arrangiert, versucht, dem Amtsschimmel den Arsch so angenehm als

146

möglich zu lecken, versucht, Sachverhalte in ein rechtes Licht zu rücken, obwohl es nicht das rechte war, zu lügen wie gedruckt, um der Sache willen. Ich habe nach Literatur, nach Information gesucht und recherchiert, nach der schon zehn- und hunderttausend Andere gesucht hatten, mich immer wieder auf die gleichen, unisono formulierten Allgemeinkriegsschauplätze begeben, habe Mäuse und Ratten dutzendweise aufgeschnitten, zerstückelt und zersägt und versucht, mit allen mir möglichen, im Tierstall vorhandenen und gebotenen Methoden der experimentellen Wissenschaft, zu untersuchen. Gefunden habe ich: *Nichts.* Keinen Stein der Weisen und keine Zusammenhänge. Noch nicht einmal einen Sinn habe ich darin gefunden. Es ist, als wäre ich mit der modernsten Rakete ins Weltall geflogen, um Gott zu suchen und hätte ihn trotzdem nicht gefunden. Und das Schlimmste ist: Es steht nichts auf dem Papier, keine Papers, noch nicht einmal ein Paper, in Sicht, kein zählbares, kein interpretierbares, kein zu diskutierendes Ergebnis. Ein Forscherleben ohne Forschungsergebnisse ist ein Forscherleben ohne Sinn. Ein Leben ohne Sinn. Und nichts für diese Anstalt getan. Ausgesetzt, mit allen erdenklichen Mitteln und Möglichkeiten ausgestattet, Ergebnisse in Form von Papers zu produzieren. Und: *Nichts!* Ich fühle mich, ich bekenne mich schuldig. Wenn es, bei dem, was man tut, wirklich, ja wirklich keinen Sinn gibt, kann man ja versuchen, einen Sinn zu schaffen, einen zu basteln, sich Mühe geben. Versager! Seit Tagen, ja seit Wochen, ja, eigentlich von Anfang an, starre ich durch das Fenster, welches seit Monaten, vielleicht seit Jahren nicht mehr geputzt worden ist, ins Freie, irgendwo hin. Ich starre auf den Bildschirm, ich starre auf die Stapel von Papers, die auf meinem Schreibtisch liegen, die ich ausgedruckt habe und weiter und weiter ausdrucke, Makulatur, in denen im Prinzip, mit mächtig dicken Eiern formuliert, immer wieder das Gleiche, nämlich nichts, steht. Ich verstehe sie nicht, die dicken Eier. Immer wieder schlage ich eins davon auf, versuche zu analysieren, worum es geht, Zahlen, Daten und Fakten, die durch Zahlen, Daten und Fakten belegt oder widerlegt werden. Ich bleibe irgendwo stecken, meistens im Materialteil, den ich, in der Regel, beim besten Willen nicht verstehe, nicht

147

verstehen kann, so sehr ich mich auch bemühe. Die Sprache, oder was auch immer das sein soll, in der diese Abschnitte, die sich Materialteil oder, in dieser lustigen Sprache, *Material and Methods*, nennen, geschrieben sind, ist mir so wesensfremd als käme sie vom Mars oder sonst wo her. Ich glaube, die Sprache, und wenn sie noch so fremd klingt, irgendeines einfachen Menschen auf diesem Erdball verstehen zu können, wenn ich mit diesem Menschen in Kontakt treten kann. Ich glaube auch, die Sprache der Tiere verstehen zu können, wenn ich mich damit auseinandersetzen kann. In all dem ist Leben, steckt ein Sinn, den es zu erforschen gilt, der kommuniziert werden will und soll. Aber die Sprache der Papers ist nicht mit Leben erfüllt, das sind alles, mehr oder weniger, hocheloquente Grabreden, Stückwerke, Flickenteppiche, wie Kompositionen mit tausenden von Noten ohne Klang, die nichts, aber auch gar nichts, noch nicht einmal einen *Treppenhausfurz* wert sind, denn in den allermeisten Fällen fehlt jeglicher Nachhall. Aber präsentiert werden sie alle, wie gesagt, mit mächtig dicken Eiern. Ich lege das erste zur Seite und schlage ein neues Paper auf. Dazu bin ich schließlich hier, wenn ich gerade keine Kleintiere meuchle. Papers lesen ist der Sinn des Lebens, denkt man, wenn man denkt, wie der Überragende denkt, während im Nebenraum die Mäuse und Hamster quieken oder aufgeregt in ihren Plastikkäfigen umherrennen. Aber das Lesen von Papers ist nur *Gott Sohn* in diesem gleichschenkligen, unerotischen, heiligen Dreieck, denn Papers schreiben und Papers veröffentlichen komplettieren erst das Triumvirat der Papierarbeit. Ich habe es, wie bereits gesagt, versucht und bin dabei kläglich gescheitert. Ich habe versucht, diesen Prozess zu analysieren, ihm den Schädeldeckel abzuschrauben und hineinzuschauen in den Schädel und habe darin, im Schädelinneren, nichts finden können. Und wieder und immer wieder. Und habe nichts außer einem neuen Golgotha produziert. Trotzdem schlage ich erneut ein dickes Ei auf mit der Konsequenz, mich selbst in die Pfanne zu hauen, sollte ich darüber etwas berichten müssen. So vergehen die Tage, so vergeht die Zeit, die limitiert ist für diesen an mich gerichteten Auftrag des Versagens. So fahre ich abends nach Hause und schaue durch die Scheiben

meines Wagens, die schon sehr, sehr lange nicht mehr geputzt
worden sind. Ich höre schon lange keinen Jazz mehr während
der Autofahrt, was ich Zeit meines Lebens, seit ich selbst Auto
fahre, getan habe und dies, obwohl ich den Blues stärker, ja viel
stärker als jemals zuvor in meinem Leben spüre. Zu Hause starre
ich durch das Küchenfenster, das erst vor kurzem geputzt worden ist, hinaus in die trübselige Landschaft. Die Tage werden
jetzt deutlich kürzer. Ich rede kaum noch. Ich schlafe schlecht
und wenig. Ich denke mich noch zu Tode. So muss es mit Nietzsche wohl auch angefangen haben. Die Verrücktheit, über die
man nicht mehr lachen kann. Erste Grüße eines drohenden Wah-
nes. Eine Stimme, viele Stimmen, immer deutlicher werdend, sagen nicht, wie es weiter geht, nein, sie sagen nur, sie schreien *Es
ist aus! Es ist vorbei! Du bist am Ende!* Was ist das: Lachen? Was ist
das: Fröhlich sein? Wenn ich einmal schlafe und etwas träume,
dann finde ich mich auf einer hohen Leiter oder einem hohen
Felsen oder einem Hochhaus wieder und es ist sehr stürmisch
und sehr ungemütlich und sehr unsicher dort oben, und ich
spüre Angst, ich weiß nicht, wie ich da hochgekommen bin und
ich weiß vor allem nicht, wie ich heil da wieder herunterkomme,
es ist zum Verzweifeln und ich schrecke meistens hoch aus diesem Traum. Und irgendwann, wenn ich nicht schlafe, finde ich
mich tatsächlich am Geländer einer Autobahnbrücke wieder und
starre in die Tiefe oder ich stehe im Halbdunkel auf einem ver-
lassenen Autobahnrastplatz und starre auf die nur wenige Meter
neben mir vorbeirasenden Fahrzeuge *Wumm! Wumm!* und
denke *es ist bestimmt gleich vorbei!* Und ich seufze und steige wieder in mein Fahrzeug und fahre weiter. Ziellos. Meine Augen
sind trocken. Die Schwelle wird immer niedriger. So kann das
nicht weitergehen. Ohne Existenzberechtigung lohnt es sich
nicht, zu leben, ist kein Leben. Also unternehme ich einen Schritt,
den sich viele oft versagen und den man, eigentlich, nicht sagen
darf. Ich mache mich auf die Suche. Im Telefonbuch. Nach Menschen, nach Professionellen, die gelernt haben, dabei zu helfen,
verlorenes Leben in den Hohlraum zurückzuführen, eine Existenzberechtigung wieder neu zu finden. Professionelle, die sich
nicht nur dadurch sondern auch damit auszeichnen, verloren

gegangene Existenzberechtigungen aufzufinden. Ich telefoniere. In den allermeisten Fällen höre ich menschliche Stimmen von der Maschine, die wirklich sehr maschinell klingen. Immer wieder. In wenigen Fällen höre ich menschliche Stimmen, die wie Maschinen klingen. Ich lerne. Ich lerne wieder etwas Neues. Ich lerne, dass der Besitz eines besonderen Versicherungsstatus weitaus bedeutender ist als die verloren gegangene Existenzberechtigung. Ich lerne einen neuen Aspekt der Zeit, die *Wartezeit*. Ich lerne, dass es Monate, dass es Jahre dauern, bis man professionelle Hilfe bekommen kann, seine verloren gegangene Existenzberechtigung wieder zu finden. Seltsam, dieses Leben: Ein seit Wochen bestehender Rückenschmerz, ein vor drei Tagen umgeknickter Fuß wird zu jeder Tages- und Nachtzeit sofort behandelt, verlangt sofortige Behandlung, bekommt sofortige Behandlung. Eine Existenzberechtigung, die gerade droht, endgültig aus dem Leben zu treten, muss ein halbes Leben warten, bis sie Hilfe bekommt, sich wieder zu finden. Trotzdem habe ich Glück und finde mich nach nur wenigen Wochen auf der Couch eines professionellen Menschen wieder, der mir, doch irgendwie, helfen will. Nach Klärung der Sache mit der Kohle geht es gleich in medias res. Ich erzähle, ich berichte vor allem über meine Wut, die ich wieder und immer wieder runterschlucke und runtergeschluckt habe, diese unbändige Wut, die keine Kanäle findet, nach draußen zu gelangen, diese mich und alles andere zerstören wollende Wut. Ich erzähle und bin irgendwann leer und immer noch voller Wut. Abschließend bekomme ich für das Erzählte ein zustimmendes Nicken sowie weitere Erzähltermine und den Auftrag, bis zum nächsten Erzähltermin die Kostenfrage endgültig gelöst zu haben. Für die Wut bekomme ich Opipramol, einmal täglich einzunehmen. Zuerst sträube ich mich dagegen, meine Neurorezeptoren betrügen zu wollen, willige aber dann doch ein und versuche es einfach einmal. Am ersten Tag kann ich vor lauter Müdigkeit kaum die Augen offenhalten. Am zweiten Tag habe ich, wohl als Effekt der anticholinergen Wirkung, einen andauernden Druck auf der Blase. Am dritten Tag ist alles vorbei. Die Leere und die Wut sind aber noch da. *So* kann es nicht weitergehen. In einem kurzen

Moment der Erleuchtung finde ich mein Kämpferherz wieder. Da ich wieder ganz normal pinkeln kann, schütte ich die restlichen Tabletten einfach ins Klo, pisse drauf und spüle sie runter.

Karriere sausen

Nun, irgendwie hatte ich mich wieder, so einigermaßen, gefangen. Trotz weiterhin bestehender innerer Zerrissenheit und immer noch heftigster Turbulenzen wollte ich versuchen, mich aus dem Abstrom des Hinabgespülten wieder freizuschwimmen. Diese anhaltende, diese nicht enden wollende Krise bestand jedoch weiterhin. Kein Land in Sicht, kein rettendes Ufer, kein Ariadnefaden, der mich aus dem Labyrinth meines Irrweges hätte herausführen können. Nach wie vor schlief ich nachts schlecht. Nach wie vor bohrten die alles in mir zerstören wollenden Zweifel, die mich zerfraßen wie die Würmer den Kadaver. Mein Daimonion in mir war zweifellos auch nicht ohne Zweifel, sondern eine gespaltene Persönlichkeit. Mein *Es* war sich schon lange darüber im Klaren, dass das Produzieren von Zahlen, Daten und Fakten, das Reden über, das Schreiben über und das Veröffentlichen von Zahlen, Daten und Fakten, untersucht und erforscht und erforscht und untersucht an zerschnittenen und aufgerissenen Nagern, die mit irgendwelchen Molekülen, von denen tagtäglich neue auf den Markt geschwemmt wurden, oder irgendwelcher Bierpisse traktiert wurden, nicht der Inhalt meines Lebens sein konnte. Dennoch kam mir ständig, ständig mein *Über-Ich* in die Quere, welches unablässig in mir versuchte, zu verdrängen, zu verleugnen, zu verschieben, zu relativieren, zu rationalisieren, zu projizieren, zu isolieren, zu spalten, kurz: Sich gegen mich selbst zu wenden. Ständig hörte ich *Du faule Sau, untalentiert, unfähig, andere können das alles besser, liegt nur an Dir, eine Nummer zu groß für Dich* [...] in mir. Da halfen weder *Das Prinzip Gewinnen* noch *Dale Carnegie*, mit denen ich mich zu beschäftigen versucht hatte, und die ich, ähnlich dem Beipackzettel von Opipramol, zwar nicht weggeworfen so doch weggestellt, aufgrund ausbleibender realer Konsequenz nicht zu Ende gelesen hatte. Helfen konnte ich, wie gesagt, nur mir selbst. Also holte ich, an einem verregneten Tag des Herren, der für mich, zu jener Zeit, ein Tag wie jeder andere war, mein versunkenes Herz aus der Hose und nahm das Heft in die Hand und machte mich auf den Weg in den Tierstall. Dort angekommen, atmete ich mehrfach tief ein und aus. Ich hatte mir fest, ganz fest, vorgenommen, mich dem Überragenden zu öffnen und meine unumstößliche Entscheidung mitzuteilen. Da für den Überragenden ein jeder Tag ein Tag des Herren war, war es somit auch kein Wunder, ihn an einem Sonntag in seinem Büro anzutreffen. Der Überragende konnte allerdings, das muss man ihm zugutekommen lassen, trotz seiner überragenden Persönlichkeit, in entspannter Atmosphäre (und so eine schien in diesem Moment zu sein) erstaunlich nonchalant sein. Er bat mich, Platz zu nehmen und bot mir sogar Kaffee an. Dennoch benötigte ich weder eine Exposition noch eine Ouvertüre, sondern begab mich sofort in medias res. Aber der Überragende, der seelenruhig zugehört hatte, wäre nicht der Überragende gewesen, wenn er nicht meinen Vorstoß überragend abgewehrt und aufgefangen hätte. Das Gespräch bahnte sich in eine andere Richtung. Irgendwann und irgendwie unterhielten wir uns dann über Wittgenstein, wobei er, so denke ich im Nachhinein, mehr an START- und Wittgenstein und ich mehr an den *Tractatus* von Wittgenstein dachte, was aber keinem von uns beiden so richtig auffiel und wir somit, so ziemlich, und mutmaßlich, aneinander vorbeiredeten, so denke ich jedenfalls heute. Nun ja, da dieser angedachte Dialog mehr und mehr in einen, wie immer, vorprogrammierten Monolog zu wechseln drohte, schaltete ich irgendwann meine Vigilanz herunter. Diese schoss erst dann schlagartig wieder empor, als ich folgenden Halbsatz vernahm: „… *aber, wenn Du die Dir hier gebotenen Möglichkeiten zur Karriere sausen lässt, wirst Du keine Möglichkeit mehr haben, als Chirurg einmal in eine leitende Position zu gelangen.*" Nun, auf diesen Satz, auf den man, so dachte ich in jenem Moment, höchstens einen Hausmeisterfurz allererster Güteklasse hätte lassen können (Akademiker sind in der Regel so trocken, wenn die (aus Versehen) mal einen Furz lassen, dann verändern sich die klimatischen Verhältnisse auf der Welt so dramatisch, dass es in der Atacama-Wüste zu regnen anfängt) gab ich nichts. Zumal die Duhem-Quine-These mit dieser Aussage nicht im Geringsten erfüllt zu sein schien. Trotzdem, warum auch immer, was ich damals nicht wusste, beunruhigte mich dieser Satz. Schon sah...

ich mich abstürzen. Ich holte tief Luft. Ich fühlte mich, irgendwie doch, getroffen, es meldeten sich die ersten Stimmen in mir, diese *Ja-Nein-*, *Entweder-Oder-*, *Ja, aber-*, *Vielleicht doch-*Stimmen. Es folgte ein überragendes Beispiel einer akademischen Hirnwäsche. Ich spürte, wie der Überragende äußerst subtil, allein durch die Macht seiner Eloquenz und seines Charakters, sich an meiner Schädeldecke zu schaffen machte, wie er sie, fast unmerklich, aber dennoch hochkonzentriert, sorgfältig und zielsicher aufsägte und den Deckel abhob. Ich war wehrlos und machtlos. Ich sah, ja, ich konnte sehen, wie er, nachdem er die Dura aufgeschnitten und auf die Seite geklappt hatte, sich an meinen Gehirnwindungen zu schaffen machte, wie er, äußerst schonend, das muss man sagen, in großen Mengen desinfizierende Lösung darüber goss, wie er die Gyri sorgfältig wusch und so nach und nach in mein Bewusstsein eindrang und von diesem Besitz ergriff. Der Überragende erzählte und erzählte und erzählte mir seine ganze Biografie als Wissenschaftler, die Sonnenseiten seiner Karriere durfte ich staunend zu Kenntnis nehmen, indem ich ordnerweise vergilbte und abgewetzte Kopien von Zeitschriften und Papers aus den letzten Jahrzehnten, auf denen sein Name stand, alle schön in Klarsichtfolien verpackt und ordentlich abgeheftet, aufgetischt bekam und zu mir nehmen durfte. Ich glaube, aus seiner Sicht, meinte er es gut mit mir. Er gab mir zu verstehen, meine Motive zu verstehen. Er sichtete die von mir ihm vorgelegten Aussagen, griff sie auf, prüfte und analysierte meine Argumente und zog in Erwägung und verwarf und entwarf mit unglaublicher Intensität und einer unbeschreiblichen Sicherheit des Ausdrucks Gegenargumente, die er episch vor mir ausbreitete. Der Spielverlauf war auf den Kopf gestellt, mein *Über-Ich* bekam so langsam die Oberhand. *„… sind es bei aller Nachvollziehbarkeit der vorgelegten Argumente, die, so höre ich das heraus, aus einer nur teilweise zu begründeten Frustration herrühren, doch wohl eher die banalen menschlichen Eigenschaften wie fehlende Bereitschaft, Zeit und Arbeit zu investieren, die Dich daran hindern wollen, weiterzumachen!"* So, jetzt war auch noch mein *Ego* getroffen. Ich schluckte erneut. Das konnte ich natürlich nicht auf mir sitzen lassen. Meine Sichtweise der Dinge war auf den Kopf gestellt. Ich war mit Stimmen in mir ausgefüllt, die mir ständig entgegenriefen, dass er Recht habe und dass ich ihm beweisen müsse, dass er nicht Recht hat. Mit einem, scheinbar freundlichen, Augenzwinkern und der Aufforderung, nicht so frustriert zu sein, entließ er mich und ich mich aus der knapp zweistündigen Unterredung. Ich war bereit, es noch einmal zu versuchen, um es ihm zu beweisen, um es mir zu beweisen, um es aller Welt zu beweisen.

Urlaubsreif

Tja, ich bin also wieder hier, habe mich neu programmieren lassen. Trotzdem muss dabei irgendetwas falsch gelaufen sein. Denn: Ich hab`s satt. Ich kann nicht mehr. Warum bin ich eigentlich hier? Was mache ich denn überhaupt hier? Wo sind meine Patienten? Ich hänge nur noch in diesem verrückten Tierstall herum. Die wenigen Tage, die ich zurzeit dort drüben in der Ambulanz verbringe! Ich habe kaum noch Kontakt zur klinischen Arbeit. Alles, wofür ich gearbeitet habe, worauf ich hingearbeitet habe, weg. Weg! Ich operiere nicht mehr, selten einmal, im Dienst. Aber ich komme nicht weiter. Ich wollte gut werden, ein guter, ein kompetenter Chirurg. Es ist alles weg. Ich empfinde das so. Ich hänge nur noch von morgens bis abends in diesem Tierstall herum und hänge irgendwelche Mäuse an ihren Rückenhautkammern an irgendwelchen Galgen auf. Die meisten, ja die meisten, gehen sowieso dabei drauf, auch wenn es der Überragende nicht wahrhaben will und natürlich mir (nicht nur mir, sondern allen anderen, die den gleichen Mist verzapfen wie ich und wahrscheinlich noch einen Sinn darin sehen) die Schuld gibt. Der Grund ist natürlich, dass dieses ganze Modell einfach nichts taugt, dieses Modell, das, als eines von abertausenden Modellen, erschaffen wurde, um herauszufinden, was des Menschen Welt im Innersten zusammenhält. Ein Steinchen, das ein Meilenstein auf dem Weg zur Unsterblichkeit des Menschen werden soll. Herauszufinden, was man tun kann, damit der Raucher, auch nachdem man ihm sämtliche Arterien seines Körpers mehrfach ersetzt hat, weiterrauchen und den Weg zum nächsten Zigarettenautomaten oder Tabakladen schmerzfrei zurücklegen kann. Herauszufinden, was man tun kann, damit der Säufer, der seine Leber zu Tode gesoffen hat, seine neu erhaltene Leber, wenn er denn weiter säuft, nicht wieder verliert. Herauszufinden, was man denn tun kann, damit der, durch den Hohlraum vor, während und nach den Werbeblöcken verdorbene und gemästete, Fettgefressene weiter fressen kann und trotzdem, mit einem Einsatz, mit einem Minieinsatz, durch bloßes Schlucken von bunten kleinen Kügelchen und Stäbchen, keine Konsequenzen befürchten muss. Ja, wir haben gelernt, alles in unserer Macht Stehende zu unternehmen, alles Erdenkliche nur zu tun (alles, was machbar ist, ist machbar) um herauszufinden, wie wir den Menschen unsterblich reparieren können, ohne ihn heilen zu müssen. Dafür hänge ich Mäuse auf, die aber, in der Regel, noch bevor ich herausfinden kann, was den Menschen unsterblich macht, draufgehen. Das ist jammerschade. Und die Mäuse, die mit oder vielmehr trotz Rückenhautkammer weiterleben, bekommen in den nächsten Tagen, im Intervall von zwei Tagen innerhalb der nächsten vierzehn Tage, diesen seltsamen Farbstoff hinter die Augäpfel gespritzt, nur um unter dem Spezialmikroskop zu sehen, dass man nichts darunter erkennen kann. Fünf von zehn Mäusen geben am Galgen den Löffel, ohne einen ersichtlichen Grund und ohne evaluierbare Gründe bereits ab. Meinen Kommentar hierzu (*die Natur braucht uns nicht, aber wir brauchen die Natur*) kann der Überragende nur mit einem Kopfschütteln abtun, das *sei ja absoluter Blödsinn, das sei wissenschaftlich überhaupt nicht erwiesen*. Also lassen wir das analysierende Kommentieren! Von den restlichen fünf Mäusen geben drei bis vier während der folgenden Experimente den Löffel ab, ohne ein sichtbares, ohne ein nachweisbares, ohne ein dokumentierbares Ergebnis zu liefern. Der gesunde Menschenverstand des ungesunden Menschen betrachtet dieses Ergebnis ohne Ergebnisse als Irrsinn, die Wissenschaft (aufgrund der geringen Fallzahl der Tiere) als statistisch nicht signifikant. Aber: Ich habe keine Lust, zum Adolf Eichmann irgendwelcher unschuldiger Labormäuse zu werden, nur um der Wissenschaft ihre selbst erfundene Signifikanz zu widerlegen, nur, um letzten Endes, für wessen Ruhm auch immer, irgendwelche Papers, in denen außer heiße Luft sowieso nichts drinsteht, auf den mehr als übervollen Altpapiermarkt zu werfen, nur, um damit irgendwelchen anderen Menschen, die nicht ich sind, zu ihrer *facultas docendi* zum Erhalt der *venia legendi,* und irgendwann[irgendwann] (wobei ich mir da nicht so sicher bin) mir selbst zu meiner *facultas docendi* zum Erhalt der *venia legendi,* die mir erlaubt, diesen ganzen Unfug, den ich hier nicht erforsche, weil es ihn nicht zu erforschen gibt, ohne schlechtes Gewissen irgendwelchen Ahnungslosen, die ich ohne

Bedauern dafür fertig machen darf, dass sie ahnungslos sind, erzählen darf, zu verhelfen. Das, wozu ich eigentlich und ursprünglich hierhergekommen bin, das Operieren zu lernen, habe ich schon wieder verlernt. Aus. Fertig. Ich kann einfach nicht mehr. Ich bin, nachdem ich diesen Käse seit über einem halben Jahr verzapft habe, wohl das, was man überreif nennt. Urlaubsreif. Ganz einfach urlaubsreif! Das Wort und die Bedeutung Urlaub, das Aussprechen dieses Wortes (Unwort des Jahres) hat jedoch, hier, genau hier im Tierstall ein unvergleichliches absurdes Schauspiel zur Folge, das ist besser als *Warten auf Godot*! Dieses Wort, dessen Namen man nicht aussprechen darf, hat, dem Überragenden gegenüber geäußert, die gleiche Wirkung wie die Posaunen von Jericho. *„Urlaub? Ich hör immer nur Urlaub! Wozu braucht ihr Urlaub? Ich hab` seit Jahren keinen Urlaub mehr gemacht. Ihr kommt, wann ihr wollt und geht, wann ihr wollt und kümmert Euch um nichts, und ich, ich muss alles selbst machen, um alles muss ich mich kümmern, sonst macht hier ja keiner was, ich sitz den ganzen Tag am Computer und les Papers oder häng am Telefon und organisier alles und nachts auch und auch das ganze Wochenende und ich schreib Euch auch noch Eure Papers, weil ihr ja selbst keine schreibt und Forschung macht Ihr auch nicht, den ganzen Tag nur rumhocken und keiner macht Experimente und nichts passiert und keine Ergebnisse und ich damals hab und immer und ganz allein und alles selbst und IHR? Ihr kommt mir immer nur mit Urlaub!"* Uff!

Aber: So etwas kann nur die direkte Rede ausdrücken! Warum er sich darüber jedoch immer so aufregte, ganz gleich, wer ihn fragte, wusste keiner der Affen, wusste ich auch nicht, zumindest nicht in meinem Fall, da ich ja gar nicht ihm, sondern vielmehr dem Alten auf der Tasche lag, das wurde ja immer so dargestellt, obwohl das ja gar nicht stimmte, da ich mit keinem der beiden, sondern mit der Anstalt einen Arbeitsvertrag hatte! Das spielte und spielt jedoch alles keine Rolle. Dafür gab und gibt es ja das *Bundesurlaubsgesetz (BurlG)*. Hier steht in *§1- Urlaubsanspruch* zu lesen, dass *jeder Arbeitnehmer in jedem Kalenderjahr Anspruch auf bezahlten Erholungsurlaub hat*, in *§2- Geltungsbereich*, dass *Arbeitnehmer im Sinne des Gesetzes Arbeiter und Angestellte sowie die zu ihrer Berufsausbildung Beschäftigten sind*, sowie in *§3- Dauer des*

Urlaubs- Abs.1, dass *der Urlaub jährlich mindestens 24 Werktage beträgt* und *Abs.2,* dass *als Werktage alle Kalendertage, die nicht Sonnoder gesetzliche Feiertage sind, gelten.* Der Überragende hatte dieses Gesetz, obwohl er alsbald erneut in die Anstaltspolitik einsteigen, und somit mit Gesetzen dieser Art vertraut gewesen sein, sollte, vor lauter Paperslesen glatt überlesen. Nun, selbst noch größere, selbst Spitzenpolitiker, übersehen, überlesen und übergehen, wenn es denn um das eigene Ego geht, gerne irgendwelche Gesetze, an die sich andere wiederum halten müssen. Wie dem auch sei, ich war kein Gesetzesbrecher und teilte ihm einfach an einem Freitagnachmittag, quasi im Vorbeigehen, mit, dass ich ab dem folgenden Montag drei Wochen lang in Urlaub sei.

Die Entscheidung traf mich im Urlaub

Nun war ich also für eine gewisse Zeit von meiner Arbeit abwesend. Ich hatte, mehr oder weniger, gemäß der ursprünglichen Bedeutung des Wortes *urloup,* von meinen Lehnsherren die Erlaubnis erhalten, in die Schlacht ziehen zu dürfen. In die Schlacht, eine Entscheidung treffen zu müssen. Allerdings traf nicht *ich* die Entscheidung, sondern die Entscheidung traf *mich* im Urlaub. Nach überstandener Akklimatisation an das tropisch feuchtheiße Klima, überstandenem, ans Bett gefesselten ersten Urlaubswochenende mit Körpertemperaturen um den Siedepunkt und überstandener, mehrtägig andauernder obligatorischer Urlaubsscheißerei hatte ich, in drei aufeinander folgenden Nächten, drei aufeinander folgende Träume.
1. Ich finde mich in einem Zimmer eines mir aus meiner Kindheit bekannten alten Weingutes wieder. Das Zimmer ist jedoch topmodern eingerichtet, mit teuren Designermöbeln ausgestattet. Eine sündhaft teure Hifi-Anlage steht auf einem modisch gläsernen Tisch, ein riesengroßer Flachbildschirm mitten im Raum. Ich drücke auf die Fernbedienung und bin mitten in einem Film. Ich

schaue fetten Menschen und Schweinen zu, wie sie sich gegenseitig umschlingen und scheinbar abmurksen. *Was soll das sein?* frage ich mich, *Kunst? Fluxus? Pornographie? Reality-Show?* In Panik geraten schalte ich ab und verlasse schleunigst das Zimmer. Auf dem riesigen Flur läuft mir eine verdächtige Type über den Weg, ein kleiner Mann, der mich an einen Schulkameraden erinnert, den ich jedoch seit vielen Jahren nicht mehr gesehen habe. Er scheint in diesem Zimmer zu wohnen. Er grüßt mich kurz, ganz verschüchtert, und eilt die Treppe hinab. Ich wandere, nein, ich irre nun durch das riesige Gebäude. Obwohl mir das alles bestens bekannt ist, gleichen jedoch sämtliche Räume, die ich betrete, einer Ruine.

2. Ich schaue aus dem Fenster und sehe den Himmel strahlend blau und hell erleuchtet. Gleich darauf wird es jedoch schlagartig dunkel, ein sagenhaftes Unwetter kommt auf, ich sehe, wie die zunächst hell aufleuchtenden Sterne wie überstrahlte Glühbirnen zerplatzten. Es sagt eine Stimme laut in mir: *Das ist der Weltuntergang!*

3. Ich befinde mich beim Alten im Büro. Ich: *Chef, ich muss Ihnen etwas mitteilen.* Chef: *Sagen Sie mir nur nicht, dass Sie keine Forschung mehr machen wollen!* Urplötzlich ist er sehr sauer und ungehalten. Auf einmal sieht er wie ein alter Mann aus, wie ein alter, bedeutender Professor aus meiner Studienzeit, den ich jedoch für einen sagenhaften Kotzbrocken hielt. Ich bin schon wieder mit meiner Meinung am Wanken und stammele nur: *Ja, ja...*

Danach wusste ich, dass ich damit am Ende war, dass ich das, was ich bisher getan hatte, nicht mehr weiter machen konnte.

Der Alte

Die Interferenz des Denkens, des Handelns und des Fühlens zwischen den Menschen ist häufig ein Dilemma. So viele unterschiedliche Menschen es auch gibt, so unterschiedlich weit sind ihre Handlungsebenen, so unterschiedlich breit ist ihr Bewusstseinshorizont, so unterschiedlich tief ist ihr Empfindungsvermögen. Was immer ich auch über den Alten sagen kann und konnte: Darüber kann ich nichts sagen. Ich kenne ihn (IHN) nicht. Ich weiß nichts (NICHTS) von ihm, auch wenn ich viel und vieles über ihn weiß, weil ich viel über ihn gehört habe. Auch wenn die Zeit vergangen ist und vieles von dem, was ich noch erkennen kann, verblasst und vieles von dem, was ich noch hören kann, verklungen ist, so ist es trotzdem immer noch für mich sicht- und hörbar und somit fühlbar wahrnehmbar. Dennoch sind diese Fragen, diese retrospektiv gestellten Fragen, vielmehr introspektiv ausgerichtet als an den, die oder alle jene gerichtet, die, vielleicht, Antworten darauf haben könnten. Was kann ich über den Alten sagen, was fühle ich, was ich über ihn denken kann? Schwierig. Ich weiß es nicht. Dieser Zwiespalt. Also versuche ich ein Bild des Alten, was *mein* Bild des Alten sein wird, mein Bild des Alten *ist*, wie Farbkleckse an die Wand zu werfen, spontan und unverhofft, unkonventionell, frei aus dem Affekt heraus, unsystematisch und ohne groß darüber nachzudenken, was mir, so muss ich gestehen, schwerer fällt als alles andere im Leben, und hoffe trotzdem, dass sich, aus all dem, ein Muster herauskristallisiert, dass äußere und, vor allem, innere Zusammenhänge entstehen und sichtbar werden, die, trotz aller Abstraktion, ein verständliches Gesamtbild ergeben. Der Alte. Ich habe schon mitgeteilt, dass ich mit der Bezeichnung *der Alte*, speziell in diesem Falle, durchaus meine Probleme habe. Er war noch nicht alt. Nicht alt an Lebensjahren, nicht viel älter an Lebensjahren als ich, das habe ich schon berichtet. Es gab und gibt viele Menschen, die deutlich älter als er sind und waren, aber die wirken und wirkten jünger. Ohne Zweifel. Und somit war er alt. Im Stall, den er anführte, dessen Direktor (oder auch Diktator, das ist Anschauungssache) er war und dessen Direktive er uneingeschränkt vorgab, war er tatsächlich auch der Älteste an Lebensjahren, und somit traf die Bezeichnung der Alte in diesem Falle auch wirklich zu. Wenn ich genau überlege, muss ich zugeben, die Bezeichnung *der Alte* über den Alten erstmals vom Großen Blonden gehört zu haben, der, im Vergleich zum Alten, auch schon recht alt war, der aber nie ein Alter sein wird. Worüber genug der Worte verloren sind und im Prinzip alles gesagt ist. Aber: Ich glaube, die Macht, diese uneingeschränkte Macht und die allzeitige Darstellung des Mächtigen ließen den Alten einfach alt aussehen und immer mehr zum Alten verkümmern. Wie dem auch sei! Obwohl er ein Hund war, ein Bluthund war der Alte jedoch nicht. Zumindest für mich nicht, da ich selbst, ihn, selbst in Bezug auf mich selbst, nie als solchen erlebt habe, obwohl ich viele Erlebnisse dieser Art geschildert bekommen hatte. Ich hatte, somit, immerhin eine Ahnung davon. Ich weiß, oder zumindest habe ich es mitbekommen und somit erfahren, dass der Alte seine Untertanen in seinem von ihm geführten Institut in zwei Kategorien unterteilte: In jene, die etwas für die Anstalt getan haben oder tun und jene, die *nichts* für die Anstalt tun oder getan haben. Der Alte repräsentierte *un roi une foi une loi* in diesem Punkt par excellence. Viel oder nichts war natürlich ohne Zweifel von dem Subjekt abhängig, welches, vom Alten, direkt oder indirekt, beauftragt war, etwas für die Anstalt (und somit auch für sich selbst, in der Sichtweise des Alten und auch des Subjektes, im individuellen Fall natürlich mit unterschiedlicher Bedeutung bemessen) zu tun. Viel oder nichts war jedoch auch davon abhängig, was der Alte vorgab, und diese Vorgaben waren unumstößlich das, was der Alte vorgab. Der Alte war ein unabdingbarer Verfechter von Zahlen, Daten und Fakten und somit durch und durch und bis zur Verkohlung durch Wissenschaftler. Das Individuum schien ihn, mit dieser *philosophischen* Grundlage, eigentlich gar nicht zu interessieren, meinte man, empfinde ich, was im Grunde jedoch dem Leitspruch seines von ihm geführten Instituts widersprach, wonach die *Würde des Individuums* oberstes Anliegen war. ZDF zum *Wohle* der Klinik schien er über das *Wohl der Klinik* zu stellen, meine ich, denke ich. Ich weiß es nicht. Ich weiß einfach zu wenig. Aber ich kannte die Vorgaben und diese Vorgaben waren leider häufig wissenschaftlicher Indeterminismus. Ein Auftrag lautete häufig: *Mach mal!* Dieses Thema, dieses immer wieder vorgegebene Thema war, bedauerlicherweise, trotz Erwartung exzellenter Zahlen, wissenschaftlicher Free Jazz. Wer, ja bitte, wer kann von sich behaupten, dass er das freie Spiel beherrscht, wenn er die Grundlagen, die Tradition, das Handwerk nicht beherrscht? Keiner. Keiner konnte mit dem freien Spiel etwas anfangen. Keiner kannte die Grundlagen, die Tradition, das Handwerk, zur Genüge. Aber, im Grunde war das auch gar nicht wichtig, wichtig war am Ende nur, so hatte ich den Eindruck, dass, wie auch immer, Zahlen, Daten und Fakten herauskamen, die als Veröffentlichungen in Form von Papers oder Posters oder Kongressbeiträgen präsentiert werden und somit den Marktwert der Klinik (pardon, der Anstalt) erhöhen konnten. Das war die, meiner Meinung nach, felsenfeste Überzeugung des Alten, nicht nur des Alten, jeder, der in der Anstalt etwas zu sagen hatte oder meinte etwas zu sagen zu haben, dachte so. Schade. Ich dachte manchmal, ich empfand manchmal so etwas wie gegenseitige Sympathie zwischen mir und dem Alten. Ich hatte, nach einer gewissen Zeit, die vor meinem Eintritt in den Tierstall war, vor meinem wissenschaftlichen Auftrag, vor dem *Geh da runter und mach mal!* öfter einmal den Eindruck gehabt, dass wir uns gut unterhalten könnten. Ich hatte den Eindruck mindestens einer, unter vielen tausend verschiedenen, gemeinsamen Wellenlänge. Ich suchte ihn, den Alten, gelegentlich, ohne Herzklopfen, ohne Schiss in seinem Büro auf, wo man ihn in der Regel, wenn er denn überhaupt da und zu sprechen war, am PC arbeitend, die Beine zur Entspannung auf einem Stuhl hochgelegt, antraf. Ich stellte ihm Fragen zu Patienten und Ideen und Konzepte vor und ich hatte meistens den Eindruck, dass es ihm, obwohl ich ehrlich meine Meinung vertrat, durchaus gefiel, was ich zu sagen hatte. Eine gewisse (wenn auch nur gewisse) Harmonie unter vier Augen war, jedenfalls aus meiner Sicht, zu erahnen. Unter mehr als vier Augen hatte ich dagegen immer den Eindruck, als müsse der Alte mit absoluter Unnahbarkeit seine Macht präsentieren und demonstrieren. Vielleicht und mehr als vielleicht habe ich mich ja auch unter vier Augen getäuscht. Möglicherweise war es ein Trugschluss. Ich weiß es nicht. Ich weiß einfach zu wenig. Eigentlich weiß ich gar nichts. Was wollte der Alte von mir, was könnte der Alte von mir gewollt haben? Jemanden, einen Maschinski-Menschen, der die Anstalt, in seinem Sinne, präsentiert? Einen Wissenschaftler formen und formen lassen, der Zahlen, Daten und Fakten in Hülle und Fülle auf den Markt wirft und der dazu beiträgt, der Anstalt im Spiel des Lebens zu einer Pole-Position zu verhelfen? Mag sein. Was wollte ich eigentlich vom Alten? Schwierig. Ich weiß es nicht. Ich glaube, dass ich vom Alten, primär, gar nichts wollte. Vielleicht etwas Anerkennung als Mensch und Arzt. Ich war an die Anstalt gekommen, mit der Absicht und der Hoffnung ein guter, ein kompetenter Chirurg zu werden. Ich wollte selbst irgendwann einmal ein Alter werden. Das war mein Ziel. Geworden bin ich es nicht. Ich bin nicht wie der Alte. Ich werde es niemals sein. Es kann kein Ziel sein, zu werden und zu sein wie der Alte.

…Tja, und die Zeit, diese, wovon es uneingeschränkt und immer mehr auf dieser Erde, in diesem Universum gibt, nagte als Zahn der Zeit auch am Alten, weiß ich jetzt, außerhalb jener Zeit. Der Alte stolperte. Er stolperte über sich und seine Ignoranz. Er stolperte über das ZDF, über seine geliebten Zahlen, Daten, Fakten. Und er knallte unbarmherzig auf. *Zahlen, das kann man so oder so sehen*, sagt Häuptling *Majestix* im *Kampf der Häuptlinge* (…schon wieder Asterix, aber, wie wahr…). Zahlen konnten und können *wahr oder nicht wahr* sein. *Zahlen sind absolut wahr*, diese Aussage ist nur in der Kunst eine Tautologie, nicht jedoch in Sprache und Logik. Und die Zeit ist unerbittlich. Ich denke, der Alte war so auf sein ZDF fixiert, dass er das *Vertrautsein* mit der Welt verlor oder gar nicht erst besaß. *Heidegger*, der Mann mit dem gefährlich wirkenden Oberlippenbärtchen (…sein *Alter Ego*, der die Weltgeschichte veränderte, die Würde des Menschen missachtete und Millionen Menschen vernichtete, hatte ein ähnliches Oberlippenbärtchen…) beschrieb die Weise des *Vertrautseins* mit der Welt vor allem durch den Umgang mit dem Seienden, das er *Zeug* nannte. Tja, Zahlen, Daten, Fakten sind wirklich nur *Zeug*…

Wie dem auch sei, dank Internet, das ich hin und wieder regelmäßig bemühe, weiß ich nun, abseits jener Zeit, um die es hier geht, dass der Alte nicht mehr dort der Alte ist, wo er es mal war. Angeblich ist er nun irgendwo auf dieser Welt wieder ein Alter. Aber nichts Genaues weiß man nicht...

Erklärung

Lieber Professor!

Ich kündige!

Warum? Warum jetzt? Warum überhaupt?

Unser oberstes Anliegen ist die Achtung der Souveränität und der Würde des Menschen, in jeder Lebenslage.
Leitbild der Klinik

Wenn dieser Satz stimmt und er wirklich das Leitbild der Klinik versinnbildlicht und wir uns daranhalten, bin ich froh und auch stolz darauf, in dieser Klinik gearbeitet zu haben, denn dann bin ich mir sicher, dass meine Entscheidung vielleicht nicht auf Verständnis trifft, aber respektiert wird. Es ist eine souveräne Entscheidung, vielleicht die souveränste, die ich jemals getroffen habe, denn sie ist im letzten halben Jahr durch Qual, durch tiefe innere und äußere Auseinandersetzung und durch reifliche Überlegung in mir gewachsen und mir zuletzt „überbewusst" geworden. Ich habe mich mit Dingen beschäftigt / beschäftigen müssen, die mir mein Ideal als Arzt und Chirurg, meine innere Überzeugung, diesen Beruf auszuüben und ausüben zu wollen, fast genommen haben. Dies hier alles im Detail erzählen zu wollen, würde den Rahmen des Überschaubaren sprengen. Nur kurz so viel: Wenn man den Sinn seines Handelns nicht mehr versteht und nicht

164

mehr darüber nachdenken kann, ist man innerlich tot. Deswegen bin ich stolz auf mich, jetzt sagen zu können:
Ich habe mich bewusst entschieden und sage nein.

Die Würde des Menschen ist unantastbar. Sie zu achten und zu schützen ist Verpflichtung aller staatlichen Gewalt.
Art. 1 Abs. 1 GG

Der Satz Die Würde des Menschen ist unantastbar *bedeutet eigentlich:* Die Würde des Menschen ist verletzlich, sie ist zu ermöglichen, zu achten, zu wahren und zu schützen. *Dies sollte nicht nur Verpflichtung aller staatlichen Gewalt sein, sondern auch aller elterlichen, schulischen, betrieblichen und sonstigen Gewalt oder besser: Verantwortlichkeit.*

Der Beruf des Arztes ist einer schnelllebigen Zeit, aber auch dem Wandel einer schnelllebigen Zeit unterworfen. Vor allem Chirurgen sind in besonderem Maße außerordentlichen körperlichen, zeitlichen und somit psychischen Anforderungen ausgesetzt. Das ist natürlich nichts für Weicheier. *So sagt man. Dieser Job steht für Härte, Konsequenz und Durchstehvermögen. Das ist primär ja auch gar nicht schlecht.*

Auf der anderen Seite greift man aber als Chirurg in die sensibelste Sphäre der anvertrauten Patienten ein, in ihre körperliche und seelische Integrität. Als Chirurg muss ich den Patienten verletzen. *Wie kann man dabei die Würde des Menschen beachten, wenn man seine eigene Weichheit und Einfühlsamkeit nicht kennt. Wie kann man die Würde des Menschen beachten, wenn die eigene Würde nicht beachtet wird.*

- Wie kann man z. B. einem Vorgesetzten mit Würde begegnen, der, mit dem Finger auf andere zeigend, Arbeiten, für die er verantwortlich ist, an Untergebene abdrückt und dann noch nicht einmal die Verantwortung übernimmt?

- Wie kann man z. B. seine Würde bewahren, wenn in Besprechungen ein Vorgesetzter regelmäßig zu verstehen gibt, seine Untergebenen seien kollektiv unfähig, faul *und* doof?

Es mag schon reizvoll sein, ein System zu betrachten, in dem alles *wie am Schnürchen läuft, weil jeder in das System impaktiert, wie eine*

Maschine funktioniert und nichts aus dem Ruder läuft. *Letzten Endes sind aber solche Systeme gefährlich.*

In den Herzen
der folgsamen
Kinder
nistet knisternd und
raschelnd
die Rache.
H.C. Flemming

Ich wollte ja nichts als das zu leben versuchen, was von selber aus mir herauswollte. Warum war das so sehr schwer?
H. Hesse

Die Menschen wollen nicht eher schwimmen, als bis sie es können.
Novalis

Was wir brauchen, sind ein paar verrückte Leute; seht euch an, wohin uns die normalen gebracht haben.
G. B. Shaw

Mein unabdingbarer Wunsch zum Ende meines Studiums war es gewesen, den Beruf des Chirurgen zu erlernen, das Wesen des Arztberufes mit dem Inhalt des Handelns zu füllen, quasi der Arbeiter *unter den Ärzten zu sein. So habe ich das gesehen.*
Ich wollte an die Uniklinik, weil ich die Vorstellung hatte, dort das Nonplusultra *in der Ausbildung zum Gefäß- und Viszeralchirurgen zu erhalten, um die Kompetenz zu erwerben, mit allen Anforderungen und* Pitfalls *in der täglichen chirurgischen Praxis fertig zu werden. So habe ich das gesehen. Seit spätestens einem halben Jahr weiß ich aber in zunehmendem Maße, dass der hauptsächliche Schwerpunkt in der akademischen Chirurgie darin besteht, experimentelle Forschung zu betreiben und Ergebnisse zu erzielen, ... da man das Operieren und das Arbeiten am Patienten auch anderswo lernen und ausüben könne. Ich habe mich somit geirrt.*

Ich war, seit ich diesen Beruf ausübe, morgens immer der erste auf Station; in den letzten Monaten wusste ich eigentlich gar nicht mehr, warum ich morgens aufstehen sollte…

Ich möchte keine Forderungen stellen. Ich habe keine Ansprüche. Ich möchte auch keinen Unfrieden stiften. Ich möchte nur eines Morgens aufstehen und gerne zur Arbeit fahren in meinem Beruf, für den ich mich einmal bewusst entschieden habe.

Ich bitte Sie, meinem Wunsch um einen Auflösungsvertrag zu entsprechen

.

Mit freundlichen Grüßen

[(Ich)]

Aus einem traurigen Hintern...

... kommt nie ein fröhlicher Furz... ja, damit haben die *Academics* allesamt ein Problem: Sie können nicht über sich lachen. Was Satire ist, wissen sie: Eine Spottdichtung (lat. *satira*; von *satura lanx*: *mit Früchten gefüllte Schale*, im übertragenen Sinne: *bunt gemischtes Allerlei*; früher fälschlich auf Satyr zurückgeführt, daher die ältere Schreibweise *Satyra*), ich danke Wikipedia. Sie wissen einfach über alles zu gut Bescheid. Und natürlich wissen sie alles über sich selbst, und zwar wissenschaftlich fundiert. Deshalb bleiben diesbezüglich keine Fragen mehr offen. Das ist die Antwort.

Was aber Satire bedeutet, davon haben sie keine Ahnung. Sie beantworten zwar alle wissenschaftlichen Fragen, aber die Lebensprobleme berührt sie nicht. Deshalb sind sie ständig im Zentrum des Spottes. Was sie natürlich maßlos ärgert.

Ich hatte *Jeanne* meine, dem Überragenden gewidmeten, Papers gezeigt. Jeanne war eine dieser frustrierten *Academics*. Jung zu Ruhm und Ehre gelangt. Früh promoviert und früh habilitiert. Wie das erfolgte und passieren konnte, darüber lässt sich nur spekulieren. Zweifellos besaß sie einen gnadenlosen akademischen Ehrgeiz. Lesen, lesen, lesen und schreiben, schreiben bis spät in die Nacht. Und veröffentlichen. Und sich zeigen und präsentieren auf diesen Veranstaltungen, die sich *Kongresse* nennen. Ein Kongress ist eine riesige *Antiparty* mit wenigen Damen und unzähligen, in teuerste Anzüge tadellos gekleideten, älteren Herren, die deutlich älter aussehen, als sie in Wirklichkeit sind, die sich unglaublich wichtig nehmen und beständig böse blicken. Am deutlichsten lässt sich das auf den Kongresstoiletten darstellen. Sie sollten, falls Sie einmal die Gelegenheit und Möglichkeit haben, an einem Kongress teilzunehmen, einer solchen Wichtigkeit auf dem Scheißhaus begegnen. Wichtigkeit und Peinlichkeit gepaart auf engstem Raum erzeugt eine Spannung, die sich mit bösem Blick schon nicht mehr beschreiben lässt,... (...wenn ich mir vorstelle, ich wäre eine Frau mit akademischem Talent und akademischen Ambitionen und noch mehr akademischem Ehrgeiz... und würde mich... zur Befriedigung meines akademischen Bedürfnisses... von einem solchen... ...??? ... – Bäh! Igitt! ... aber zum Glück bin ich ja nicht akademisch; im Übrigen ist das ja auch alles nur Spekulation und lässt sich sicher nicht beweisen...).

Wie dem auch sei. Ich glaube, Jeanne verbrachte die meiste Zeit ihrer Freizeit auf diesen Veranstaltungen. Kongresse, national, international. Riesige Nester mit weltweit geachteten Wissenschaftlern, getarnt als die am meisten gefürchteten Bösblicker weltweit. Die konnten einen ganz schön zerreißen, diese Bösblicker, wenn sie Bock darauf hatten. Und Jeanne mittendrin statt nur dabei. Dafür hatte sie viele Jahre mit ... verbracht und trotz ihrer jungen Jahre (sie war vielleicht zwei oder drei Jahre älter als ich, schätze ich mal, ich hatte sie nie danach gefragt) schon zahlreiche Veröffentlichungen in Form von Artikeln in Fachzeitschriften (Papers), Buchbeiträgen und Rezensionen vorzuweisen. Und genau dieser Jeanne hatte ich meine *Überragenden*-Papers gezeigt, also meine Schriften, die für den Überragenden bestimmt waren. Aber noch einmal zu Jeanne. Wie gesagt, sie war schon früh zu akademischem Ruhm gelangt. Nachdem man die Fassade Jeanne mit akademischen Ornamenten verziert und vergoldet hatte (zahlreiche, in ihrem Arbeitszimmer aufgehängten Preisposter und Wimpel legten darüber Zeugnis ab), sollte die Innenausstattung eingerichtet werden, quasi der manifeste Inhalt ihres eigentlichen beruflichen Daseins. Da war zunächst einmal viel Raum. Den zu füllen war zunächst nicht einfach, denn Jeanne war bereits zu sehr akademisch unidirektional ausgebildet, um sich wie ein *Youngster* in die elementaren Dinge des beruflichen Handwerkes (*Haken halten heißt Maul halten*) einführen zu lassen, also, im *orwell'*schen Sinne, schon zu sehr Schwein geworden, um sich mit den Arbeiten der niederen Tiere zu identifizieren. So sagte man. Das, natürlich, erzeugte nun folgerichtig Diskrepanzen, und zwar nicht nur zwischen ihr und den lokalen Bösblickern, sondern auch zwischen ihr und den Freundlichblickern. Das war fatal. Denn zuletzt war sie isoliert und völlig losgelöst von der Erde. Aber Jeanne hatte nicht nur akademisches Talent und akademischen Ehrgeiz, sondern einen deutlichen

Willen zur Macht. Schlagend und, unter ständigem Protest, geschlagen werdend kämpfte sie sich durch die lokale und überall in diesem Business herrschende Kabale und Lieblosigkeit. Und eben genau dieser Jeanne hatte ich die (meine) *Überragenden*-Papers gezeigt. Trotz unserer gegensätzlichen, sowohl die Vergangenheit als auch die Zukunft betreffenden, Entwicklung in unserem Beruf war Jeanne, so glaube ich, *die* Person gewesen, mit der ich am häufigsten über meine Situation in der Anstalt und im Tierstall und in diesem Beruf undsoweiter gesprochen und wiederholt über die Oberen diskutiert und gelästert hatte. Vom *Alten* hielt sie, trotz anfänglicher Euphorie, mittlerweile nichts, ja gar nichts mehr. Sie hatte sich schon seit längerem mit ihm überworfen, und mit der Zeit zunehmend komplett überworfen. Nichts ging mehr. Sie hatte dem Alten Konzeptlosigkeit in der Forschung aufgrund einiger oder vielmehr mehrerer fragwürdiger Forschungsergebnisse und Publikationen vorgeworfen. Sie hatte nicht ganz Unrecht. Aber ihre Strategie war fehlende Diplomatie, das brach ihr das Genick. Denn der Alte hatte einfach noch mehr und die Macht. Untreu dem Motto *lieber Unrecht haben als Unrecht erdulden* versuchte sie standhaft, einen gnadenlosen Stellungskrieg zu halten, bei dem sie nur verlieren konnte. Um es kurz zu fassen: Ich glaube, nein ich bin mir sicher, nein ich weiß, Jeanne hatte die *Überragenden*-Papers nicht verstanden. Dazu war sie einfach zu akademisch verdorben. Sie hatte zu jener Zeit, wenn überhaupt jemals zu einer anderen Zeit, nur ihre eigenen und besonders ein ganz bestimmtes eigenes Paper im Kopf. Damals war ein Paper, an dem sie maßgeblich mitgewirkt hatte in welcher Form auch immer, in *Nature Medicine* angenommen worden. *Nature Medicine* entspricht in der profanen Welt so etwas wie dem Nachrichtenmagazin Focus, das jeder kennt, also einer Ansammlung von Blättern mit fragwürdigem Inhalt und pseudohohem Prestige. Das Interessante an der Sache war, dass sie, was die Autorenschaft betraf, in der Pole-Position stand und *unser Alter* nur im Aknowledgement genannt wurde, was für sie eine unglaubliche Genugtuung war. Jedes Gespräch mit ihr kreiste um dieses Thema und konzentrierte sich auf diesen Sachverhalt. Was in diesem Paper drinstand, hat die profane Welt (d.

h. ich) natürlich nicht kapiert. Ich habe es nur einmal kurz über-
flogen und nicht richtig gelesen, es hat mich auch, nun ja, nicht
besonders interessiert. Wahrscheinlich, wie man so schön sagt,
wie alles in *Nature Medicine*, viel Lärm um nichts, ähnlich einer
Wagneroper. Überhaupt die Bezeichnung *Paper*. Das spricht
schon für sich. Wie despektierlich, die Zusammenfassung einer
Arbeit, mit der man sich tagein (und manche Spezies auch tagaus) beschäftigt hat und beschäftigt, als *Paper* zu bezeichnen. Das
klingt wie *Klopaper*. Bezeichnend für die innere Einstellung, mit
der man an die Sache rangeht. Zuletzt hängt nur Scheiße dran.
Aber, in der akademischen Welt… Nun, Jeanne, der ich meine
Überragenden-Papers gezeigt hatte (aber, lassen wir das jetzt),
kämpfte weiter in der akademischen Welt der Anstalt und der
Anstalten und kämpft wahrscheinlich, nachdem sich so manche
Wogen aufgetürmt und andere wiederum geglättet haben, immer noch. Um Ruhm und Ehre. Und um Anerkennung. Nur leider auf der falschen Welle und ohne die richtige Wellenlänge.
Wer die falsche Frequenz eingestellt hat in diesem Sendebereich
der immer gleichen Schwingungen ist leider draußen.

PS: Meine *Überragenden*-Papers waren alles andere als überragend. Sie waren reine Makulatur, nicht der Rede wert, aus diesem Grund werden sie nicht näher bezeichnet und analysiert.
Aber sie mussten wohl sein.

Sehr geehrter Herr Professor!

Nicht euer denken, sondern euer wesen ist unterschiedenheit.
Darum sollt ihr nicht nach verschiedenheit, wie ihr sie denkt,
streben, sondern nach euerm wesen.

[Basilides Septem Sermones ad Mortuos]

Sehr geehrter Herr Professor!

*Lange habe ich darüber nachgedacht, ob und wie ich die Gründe meines
Auszuges aus der Anstalt darlegen soll. Letzten Endes hat mir, ganz
unakademisch und wie das bei mir häufiger der Fall ist, ein Traum
die Richtung gewiesen (…übrigens: Kekulé hat die Formel des Benzols
gefunden, nachdem ihm im Traum ein Ouroboros erschienen war…).
Wenn es Sie nicht wirklich interessieren sollte, brechen Sie bitte das
ganze hier ab und vernichten Sie diese Nachricht, denn ich halte es beim
Schreiben mit L. Wittgenstein:*
Was sich überhaupt sagen lässt, lässt sich klar sagen; und wovon
man nicht reden kann, darüber muss man schweigen.

*Meine Begründung, so wie ich sie vorgelegt habe, sowie einen Zusatz
entnehmen Sie dem Anhang. Damit ist einiges gesagt. Ob damit alles
gesagt ist, bleibt bis dato offen. Aber wenn die Zeit zu etwas nutze sein
sollte, dann dies, dass sie zeigt, was kommt.*
*(s. a. B. A. Zimmermann: Vergangenheit, Gegenwart und Zukunft
sind, wie wir wissen, lediglich in ihrer Erscheinung als kosmische Zeit
an den Vorgang der Sukzession gebunden. In unserer geistigen Wirklichkeit existiert diese Sukzession jedoch nicht. Die Zeit biegt sich gewissermaßen zu einer Kugelgestalt zusammen.)*

Da meine wissenschaftliche *Arbeit in Ihrem Institut nicht ganz umsonst gewesen sein soll, habe ich auch ein paar* Papers *verfasst (…wie
despektierlich, die Zusammenfassung einer Arbeit, mit der man sich
tagein […und manche Spezies auch tagaus…] beschäftigt, als* Paper
zu bezeichnen. Das klingt wie Klopaper. *Bezeichnend für die innere*

Einstellung, mit der man an die Sache rangeht. Zuletzt hängt nur Scheiße dran…).

Diese Schriften beschäftigen sich mit den Inhalten, Sinn & Zweck sowie den Zielen meiner Arbeit der letzten Monate in einer ausgewählt wissenschaftlichen Sprache. Sie werden Sie die nächsten Tage per Post erreichen.

Ansonsten, da so, wie ich Sie einschätze, Ihnen Weihnachten und der Jahreswechsel nicht viel bedeuten, wünsche ich Ihnen nun nicht frohe Weihnachten und ein gutes neues Jahr *sondern, nach Nietzsche, weiterhin*

Fröhliche Wissenschaft!

p.s. (I): …wie Du auch bist, so diene Dir selber als Quelle der Erfahrung! Wirf das Missvergnügen über Dein Wesen ab…, denn in jedem Falle hast Du an Dir eine Leiter mit hundert Sprossen, auf welchen Du zur Erkenntnis steigen kannst.

[F. Nietzsche: Menschliches, Allzuzmenschliches]

p.s. (II): …was zum Teufel war noch mal *Erkenntnis?*

p.s. (III): Wenn im Text irgendwelche Schreibfehler (versteckt) sein sollten, sind diese entweder verCAGEt oder doch nur einfach Schreibfehler…

Damit endete mein Schreiben (zu dem noch die nicht nennenswerten *Überragenden*-Papers gehörten) an den Überragenden und ein Teil meines Kampfes gegen eine Macht, die, obwohl man sie selbst als böse empfindet, einem, zumindest aus ihrer eigenen Perspektive, im Grunde nichts Böses will, eine Macht, die denkt, für einen zu sorgen und da zu sein, eine Macht, die einen empfängt, wenn man kommt und einen entlässt, wenn man geht. Eine Macht, die stets das Gute will und doch stets das Böse schafft, wobei mir natürlich bewusst ist, dass der zweite Halbsatz nicht anders als subjektiv sein kann. Eine Macht, gegen die man keine Chance hat.

Allein

Allein. Am Ende bist Du doch immer allein. Glaub nicht, dass letzten Endes jemals ein Mensch zu Dir hält. Du musst mitspielen, mitspielen, mitspielen. Du musst immer so tun als ob. Egal, was Du tust. Hauptsache, Du verlässt nicht den Mittelweg, den, den alle gehen. Es ist dabei ganz egal, ob Du es gut meinst für Dich, für andere, für den Rest der Menschheit oder gar für alles, was existiert. Spiele einfach nur mit und verändere nichts. Es ist dabei vollkommen egal, ob Du dabei verletzt wirst oder ob Du Dich einsetzt für jene, die verletzt werden, wenn Deine und die Gesellschaft Dir vorschreibt, nicht aus der Reihe zu tanzen, dann hast Du nicht aus der Reihe zu tanzen. Sei konform, wenn man es von Dir verlangt, egal ob moralisch oder auch nicht und auch umgekehrt, egal ob unmoralisch oder auch nicht. Du darfst bestehende Ordnungen und Regeln nicht brechen und schon gar nicht verändern.

Wer darf es?

Die Frage erübrigt sich!

Egal wer es darf oder wer es nicht darf, Du jedenfalls nicht. Wenn Dir jetzt einer von denen, die erzählen könnenmüssendürfen, erzählt, zwei und zwei sei fünf dann hast Du, um alles in der Welt, auch damit einverstanden zu sein, dass zwei und zwei fünf ergibt, wenn der Rest der Welt davon überzeugt werden kann und überzeugt ist. Ansonsten steigst Du aus, ganz aus, aus dieser Welt…

Was auch immer ist

Was auch immer ist, was auch immer war und was auch immer sein wird: Ich kann nichts dagegen tun, ich kann es nicht ändern, ich muss es so akzeptieren und mich anpassen. Die Menschen sind wie sie sind. Wie sollten sie auch anders sein? Sie sind das, was sie gelernt haben, was man ihnen beigebracht hat, wie sie zu leben haben. Sie leben die Werte, die sie als die rechten erachten, die man sie gelehrt, geschult, gedrillt hat, sie als die rechten Werte anzusehen. Somit haben sie, so sind sie überzeugt davon, das rechte Wertgefühl. Das war so, das ist so, das wird immer so sein. Solang das Deutsche Reich besteht, *wird jede Schraube rechts gedreht,* sagte man einst und meint und tut es noch immer. Dagegen hat man auch keine Chance. Diejenigen, die das Überkommene überdenken, es überarbeiten und auch kritisch bewerten, die zur Vorsicht mahnen, *keinen neuen Wein in alte Schläuche zu füllen, da andernfalls der Wein die Schläuche zerreiße und der Wein verloren sei und die Schläuche auch* wurden schon von jeher gekreuzigt. Wertgefühl ist immer rückständig, es drückt Erhaltungs-, Wachstumsbedingungen einer viel früheren Zeit aus: Es kämpft gegen neue Daseinsbedingungen an, aus denen es nicht gewachsen ist und die es notwendig missversteht: Es hemmt, es weckt Argwohn gegen das Neue. Schon *Nietzsche* wusste das. Phänomenal. Daran hat sich, bis auf den heutigen Tag, nichts geändert. Und daher, dass sie alle sind, wie sie schon immer waren und auch immer sein werden, kann ich auch keinen anderen Menschen beurteilen, geschweige denn schuldig sprechen, aber auch nicht frei von Schuld sprechen. Die Menschen kann ich nur empfinden. Ein jeder Mensch, egal ob es der Alte oder ein alter oder ein junger, ob es der Überragende oder ein überragender oder ein überforderter, ob es der Göttliche oder ein göttlicher oder ein gottloser, ob es ein mächtiger oder ein ohnmächtiger, ein cholerischer, ein zynischer oder ein empfindsamer ist: Ein jeder Mensch ist, wie er ist. Die Anstalt ist, wie sie ist. Die Menschen in der Anstalt sind, wie sie sind. Es gibt viele, viele Anstalten, in denen die Menschen sind, wie sie sind. Und überall sind die Menschen gleich. Auf der ganzen Welt. Die Welt ist, was der

Fall ist. Auf dieser Leiter sind wir immer noch nicht hinaufgestiegen. Ich kann es nur so empfinden. Aber auch *die* Menschen, die letzten Endes durch das allerletzte Sieb der Anstalt, der Anstalten und der Überanstalten, nachdem sie durch den Fleischwolf der Anstalten gedreht wurden, hindurchgekommen sind und hindurchkommen werden, die wichtigen Menschen also, die Kaiser und Könige der Jetztzeit, werden einmal, nach ihrer Lebensarbeits- und Lebenszeit, an der Pforte anklopfen und um Einlass bitten. Und auch sie werden gefragt werden. Und jeder weiß, dass sie gefragt werden. Und jeder weiß, dass sie anders gefragt werden. Sie werden gefragt werden: *Du willst Einlass? In die Ewigkeit? Schön. Schaun mer mal. Aber, es sind noch Fragen offen. Du willst Einlass? Sitzen zur Rechten oder zur Linken Gottes? – Gottes? Also, damit wirst Du Dich abfinden müssen, dass es hier einen gibt, der über Dir steht. Aber macht nichts. Du wirst Dich bald daran gewöhnt haben. Gut, weiter. Lions oder Rotary? Sitzen, in der Reihe des Bankdirektors, des Fabrikanten, des Managers, des Juristen oder in der Reihe der Geistlichkeit? Irgendwelche Vorlieben in Bezug auf den Speiseplan?* Und die Party wird genauso weitergehen wie bisher. Nur eine Etage höher, oder zwei oder drei oder wie viele auch immer, wer weiß das schon. *Cherubin* und *Seraphinen* werden sie gut bewirten, die bessere Gesellschaft der Ewigkeit. Und wir, die wir übrigbleiben, wie bisher, die wir nichts sind, Überstand, Unrat, Dreck und Krätze, wir werden unsere Party weiterfeiern, wie bisher, nur eben eine oder zwei oder ein paar Etagen tiefer, dort, wo es angeblich feurig heiß sein soll. Und wir werden leiden, in Ewigkeit, Amen. Aber: Wenn ich (ich!) zu wählen hätte zwischen *Lions* oder dem *Underground*: Keine Frage!

Endspurt

Cogito ergo sum, non cogito, etiam… Nun, da ich eine lang ge-
pflegte Denkkrankheit habe, bin ich nun, zum Ende der Zeit hier
gelandet, wo ich schon ganz am Anfang war, in dieser wahren
Anstalt, wo ich mein Denken wie ein kleines Kuckucksnest, mein
Little Cuckoo`s Nest, aus Versatzstücken zurechtschneide und
wieder zusammensetze, wo ich mit dem *Orff-Instrumentarium*
zur Kontemplation gebimmelt und geklopft und gegongt werde,
wo ich, durch tiefes Ein- und Ausatmen, Dank meiner Vorstel-
lungskraft, zur Ruhe gebettet werde. Echt, Psychopharmaka und
Tranquilizer sind schon eine tolle Sache. Und jetzt, wo ich eine
durch-und-durch ruhige Entität geworden bin, spiegelt sich
meine Wut nur noch durch mein Nachdenken über die Zeit wider. Endlich, wie auch immer, habe ich es geschafft, eine Biografie von *Bernd Alois Zimmermann* zu ergattern, diesem phänome-
nalen Komponisten und Denker der Zeit in Kugelgestalt, der,
bedauerlicherweise, den Freitod wählen musste. Und ich sauge
das alles auf wie ein Schwamm. Und was lese ich darin? Jenen
ungeheuerlichen Satz *Hebbels, dass man zuletzt nur das verwirkli-
che, was man bis zu seinem zwanzigsten Lebensjahr gedacht und ent-
worfen habe…*! Nun, mit zwanzig las ich *Hesse* und das *I-Ging*, be-
schäftigte ich mich mit *Schönberg* und lernte die Musik und
Ideenwelt dieses gnadenlosen *John Cage* kennen. *Zimmermann*
steht am Ende. Dazwischen liegen schneidende und einschnei-
dende Erlebnisse. *Cogito ergo sum…*

Epilog

Der Treppenhausfurz

(Bild)

Inspiriert von einer täglich erscheinenden Fernsehshow, die die Menschen bereichert und einem die Menschen bereichernden Showmaster:

(Filmszene)

„…wir kommen nun zur EINEMILLIONEUROFRAGE.
Sie lautet: Der Treppenhausfurz wurde entdeckt…

a) im Arsch   b) in der Anstalt
c) in Amerika   d) im All

Die 50:50-Frage und der Telefonjoker sind (ganz anders als sonst) schon weg, aber erstaunlicherweise haben Sie immer noch einen Joker, Sie können ja immerhin noch das Publikum befragen…"

(Bild)

Die Musik, mit der ich mich beschäftige, muss nicht unbedingt Musik genannt werden. In ihr gibt es nichts, woran man sich erinnern soll. Keine Themen, nur Aktivität von Ton und Stille.
John Cage

(Bild)

Szene 1
I
TACET

(Filmszene)

(…die Kamera filmt auf Nabelhöhe den Abstieg im Treppenhaus Nord, beginnend im 6. Stock, der Schriftzug *6. Etage* wird kurz eingeblendet, man hört die Tür krachend ins Schloss fallen und den Nachhall. Nachdem dieser verklungen ist, hört man, die Kamera filmt weiterhin nur den Abstieg auf Nabelhöhe, einen gewaltigen F. … AUS!)

(Bild)

…was mit einem [Menschen] geschehen würde, der für eine längere Zeit in einer dunklen Gefängniszelle sitzt und nur einen Ton hört, ein Türenschlagen, und wieder ein Jahr lang nichts, dann erneut ein Türenschlagen… ein Ton…, der ein Jahr lang dauerte, denn der Gefangene konnte an keinen anderen Laut denken, es war der Ton für ein ganzes Jahr… so können wir uns die Ewigkeit vorstellen, eine ewige Dauer… ein Moment, nicht nur einen Augenblick, sondern er kann eine Ewigkeit dauern, wenn er sich nicht verändert.

K.H. Stockhausen

(Bild)

Szene 2
II
TACET

(Filmszene)

(…die Kamera filmt auf Nabelhöhe den Abstieg im Treppenhaus Ost, beginnend im 6. Stock, der Schriftzug *6. Etage* wird kurz eingeblendet, man hört die Tür leise ins Schloss fallen und den Nachhall. Nachdem dieser verklungen ist, hört man, die Kamera filmt weiterhin nur den Abstieg auf Nabelhöhe, einen gewaltigen F. … AUS!)

(Bild)

Was sich überhaupt sagen lässt, lässt sich klar sagen; und wovon man nicht reden kann, darüber muss man schweigen.

L. Wittgenstein

(Bild)

Szene 3
III
TACET

(Filmszene)

(…die Kamera filmt auf Nabelhöhe den Abstieg im Treppenhaus West, beginnend im 3. Stock, der Schriftzug *3. Etage* wird kurz eingeblendet, man hört die Tür ins Schloss fallen und den Nachhall. Nachdem dieser verklungen ist, hört man, die Kamera filmt weiterhin nur den Abstieg auf Nabelhöhe, einen gewaltigen F. … AUS!)

(Bild)

FINE